2.

16853

MÉMOIRES
SECRETS
POUR SERVIR A L'HISTOIRE
DE LA
RÉPUBLIQUE DES LETTRES
EN FRANCE,

DEPUIS MDCCLXII JUSQU'A NOS JOURS;

OU

JOURNAL
D'UN OBSERVATEUR,

CONTENANT les Analyses des Pieces de Théâtre qui
ont paru durant cet intervalle ; les Relations des
Assemblées Littéraires ; les notices des Livres nouveaux , clandestins , prohibés ; les Pieces fugitives,
rares ou manuscrites , en prose ou en vers; les Vaudevilles sur la Cour ; les Anecdotes & Bons Mots ;
les Eloges des Savants , des Artistes , des Hommes
de Lettres morts , &c. &c. &c.

TOME VINGT-SIXIEME.

. . . . huc propius me ,
vos ordine adite.
Hor. L. II, Sat. 3 , V. 81 & 82.

A LONDRES,
CHEZ JOHN ADAMSON.

M. DCC. LXXXVI.

MEMOIRES

SECRETS

Pour servir a l'Histoire de la République des Lettres en France, depuis MDCCLXII, jusqu'a nos jours.

ANNÉE M. DCC. LXXXIV.

18 *Mai* 1784. Par des lettres-patentes en forme d'édit, données à Versailles au mois d'août 1783, & enrégistrées au parlement de Toulouse le 10 janvier dernier, les portions congrues des curés & vicaires du diocese de Toulouse font augmentées, & pour cet effet l'archevêque est autorisé à supprimer certains prieurés & autres bénéfices y désignés.

Le parlement, dans son enrégistrement, dit : « Que fera ledit seigneur roi très-humblement

A 2

» supplié de prendre tous les moyens que sa sa-
» gesse lui inspirera, pour accélérer l'amélioration
» du sort des curés congruistes & des vicaires
» dans tous les autres diocèses du ressort de la
» cour. »

19 *Mai*. Extrait d'une lettre de Rouen , du
15 mai ...... " M, *Blanchard* n'ayant pu obtenir à Paris la permission de répéter son expérience du 2 mars, s'est rendu dans cette ville,
où il annonce qu'elle aura lieu le 23 de ce mois.
Il promet de monter & de descendre à volonté ,
au moyen d'ailes & de machines qu'il a inven-
tées ; de planer long - temps ; de faire diverses
évolutions dans un espace circonscrit. Il ne promet pas de diriger à volonté, mais il l'espere. »

19 *Mai*. M. le comte de *Choiseul-Gouffier*
ayant été demander au roi son agrément pour
la nomination que l'académie françoise a faite
de M. de *Montesquiou* , sa majesté approuva le
choix de l'académie , & daigna s'informer en
même temps de l'état de M. *le Franc de Pom-
pignan* , qu'on désespere de voir pleinement se
rétablir , depuis la derniere attaque d'apoplexie
dont il a été frappé.

20 *Mai*. Les arts regrettent beaucoup M. *Mairet*,
qui n'étoit point encore de l'académie , mais y
auroit figuré incessamment avec avantage. Ses
deux estampes les plus précieuses , & qui doivent
le devenir davantage depuis sa mort , sont deux
pendants d'après M. *Moreau* : *l'arrivée de Voltaire* , & *l'arrivée de Jean - Jacques Rousseau aux
Champs Elysées*. Ce graveur avoit une connoissance
profonde du dessin , une touche moëlleuse , suave
& spirituelle. Il est mort le 24 décembre dernier ,
n'ayant pas trente ans.

20 *Mai.* M. *Salieri* fait assaut de modestie avec le chevalier *Gluck*, son maître ; dans une lettre adressée aux journalistes de Paris en date du 16 mai, en convenant que les idées musicales des *Danaïdes* sont de lui, il déclare que l'emploi qu'il en a fait, leur application aux paroles & leur marche dramatique, lui ont été entiérement suggérés par l'auteur d'*Iphigénie.*

21 *Mai.* On n'a pas manqué de plaisanter M. le marquis de *Montesquiou* sur sa nomination à la place vacante à l'académie françoise. C'est une épigramme vive, courte & plus piquante que si elle étoit bien longue, en ce qu'elle frappe également & sur sa nullité littéraire & sur sa morgue :

Montesquiou-Fezensac est de l'académie :
Quel ouvrage a-t-il fait ! . . . . . Sa généalogie.

Ce qui rend l'épigramme encore plus juste & plus mordante, c'est qu'on assure que ce seigneur a effectivement composé & livré à l'impression sur cette matiere un petit livre qui ne se vend point, mais qu'il donne à ses amis, à ses créatures, à ses valets.

21 *Mai.* Dans ce temps où les charlatans pullulent de toutes parts & sur toutes sortes d'objets, un poëte aimable & ingénieux a cru devoir leur imprimer le ridicule qu'ils méritent, par une petite piece de vers très-jolie: tournure la meilleure pour guérir, s'il est possible, l'imagination de leurs crédules enthousiastes. Elle a pour titre : *Portrait du charlatanisme , fait par lui-même dans un moment de franchise.* On attribue cette production manuscrite à un ex-jésuite,

nommé *Carutti*. Comme elle frappe un peu fur le miniftere, nos journaliftes n'ont ofé s'en emparer.

22 *Mai*. M. *Reettiers*, graveur, qui avoit la qualité de chevalier-membre de l'académie royale de peinture & de fculpture, vient de mourir. Ce n'eft point une perte pour les arts, en ce que depuis plufieurs falons il n'y avoit rien expofé.

22 *Mai*. Un abbé *Rouffeau*, jeune homme de 22 à 23 ans, qui débutoit dans la littérature, membre du mufée de la rue Dauphine, y lifant quelquefois de la profe & des vers; mardi dernier eft allé dîner au Palais-Royal, chez un reftaurateur. Après avoir copieufement bu & mangé, il s'eft retiré dans un petit cabinet fous prétexte d'écrire; il a demandé du papier & de l'encre. Peu après on a entendu le bruit d'un coup de piftolet; on l'a trouvé mort. On a lu fur la table, dit-on, ces vers-ci, où il explique les motifs de fa funefte réfolution & qui peuvent lui fervir d'épitaphe :

Né de parents obfcurs, rebut de la fortune,
Et follement épris pour d'innocents appas,
Dont fans quelque forfait, je ne jouirois pas,
Je n'ai pu triompher d'une flamme importune,
Et j'ai préféré le trépas.

On veut qu'il fût devenu amoureux de la fœur d'un jeune homme dont il étoit l'inftituteur, que la demoifelle ne fût pas éloigné de fe laiffer féduire; mais qu'effrayé de ce crime & des fuites, dans la crainte de fuccomber à fa paffion, il ait pris ce parti violent, tel qu'il l'annonce dans fon teftament de mort.

22 *Mai.* L'école du chant établie, par arrêt du conseil d'état du roi du 3 janvier 1784, a fait son ouverture le 1 avril dernier.

M. *Goffec* a été nommé directeur de cette école, & c'est à lui que l'on s'adresse pour y être admis ; MM. *Piccini*, *l'Anglès* & *Guichard*, maîtres pour la perfection & le goût du chant ; MM. *Rigel*, *Saint-Amand* & *Meon*, pour le solfege ; MM. *Gobert* & *Rodolphe*, pour le clavessin & la composition ; MM. *Molé* & *Pillot*, pour la déclamation & le jeu du théâtre ; MM. *Guénin* & *Rochez*, pour le violon & la basse ; M. *Roffet*, pour la langue françoise & l'histoire ; M. *Donadieu*, maître d'armes, & M. *Deshays*, maître à danser.

23 *Mai.* Me. *Monnot*, le député des avocats du parlement de *Besançon*, est un membre très-ardent, qui avant de venir ici a eu une prise violente avec M. *Droz*, le conseiller de grand'chambre le plus instruit, le plus zélé, le plus ardent & le plus despotique.

M. *Monnot*, arrivé à Paris, n'a eu rien de plus pressé que de voir ses confreres du parlement de Paris, les anciens bâtonniers sur-tout, qui ont regardé la querelle de Besançon comme la leur propre, & en conséquence ont convoqué une assemblée générale de l'ordre. La conduite des avocats de Besançon y a été approuvée, & l'on a nommé sur le champ deux députés pour aller voir M. le garde-des-sceaux, lui représenter que tout ce qu'avoit fait l'ordre des avocats de Besançon étoit conforme au réglement de 1707, qu'il seroit supplié de vouloir bien remettre en vigueur, ainsi que d'éteindre la procédure monstrueuse du parlement de Besançon, de maniere qu'il n'en reste pas vestige.

23 *Mai.* Le Sr. de *Beaumarchais* vient de finir un opêra, dont il a fait lecture à un comité d'élite. On en a été enchanté. Il ne s'agit plus que de trouver un muficien digne de le mettre en mufique. Il en fait bien lui-même, & de fort agréable; mais il n'ose entreprendre une fi grande tâche.

24 *Mai.* Le parlement ne perd point de vue l'affaire des *Quinze-Vingts.* Le premier préfident a dû porter encore hier au roi de nouvelles remontrances, & fur tout l'expofé des faits venus à la connoiffance de la cour, extra-judiciairement il eft vrai, & par des témoins non fermentés, mais fi graves, fi circonftanciés, fi multipliés & fi appuyés fur la notoriété publique, qu'elle n'a pu s'empêcher d'en mettre le tableau effrayant fous les yeux de fa majefté.

Ces faits font de trois natures différentes. Les uns concernent le defpotifme du grand-aumônier, porté au point qu'il maintient en place un officier nommé par lui feul au préjudice d'un autre nommé par le roi, revêtu de lettres-patentes enrégiftrées; les autres roulent fur l'infidélité de fa geftion: en forte qu'il paroîtroit s'être approprié près d'un million au moins: enfin les derniers prouvent à quel excès de débordement eft venue cette maifon religieufe, où l'on ne trouve par-tout, au contraire, que des fcenes d'impudicité & de fcandale, jufques dans l'églife & au pied des autels.

Le parlement n'abandonne pas non plus l'affaire des bénédictins, & il doit y avoir aujourd'hui affemblée de commiffaires, pour rédiger vraifemblablement de troifiemes remontrances. La commiffion des réguliers étant devenue un accef-

foire plus important que le fond, n'y fera fans
doute pas oubliée.

Quant aux lettres de cachet, fur-tout celle
de M. de Mions, comme le fort de celui-ci paroît s'aggraver à mefure que le parlement remon-
tre en fa faveur, il a cru, par humanité pour
cet exilé, devoir refter dans le filence en ce moment, & éprouver fi la fituation de M. de Mions
en deviendra meilleure.

Du refte, le roi n'ayant encore fait aucune
réponfe au mémoire concernant les abus de la
juftice, cet objet refte *in ftatu quo*.

24 *Mai*. Le clergé de France vient de gémir
d'un nouveau fcandale. Il s'agit d'un abbé *Arnoux*,
ci-devant avocat, aujourd'hui grand-vicaire de
M. l'archevêque de Rheims, qui avoit toute fa
confiance, toute celle de la maifon de *Tallay-
rand*, qui, par contrecoup, avoit acquis un grand
crédit auprès de beaucoup de prélats; dont la
maifon étoit le féminaire des jeunes abbés de
qualité, afpirant aux gros bénéfices & à l'epif-
copat; revêtu en outre de bénéfices pour 25,000 liv.
de rente, fans compter ce que lui valoit fa geftion
de l'archevêché de Rheims : ce perfonnage vient
de renoncer à tout cela pour une grifette qu'il a
enlevée, & avec laquelle il eft en fuite. On prétend qu'il fait en outre une banqueroute confidérable.

25 *Mai*. Le docteur *Mefmer* a enfin fait imprimer un volume d'environ quatre-vingts pages,
qu'il diftribue à fes adeptes, où l'on s'attend à
trouver fa doctrine déduite, & où l'on ne trouve
qu'un grand étalage des cures qu'il a faites à
Vienne, en Suiffe & en France, des perfécutions
qu'il y a effuyées : en forte que ces cures

telles que celle de Mlle. *Paradis* , qu'il avoit
guérie de la cécité , & que nous avons revue aveugle ici , font prefque toujours reftées
imparfaites , ou même anéanties tout - à - fait.
Il finit par établir quelques propofitions qui ,
bien loin de contredire les lettres de M. de
Montjoie , publiées dans le *Journal de Paris*
dont on a parlé , y font abfolument con-
formes. C'eft un vrai galimathias , femblable à
celui des livres cabaliftiques , hermétiques , aux
ouvrages des alchymiftes , des médecins Arabes
& autres , de *Nicolas Flamel* , de *Noftradamus* ,
en un mot , de tous les partifans de l'aftro-
logie judiciaire , ou de la philofophie trifmé-
gifte.

25 *Mai.* On ne peut mieux placer la piece du
Charlatanifme , qu'à la fuite de l'article concernant le grand charlatan dont on vient de
parler :

J'ai créé la race innombrable
Qui , par le merveilleux , féduit le genre humain :
J'ai le ton emphatique , avec un air capable ;
J'excelle aux tours d'efprit , j'excelle aux tours de main ;
Je m'enveloppe du myftere ,
Et je m'environne du bruit :
Le bruit en impofe au vulgaire ,
Et le filence à l'homme inftruit.
On me voyoit jadis fur la place d'Athene ,
Du haut de la tribune infpirer les rhéteurs ;
Près du tonneau de *Diogene*
Je raffemblois les fpectateurs ;
J'ai fait valoir plus d'un grand homme ,

Changeant felon le fiecle & felon le pays ;
Je m'en vais débitant des reliques à Rome,
  Et des nouveautés à Paris.
  Autrefois moliniſte,
  Enſuite janféniſte,
  Puis encyclopédiſte,
  Et puis économiſte,
  A préſent meſmériſte,
C'eſt moi qui traduiſis par d'heureux changements,
  L'eſprit évangélique,
  L'étude politique,
  La fcience phyſique
  En ſtyle de romans.
Dans le fiecle paſſé je redoutois Moliere,
  A ſon nom encor je frémis.
Dans le fiecle préſent je redoutois Voltaire ;
Rouſſeau, ſans le vouloir, étoit de mes amis ;
Dans le fénat Anglois, je joue un très-grand rôle,
Mon zele aux deux partis ſe vend le même jour.
  Puiſſant d'intrigue & de parole,
Je ſuis *Catilina*, *Cicéron* tour-à-tour.
A l'Amérique Angloiſe, encore un peu fauvage,
Je n'ai pu juſqu'ici faire accepter mes dons,
  Mais j'en eſpere davantage,
Depuis que ſes héros inventent des cordons.
Des papes quelquefois je colorai les bulles ;
J'ai ſouvent embelli les récits des héros ;
  De nos contrôleurs généraux
  Je tourne auſſi les préambules.
Je dicte à nos prélats de pieux mandements,
  Des diſcours aux académies :

Sans être ému, j'ai de grands mouvements ;
Pompeusement j'orne des minuties.
Professeur émérite en l'université,
   Je suis vieux docteur en sorbonne ;
Mais ma premiere place est dans la faculté ,
   Et ma seconde auprès du trône.
   En peu de mots voici les traits
   Auxquels on peut me reconnoître ;
   J'aime à parler, jaime à paroître ;
   J'aime à prôner ce que je fais ;
   J'aime à grossir ce que je sais ;
   J'aime à juger, j'aime à promettre ;
   J'annonce les plus beaux secrets :
   Je n'en ai qu'un, celui de mettre
   Tous les sots dans mes intérêts.
Venez voir dans Paris tout l'or que j'accumule ;
Venez voir près de moi les badauds attroupés :
Depuis la sainte ampoule ils y sont attrapés :
Ce François si malin est encor plus crédule.

26 *Mai.* Depuis long-temps on parle d'une contestation qui se doit engager entre Me. *Linguet* & le sieur le *Quesne*, au sujet des friponneries dont le premier taxe ce dernier. On annonçoit même que Me. *Tronçon du Coudrai* avocat, son compatriote, plaideroit pour lui : on sait aujourd'hui que Me. *Linguet* demande à venir plaider lui-même, & ne veut absolument qu'aucun autre confrere soit chargé de sa cause. C'est dans cette idée sans doute qu'il doit envoyer, avec son journal, à tous ses souscripteurs un mémoire judiciaire de quatre-vingts pages, où, traitant l'affaire *ex professo*, il revient sur la même matiere dont il les a déjà entretenus très-amplement comme jour-

naliste. Ce mémoire est signé de *Quequet*, procureur au Châtelet; ce qui annonce que le procès est en premiere instance à ce tribunal. Il est fort rare, & quoique beaucoup de gens en parlent, peu l'ont vu.

26 *Mai*. M. *Bertholet*, docteur en médecine de la faculté de *Paris*, adjoint de l'académie royale des sciences pour la classe de chimie, avoit donné ses cent louis au sieur *Mesmer*, & en conséquence avoit été admis à quelques séances, lorsque confondu de toutes les niaiseries qu'il voyoit, il a exhalé son indignation & a fait une sortie violente contre cet étranger, en le traitant de la façon la plus méprisante, lui & sa doctrine. Il a apostrophé ensuite les enthousiastes crédules du charlatan, leur a dit qu'ils étoient des dupes, ainsi que lui; qu'il leur conseilloit de l'imiter, de laisser M. *Mesmer* débiter tout seul son galimathias qui n'avoit pas le sens commun, & qui n'étoit que les vieilles rêveries de l'astrologie judiciaire rajeunies; que pour lui il n'auroit pas la sottise de revenir, & que pour empêcher les autres de donner dans de semblables folies, il alloit publier sur les toits que le prétendu secret du sieur *Mesmer* ne consistoit que dans des simagrées vaines, dans des puérilités misérables, dans des folies indécentes & dangereuses. On a voulu lui objecter le serment par lequel il avoit juré en entrant de ne rien révéler de ce qu'il avoit vu. Il a répondu qu'il ne se croyoit pas obligé par un serment qui portoit lui-même à faux, & n'étoit qu'une singerie de plus. Il est sorti furieux alors, & récite cette scene à qui veut l'écouter.

26 *Mai*. M. le baron de *Breteuil* continue à s'occuper sans relâche de tous les moyens d'amé-

liorer encore les hôpitaux & maisons de force. Le 24 de ce mois, il a visité dans le plus grand détail, en présence des administrateurs, les maisons de *Bicêtre* & de la *Salpêtriere*.

27 *Mai*. M. de *Montgolfier* a été reçu chevalier de l'ordre de *Saint-Michel*, dans le chapitre de l'ordre tenu le 8 de ce mois aux cordeliers. C'est M. le vicomte de la *Rochefoucault* qui y a présidé au nom du roi : & M. *Poussin de Grand-champ*, secretaire du roi, l'un des chevaliers, nommé aussi par S. M. pour suppléer M. *Collet*, chevalier & secretaire de l'ordre, y a prononcé le discours d'usage.

27 *Mai*. On parle toujours de nouveaux aérostats, & chaque province à l'envi veut jouir de ce spectacle. M. *Figene*, ingénieur des ponts & chauffées à *Narbonne*, y en a lancé un le 28 avril, suivant la méthode de M. de *Montgolfier*, qui en moins de 4 heures a fait 32 lieues. Il n'y avoit point de voyageur; il étoit en toile & papier, de trente pieds de diametre.

Le sieur *Adorn*, opticien & physicien italien, établi à *Strasbourg*, en ayant construit un aussi suivant le même procédé, s'est élevé avec lui le 15 de ce mois; il avoit un compagnon de voyage; ils ne sont restés que quatre minutes en l'air; il est retombé sur un magasin de palissades, y a mis le feu, & auroit causé le plus grand dommage, si le feu n'avoit été promptement éteint. Les deux voyageurs n'ont pas péri; mais sont en mauvais état.

28 *Mai*. Outre le livre dont on a parlé, le docteur *Mesmer* a fait imprimer un petit livret, contenant la liste des cent premiers membres, fondateurs de la société de l'Harmonie, depuis le

1 octobre 1783 , jufqu'au 5 avril 1774. Ainfi
voilà le mefmérifme érigé en fociété ou ordre ,
dont il eft le grand-maître. On lit enfuite les
noms des cent chevaliers , parmi lefquels les plus
illuftres perfonnages de la cour , des académiciens,
des médecins , des favants , des chefs d'ordre , &c.
C'eft un délire incroyable. Depuis ces cent apé-
deutes, il en a enrôlé près de cent autres: il
s'établit des baquets par-tout. On nomme ainfi la
cuve commune : *Réfervoir du magnétifme animal*,
auquel tous les malades pompent enfemble ce précieux fluide.

28 *Mai.* Il paroît que c'eft un mémoire que
le fieur le *Quefne* a pris enfin le parti de faire compofer & de communiquer pour fa défenfe aux juges
du Châtelet , où le procès eft réellement engagé
avec Me. *Linguet*, qui a été envoyé à celui-ci à
Londres. Sa bile s'en eft enflammée , & il a de
nouveau enfanté fur cette matiere un mémoire
très-volumineux, qu'il a fait paffer en réponfe
aux magiftrats , & qu'il compte donner à fes
foufcripteurs dans une fuite de numéros. Il eft
vrai que ce fera un cadeau qu'il leur fera, dit-
on, gratuitement.

29 *Mai.* L'*Heliopt* occupe toujours les favants,
aftronomes & navigateurs. C'eft ainfi qu'on nomme
l'inftrument inventé par M. de *Sornay*, pour trouver la longitude On a déjà parlé de cette découverte faite à l'*Ifle-de-France*, & dont les premieres
expériences ont eu lieu dans les mers des Indes.
Elles ont été conteftées ici , & M. de la *Lande* ,
entr'autres, a paru fe moquer de la crédulité de
ceux qui racontoient ces faits. Il a même effuyé
des réponfes dures. MM. de *Beaulieu* , de *Looz*
& de la *Ronfiere*, trois capitaines de vaiffeau d'un

mérite diftingué, qui avoient fait féparément, depuis quatre ans, dans des voyages de long cours, beaucoup d'obfervations avec cet inftrument, fe trouvant réunis à Paris, s'affemblerent le 22 de ce mois à l'obfervatoire Ils y déterminerent conjointement, en préfence de plufieurs perfonnes, la longitude de Paris, à l'aide de deux *Heliopts*, qui la donnerent également avec la plus grande précifion.

Cette expérience paffe pour fi authentique, qu'on ne doute pas qu'elle ne force enfin l'académie des fcienc s à s'expliquer & à donner fon fuffrage à l'*Heliopt*.

2ƴ *Mai*. M. *Radix de Sainte-Foy*, par arrangement avec le parl ment, eft revenu à Paris le mercredi au foir. Il s'eft conftitué le lendemain jeudi prifonnier à la conciergerie, & puis en eft forti pour fe rendre à l'audience, & préfenter à genoux fes lettres d'abolition & d'extinction.

Après avoir répondu aux diverfes queftions d'ufages, ces lettres, fur les conclufions du miniftere public, ont été admifes pour qu'il eût à fe pourvoir à la tournelle & les y faire entériner. Un monde immenfe affiftoit à ce fpectacle.

29 *Mai*. M. de *Fontanieu*, chevalier de l'ordre royal & militaire de Saint-Louis, ancien intendant & contrôleur général des meubles de la couronne, commiffaire général honoraire du bureau des dépenfes de la maifon du roi au département du garde-meuble, de l'académie de *Stockholm* & des académies royales des fciences & d'architecture de Paris, vient de mourir.

30 *Mai*. Encore un nouveau journal qui s'annonce pour le 1 feptembre prochain. Il aura pour titre: *Journal du roulage & du commerce de l'En-*

rope. Cet ouvrage périodique paroîtra une fois par femaine.

Son plan eft de renfermer réguliérement dans une feuille de quatre pages, tous les renfeignemens qui peuvent faciliter les opérations du commerce dans l'intérieur du royaume & dans toute l'*Europe*. On voit qu'il eft fpécialement deftiné à tous les négociants, banquiers, commerçants, manufacturiers, fabricants, confommateurs & rouliers de l'*Europe*.

Ce plan eft déjà ancien, car les auteurs du *profpectus* fe glorifient que l'empereur l'ayant vu à fon dernier paffage dans cette capitale, fut tellement frappé de fon utilité pour le progrès du commerce de l'*Europe*, que non-feulenent il leur permit de faire circuler librement leur journal dans tous les états héréditaires, mais leur offrit d'en faire diftribuer le *profpectus*.

30 *Mai*. Quoique le jugement du confeil de guerre de l'*Orient*, mis fous les yeux du roi, ne foit pas encore public, comme on fait à-peu-près ce qui en doit réfulter, on a fait déjà un calembour deffus. On dit que toute l'armée navale eft innocentée ; M. de *Graffe* déclaré fpécialement innocent; le roi, comme accufateur, mis hors de cour, & l'état condamné aux dépens.

30 *Mai*. L'affaire du *de Naffau* de Châtelleraut n'aura pas lieu ; il paroît que l'autorité s'en mêle, qu'on a intimidé ce malheureux maître d'école, ainfi que les avocats chargés de prendre fa défenfe; que M. l'avocat-général Seguier, qui devoit porter la parole dans cette affaire, s'eft même ouvert à eux & leur a paru fi prévenu qu'ils ont cru devoir y renoncer. On veut même qu'il y ait eu arrêt, auquel il a confenti, qui lui fait défenfes de fe dire *Naffau*.

31 *Mai*. On parle d'une chanfon en plufieurs couplets fur la piece du fieur de *Beaumarchais*, qu'on annonce comme bien fupérieure à l'épigramme, comme non moins méchante, non moins jufte, mais plus fine & plus gaie. Elle eft rare encore, & l'on ne croit pas que le héros foit tenté d'y donner de la publicité, comme il l'a fait à l'égard de l'épigramme.

31 *Mai*. Il exifte depuis près d'un demi-fiecle en cette capitale une *Société des Enfants d'Apollon*, où font admis tous ceux qui dans les arts libres ont une certaine fupériorité, & qui en outre ont des mœurs & de la confidération. Jufques ici les membres fatisfaits du bonheur qu'ils goûtoient entre eux, ne s'étoient pas piqués de donner aucun éclat à leurs affemblées. Enfin ils ont voulu auffi faire parler d'eux & n'en feront fans doute pas plus heureux.

Cette fociété a arrêté de donner une fois par an, dans le cours du mois de mai, un concert public, dans lequel on ne joueroit que des morceaux nouveaux, compofés & exécutés par des freres.

Le premier a eu lieu le jeudi 27 de ce mois dans la falle du mufée de la rue Dauphine, & fon exécution a été parfaite.

Un *Hymne à Apollon*, dont les vers, très-lyriques, prêtent fur-tout à la variété & à la richeffe muficale, a frappé le plus les auditeurs. La mufique eft de l'abbé *Rofe*; l'auteur des paroles eft anonyme.

31 *Mai*. Extrait d'une lettre de Rouen, du 26 mai.... « Le 23 de ce mois à fept heures du foir, M. *Blanchard* s'eft élevé feul, avec le même aéroftat dont il s'étoit fervi le 2 mars à Paris, & que

M. *Vallet* étoit venu remplir ici ; car M. *Blan-chard*, habile méchanicien, n'est point du tout physicien. Il est descendu à quatre lieues de Rouen. Ses ailes étoient en bon état, & il n'a éprouvé aucun obstacle. Mais on n'a pas remarqué qu'il ait fait les évolutions qu'il avoit annoncées, ni qu'il se soit servi d'autre direction que de celle du vent.

1 *Juin* 1784. La chanson dont on a parlé contre la piece du sieur de *Beaumarchais*, est en quatre couplets, sur le même air que ceux chantés à la fin par les divers personnages :

Jadis on a vu Thalie
Jeune & d'assez belle humeur
Se permettre la saillie,
Sans alarmer la pudeur ;
En mauvaise compagnie
On voit bien à ses discours
Qu'elle vit sur ses vieux jours,   *bis.*

Mesdames, plus de grimace,
Plus d'éventails, plus d'hélas !
On pourra vous dire en face
Ce qu'on vous contoit tout bas ;
Ce n'est que changer de place,
L'amour y perd ; mais enfin
C'est abréger le chemin.   *bis*

Près de cet amas grotesque
De fripons & de catins,
parlant en style burlesque,
De leurs projets libertins ;
Pourquoi d'un ton pédantesque

S'écrier, ah ! quelle horreur !
C'eſt l'hiſtoire de l'auteur,

bis,

Oui , Meſſieurs , la comédie
Que tout Paris applaudit ,
Des erreurs vous peint la vie
Du grand homme qui la fit ;
De l'impudence impunie
On admire le héros
Sous les traits de Figaro.

bis.

1 *Juin*. M. *de Montgolfier* qui , nommé l'année
derniere correſpondant de l'académie royale des
ſciences , vient d'en être élu aſſocié , ſpécialement
chargé par le roi & par l'académie des travaux
propres à tirer parti de ſa découverte des *aéroſtats*.
En conſéquence , obligé de retourner à Annonay
pour ſes affaires , il y a emporté le globe de
ſoixante-dix pieds , avec lequel il a fait des expériences depuis un mois. Il les continuera dans
ſon pays , ſoit relativement au combuſtible , ſoit
par rapport aux forces néceſſaires pour diriger ce
globe.

2 *Juin*. Une grande affaire exiſtante au Châtelet ,
entre M. *Bertin* , miniſtre d'état , accuſateur , &
pluſieurs de ſes commis accuſés , eſt précieuſe
comme hiſtorique , à raiſon des différentes con-
noiſſances qu'on puiſe dans les requêtes & mémoires imprimés qui y ont paru.

On y voit d'abord conſtaté d'une façon juridique en quelque ſorte , que le feu roi avoit un
pécule particulier.

Que ce pécule conſiſtoit principalement : 1°. dans
les revenus de la province de Dombes ; 2°. dans la

propriété de 150,000 livres de contrats , reste de la place de fermier-général réservée lors du bail de 1762 ; 3o. dans le bail de 1768.

Ces différents objets qui donnoient à-peu-près 350,000 livres de revenus , étoient précisément les fonds du département de M. Bertin ; il en avoit la direction , & il en étoit conftamment l'ordonnateur , l'adminiftrateur.

Il réfulte encore de ces mémoires que les bureaux de M. Bertin n'étoient pour la plupart qu'un repaire de coquins , de brigands , de banque-routiers, & que ce miniftre , fans être dérangé dans fes mœurs, par fa pareffe & fon infouciance, caufoit & fomentoit le dérangement de fes fubalternes.

Outre les différents commis de ce miniftre qui ont déjà paru fur la fcene fous ce point de vue, deux nouveaux figurent ici ; favoir, les fieurs le Seurre & Belon , accufés d'abus de confiance & de divertiffement de deniers. Le procès eft toujours pendant au Châtelet depuis 1777.

On y voit encore que la dotation de l'ordre du Saint-Efprit dont M. Bertin étoit grand-tréforier, eft de 581,000 liv.

2 Juin. Un fieur Michel, machinifte de Strafbourg , eft arrivé ici & fait voir un fpectacle fort curieux; il confifte dans une machine imitant parfaitement le tonnerre dans les plus grands orages & dans les effets les plus terribles.

On trouve en outre chez lui des modeles de machines fingulieres , telles que celles dont on s'eft fervi pour tranfporter le rocher , piédeftal de la ftatue équeftre de Pierre le Grand à Pétersbourg. Ce rocher pefoit deux millions cinq cents mille livres.

2 *Juin.* Il a paru en 1781 un *Recueil de pieces intéressantes & peu connues pour servir à l'histoire*, en un volume. On vient d'y en joindre pour cette année un second, *pour servir à l'histoire & à la littérature.* On a grande raison de soupçonner que l'éditeur est M. de *la Place.*

Ce qu'il y a de plus intéressant dans le premier, c'est un *Extrait* ou *mémorial du Recueil d'anecdotes de monsieur Duclos*, secretaire perpétuel de l'académie françoise & historiographe de France, par lequel on voit qu'il n'étoit pas encore fort avancé dans cet ouvrage.

Dans le second volume, où la disette des matériaux, sans doute, a obligé l'éditeur de ramasser plusieurs morceaux d'un genre différent, l'*anecdote persane* est la plus remarquable, comme touchant de plus près à nos jours. Suivant cette anecdote M. le comte d'*Affry*, notre ambassadeur en Hollande, auroit intercepté & retiré, à deux ou trois exemplaires près, toute l'édition d'un libelle en deux volumes contre madame de *Pompadour* & *Louis XV*, en anglois. Le marquis de *Marigny* seroit venu prier M. de *la Place*, alors très-malade, de le traduire ; ce qu'il auroit fait avec les plus grandes précautions & la plus grande ingratitude de la part du Marquis ; lequel avoit même laissé ignorer à sa sœur ce service de M. de *la Place* ; en sorte que celui-ci n'en a jamais été récompensé.

L'éditeur promet un troisieme volume, & l'on ne peut que lui savoir bon gré d'avoir ramassé ces matériaux, dont la plupart se lisent avec plaisir.

3 *Juin.* Des Mémoires qui ont paru dans le procès de M. *Bertin* contre ses commis accusés

d'abus de confiance, il réfulte un état détaillé de fon pécuniaire, bon à conferver.

En 1763, lorfque M. *Bertin* fut élevé de la place de contrôleur-général à celle de fecretaire d'état, il n'avoit d'autre traitement

	livres
1°. Que les gages du confeil comme fecretaire d'état, qui font . . .	28,000
2°. La gratification annuelle attachée au titre de miniftre . . .	20,000
3°. Les appointements en qualité de confeiller au confeil royal . . .	10,000
4°. Ceux de commiffaire au bureau du commerce	4,000
5°. Un acquit de	3,000
Total	65,000

Dont il falloit déduire

1°. Pour dixieme	6,500	
2°. Pour capita-tion.	2,400	8,900

Ainfi il reftoit net . . . 56,100

M. *Bertin* avoit de plus une penfion en finance de : . 6,000 qui au moyen de la retenue de . 1,800 pour trois dixiemes, fe trouvoit réduite à . . 4,200

Or cet enfemble de la fomme de . . . . 60,300 fe trouvant infuffifant, le feu roi y joignit

1°. La direction des haras, avec un traitement particulier de 12,000
2°. Une gratification de . . . . . 30,000 fur les revenus de la province de Dombes, ou le produit de la place de fermier-général, réfervée en 1768.

Ainfi, à cet époque, c'eft-à-dire, au premier janvier 1764, le traitement de M. *Bertin* étoit un objet de . . . 102,300

M. *Bertin* eut la modération de s'en contenter pendant environ cinq années, quoique le traitement des fecretaires d'état fût au moins de 200,000 livres; mais en 1768 le miniftre de la finance fit accorder à M. *Bertin* une gratification annuelle de 100,000 livres.

Cette gratification réduite enfuite à 70,000 liv. fut payée par ordre du feu roi fur fon pécule, pendant les premieres années de l'adminiftration de M. l'abbé *Terrai*.

Enfin le 27 mars 1774, le traitement de M. *Bertin* ayant été porté, comme celui du miniftre de la marine, à une fomme de 200,000 liv. la gratification annuelle de 70,000 livres & les 12,000 livres fur les haras ceffirent d'avoir lieu.

3 *Juin*. On affure que le vrai teftament de mort de l'abbé Roufſeau étoit en profe & conçu en ces termes:

« Le contrafte inconcevable qui fe trouve entre la nobleffe de mes fentiments & la baffeffe de ma naiffance, un amour auffi violent qu'infurmontable pour une fille adorable, la crainte de caufer fon déshonneur, la néceffité de choifir entre le crime & la mort, tout m'a déterminé à abandonner la vie. J'étois né pour la vertu, j'allois être criminel, j'ai préféré de mourir. »

4 *Juin*. M. le comte de *Mirabeau* eft de retour; il a rapporté avec lui fon nouveau *Factum*, qui a pour titre: *Mémoire du comte de Mirabeau, fupprimé au moment même de fa publication par ordre particulier de M. le garde-des-fceaux:*

Et réimprimé par refpect pour le roi & la juftice, avec une converfation de M. le garde-des-fceaux & du comte de Mirabeau.

Refte à favoir comment, fi le premier Mémoire

moire a été arrêté, celui-ci plus redoutable pourra
percer.

4 *Juin*. Mad. *Dugazon* s'eſt mieux tirée qu'on
ne l'eſpéroit du grave accident que lui avoit procuré ſon excès d'incontinence; elle a reparu hier
dans *le Droit du Seigneur* : un de ſes admirateurs
lui avoit adreſſé la veille à cette occaſion le madrigal ſuivant :

> Au gré de nos déſirs, te voilà rétablie :
> Momus va rentrer dans ſes droits ;
> Et jeudi trois du préſent mois,
> On donnera *le retour de Thalie*.

4 *Juin*. On ſe plaint depuis long-temps des
échoppes qui embarraſſent dans les rues & ſur les
ponts ; qui gâtent dans les places leur ſymmétrie
& ſur les quais ôtent le coup d'œil de la riviere :
cette invention de la cupidité de quelques particuliers & même de quelques corps, vient enfin
d'être proſcrite par des lettres-patentes données à
Verſailles au mois de mai dernier, & regiſtrées
en parlement le 27 dudit.

Par ces lettres-patentes, on ne conſerve que les
échoppes aliénées au profit des demaines du roi;
il ne pourra à l'avenir, ſous quelque prétexte que
ce ſoit, être établi que des échoppes purement
mobiles, placées le matin & enlevées le ſoir.

5 *Juin*. Il paroît conſtant que M. *Court de
Gebelin*, qui l'an paſſé avoit publié une Lettre
très-volumineuſe, dont on a rapporté la ſubſ-
tance, en faveur de *Meſmer* & ſon ſyſtéme, qui
célébroit la cure merveilleuſe que ce charlatan
avoit faite en ſa perſonne, non-ſeulement n'étoit

pas guéri, mais avoit été obligé de continuer à
supporter le traitement du magnétisme animal;
que pour en mieux jouir, il s'étoit logé chez le
grand-maître de l'ordre de l'harmonie, & qu'il
y est mort la nuit du 13 au 14 mai dernier, à
deux pas du baquet mystérieux, sur lequel on
s'empressoit, mais trop tard, de le porter.

5 *Juin.* Depuis long-temps les Italiens n'avoient
donné aucune piece aussi constamment & aussi
généralement applaudie que la pauvreté d'hier.
Sur le titre seul, fadasse & trivial, le public en
avoit eu peu d'idée & il n'étoit accouru presque personne. C'est *le Temple de l'Hymen*, piece
épisodique en trois actes & en vers. M. *Desforges*
qui en est l'auteur, y a introduit *Momus* qui
s'égaie & y jette du piquant. Ce folâtre dieu
est envoyé par *Jupiter* à l'Hymen pour le con-
soler & l'empêcher de fermer son temple, ainsi
qu'il en a le projet, las d'entendre les plaintes des
mortels contre lui. Aidé par l'Amour qui vient se
réconcilier avec son frere, *Momus* obtient de
l'Hymen qu'il restera dans son temple, mais se
rendra plus difficile & ne s'ouvrira qu'aux vrais
amants. L'Amour vole en chercher pour lui; il se
charge d'éconduire les adorateurs qui ne seroient
pas guidés dans leur culte par un zele pur. Ce qui
donne lieu à plusieurs scenes critiques & allégo-
riques, où divers originaux passés en revue pei-
gnent en action les mariages de nos jours, &
démasqués par le dieu de la raillerie en sont baf-
foués. Enfin l'Amour, après avoir long-temps
couru, amene deux vrais amants, les seuls qu'il
ait rencontrés. Ce couple éprouvé par différentes
persécutions, en triomphe à force de constance
& est couronné dans le temple. Un mélange de

fcènes gaies , vives , intéreffantes , réfulte de ce
plan & forme un contrafte charmant ; elles font
remplies d'ailleurs de détails agréables & de vers
heureux : par une gradation bien ménagée , la
curiofité croît d'acte en acte & le dernier a fait
le plus grand plaifir.

6 Juin. Dans fon nouveau Mémoire M. le
comte de *Mirabeau* s'adreffe d'abord à *fes conci-
toyens*, & leur rend compte des motifs qui l'ont
déterminé à faire cette nouvelle édition & à l'enrichir de l'anecdote qui y a donné lieu.

Son premier Mémoire venoit de paroître ; il
n'en avoit diftribué des exemplaires qu'à une
petite partie de fes juges , lorfqu'un ordre de
M. *Laurent de Villedeuil* , le chef actuel de la
librairie , en arrêta la publication.

Le lundi 19 avril on demanda au fieur *Cuchet* ,
fon libraire , quel nombre d'exemplaires il avoit
fourni, quel nombre il en avoit en magafin ? &
il reçut la plus févère injonction de n'en pas délivrer un feul à l'auteur même.

Le comte de *Mirabeau* s'en plaignit au directeur
de la librairie , qui , par un concours de circonftances fort fingulier , fe trouvoit être le rapporteur de fon procès. Ce magiftrat lui répondit
pour toute folution : *Je fuis le bras de M. le garde-
des-fceaux* , & s'eft déporté depuis du rapport.

Après différentes tentatives inutiles foit à
Paris, foit à Verfailles , pour parvenir auprès de
M. le garde - des- fceaux , & après avoir prévenu
M. le baron de *Breteuil*, que le comte de *Mirabeau*
regarde comme le protecteur de la liberté des
citoyens dans une place où l'on y a trop fouvent
attenté, réfolu à faire un éclat , il fe rendit à l'audience publique de M. de *Miromefnil* le vendredi
24 avril.

B 2

Suit la converfation affez longue de M. le comte de *Mirabeau* avec M. le garde-des-fceaux, où celui-ci feroit l'écolier & l'autre le maître, fi elle étoit rapportée auffi exactement qu'il le prétend, & même mot à mot, à ce qu'il affure.

Par cette converfation, il paroîtroit que M. le garde-des-fceaux feroit indifpofé de longue main contre M. le comte de *Mirabeau*, au fujet de *l'Efpion dévalifé*, dont il s'obftineroit à le croire auteur, quoique monfieur de *Mirabeau* l'ait toujours nié, & qu'il ne puiffe lui être attribué par quelqu'un qui connoîtra fon ftyle & fa maniere, bien différents de ce qu'on trouve dans cette compilation indigefte autant qu'indécente & de mauvais goût.

M. de *Mirabeau* ne pouvant rien gagner du chef de la juftice, le prévint *qu'il frapperoit du pied la terre, & qu'il en feroit fortir dix mille exemplaires d'un Mémoire dont on fauroit l'hiftoire & l'occafion* : modération de M. le garde-des-fceaux qui promet, par confidération pour l'auteur, de vouloir bien l'ignorer.

Il va trouver le prince de *Poix*, capitaine des gardes de fervice, & lui remet une lettre au roi, datée de Verfailles, du 23 avril 1784, où il fe plaint à fa majefté, d'une maniere auffi noble que ferme & refpectueufe, du déni de juftice de M. le garde-des-fceaux.

M. le prince de *Poix*, avant de remettre la lettre au Roi, a une entrevue avec M. le garde-des-fceaux, & n'en obtient aucune fatisfaction. M. de *Mirabeau* écrit encore à M. de *Miromefnil* le 25 avril, fur fon filence. La lettre eft remife à fa majefté & renvoyée, fuivant l'ufage, à M. le garde-des-fceaux.

Après ces préliminaires se trouve réimprimé le Mémoire, élagué de tous les détails de jurisprudence, dont étoit rempli celui destiné aux juges; il est également terminé par la consultation, du 20 février 1784, des jurisconsultes dont on a parlé, & enrichi de notes, dont quelques-unes fort piquantes, sur-tout celles relatives au comte de *Grasse*, acteur incident au procès, & qui n'y brille pas plus qu'au combat du 12 avril 1782.

Tous ces détails sont très-curieux, très-intéressants & font infiniment d'honneur à la plume, aux sentiments & au courage héroïque de M. de *Mirabeau*: il faudroit qu'il fût un hypocrite bien détestable & bien consommé, s'il ne sentoit pas tout ce qu'il exprime avec tant d'onction & d'énergie.

6 Juin. La *Gazette de santé*, rédigée depuis juillet 1776. par les mêmes coopérateurs dont on a parlé dans le temps, va changer de rédacteurs. Les nouveaux, suivant l'usage, promettent des merveilles dans un *Prospectus* brillant & très-bien fait. Elle doit prendre une forme différente & meilleure entre les mains de la société en question, composée de médecins, de physiciens, de chymistes. Voici comme ils définissent très-bien le *magnétisme animal* : Découverte si préconisée & si problématique encore, qui séduit ceux-ci, qui étonne ceux-là, qui fait de quelques-uns des partisans enthousiastes, de quelques autres des frondeurs ou des sceptiques, que les uns tâchent de deviner, mais dont les autres nient même les effets, tandis qu'en les supposant réels, il est d'autres personnes qui les attribuent à l'imagination exaltée, à la sensibilité, à l'irritabilité, ou même à un manege concerté.   B 3

7 *Juin*. M. le comte de *Mirabeau* n'a point fait de difficulté de s'avouer l'auteur de son Mémoire nouveau & d'en être le distributeur : il en a adressé un exemplaire au roi & à toute la cour.

7 *Juin*. On parle d'une nouvelle tragédie de M. *le Mierre*, ayant pour titre *Semiris*, dont les comédiens françois se réservent de donner la premiere représentation devant le roi de Suede.

8 *Juin*. Extrait d'une lettre de Besançon, du 30 mai....... Me. *Marguet*, qui est un homme lourd, mais intrigant & chicaneur, ayant eu les moyens d'avoir les griefs sur lesquels le college des avocats avoit assis sa radiation, a imaginé de se constituer accusé & de présenter requête au parlement pour se justifier : la requête répondue, l'instruction a été faite, & après toutes les formalités nécessaires il a été déchargé de l'accusation. Cette tournure ne raccommode pas les affaires, & la scission est plus forte que jamais....

Nous voilà débarrassés de notre intendant, qui auroit eu envie de rester encore deux ans pour nous pressurer : on n'a pas jugé à propos de lui accorder ce répit. Dieu veuille que son successeur n'aie pas des secretaires aussi rapaces !

Le sieur *Ethis*, le secretaire de l'intendance pendant plusieurs années, avoit commis des exactions si criantes que M. de *la Corée* fut obligé de le sacrifier ; mais ce subalterne qui tenoit un état pareil à celui de son maître, n'en a pas moins emporté un million à la province.

A cet *Ethis* avoit succédé un nommé *Blanchard*, qui n'avoit rien & auquel on connoît aujourd'hui au soleil 600,000 liv. de biens.

Enfin le nommé *Grivois*, friponneau qui commençoit à s'arrondir, avoit déjà gagné pour sa

part 100,000 livres : ainfi voilà de bon compte
1,800,000 livres que ces trois fuppôts du commiffaire départi coûtent à la Franche-Comté, une
des provinces les plus pauvres du royaume.

8 *Juin*. On affure que le roi de Suede eft arrivé
hier ici, où il réfidera fous le nom de comte de
Haga : il loge chez fon ambaffadeur.

8 *Juin*. Le fieur de *Beaumarchais* a écrit à tous
les auteurs dramatiques une lettre circulaire, où il
les engage à fe trouver chez lui aujourd'hui,
afin d'y conférer de chofes importantes qu'il a
à leur communiquer concernant leurs intérêts.

9 *Juin*. C'eft par arrêt du confeil, du 5 juillet
1781, qu'on fuppofoit une ufurpation de la part des
propriétaires riverains d'une partie de la Guyenne,
dans l'efpace de vingt-deux lieues, de tous les
atterriffements, alluvions & relais appartenants au
roi ; qu'il étoit d'une néceffité abfolue, pour les
intérêts de fa majefté, de connoître, d'une maniere irrévocable, la confiftance de ces objets ; en
conféquence, le grand-maître des eaux & forêts
étoit chargé de faire cette vérification & avoit
nommé un ingénieur-arpenteur pour y procéder.

Dès que cet arrêt fut connu, la confternation
devint générale, chacun trembla pour fa propriété ; le procureur-général a cru devoir dé-
férer cet arrêt au parlement de Bordeaux, par un
réquifitoire, où il prouva, par les principes du
droit romain & du droit françois, que tout ce
qui eft atterriffement, alluvion & accroiffement,
appartient au propriétaire riverain ; que d'ailleurs
l'adminiftration du domaine n'avoit aucun caractere pour faire la recherche des droits ignorés &
inconnus, pour attaquer les propriétaires, &c. ;
qu'en un mot toute cette opération étoit illégale,

B 4

tortionaire, vexatoire, irréguliere & dans le fond & dans la forme.

En conséquence, le 3 mai 1782, le parlement, les chambres assemblées, rendit arrêt, ordonnant qu'il seroit fait au roi de très-humbles & très-respectueuses remontrances conformément au réquisitoire, & que néanmoins, *sous le bon plaisir de sa majesté*, il seroit sursis à l'exécution de l'arrêt du conseil du 5 juillet 1781, jusqu'à ce qu'il eût plu au roi d'exprimer clairement ses intentions, quand sa religion auroit été instruite, &c.

Les remontrances furent envoyées au roi ; une jouissance tranquille de plus de vingt-deux mois suivit cet acte de zele & de devoir des magistrats, lorsqu'intervint l'arrêt du conseil du 31 octobre 1783, qui cassoit celui de cette cour, du 3 mai 1782, & fut signifié à son greffe.

Cet arrêt ne contenoit aucune réponse au parlement : acte d'autorité absolue, il n'indiquoit aucun principe, il ne résolvoit aucune difficulté ; on n'y trouvoit aucun raisonnement dans le droit, aucun éclaircissement sur le fait; en un mot il portoit tous les caracteres de la surprise. C'étoit une entreprise, une voie de fait, suite d'un plan concerté, dont les fiscaux attendoient le succès pour compléter dans tout le royaume le plan d'usurpation qu'ils avoient formé.

C'est ce que fit valoir le procureur-général dans un second réquisitoire, encore plus vigoureux que le premier, où il pesa sur l'attribution faite au conseil de toutes les contestations à naître dans cette grande querelle, dont la connoissance ne pouvoit & ne devoit être portée que devant le bureau des finances, comme juge du domaine du

roi , & par appel en fa cour , qui eſt par eſſence
la cour féodale du roi.

D'après cet expoſé la cour délibéra qu'il ſeroit
fait au roi d'itératives remontrances , & ordonna,
toujours *ſous le bon plaiſir du roi* , l'exécution de
ſon arrêt du 3 mai 1782.

Cet arrêt eſt du 21 avril.

9 Juin. Une demoiſelle de *la Croix* , par teſtament du 1 février 1781 , fait un legs à Me. de
la Croix , *avocat au parlement* , *mon parent paternel* : ce ſont ſes termes. Il ſe trouve au palais
deux avocats de ce nom , mais qui ne ſe croient
pas parents de la défunte , & cependant chacun
d'eux s'eſt préſenté pour recueillir le legs.

Le premier eſt Me. de *la Croix* , auteur de différents ouvrages: il aſſure que c'eſt à ſa renommée
littéraire qu'il doit le bienfat de la teſtatrice
qu'il ne connoiſſoit pas , & que d'ailleurs ſon
adverſaire , portant le ſurnom de *Frainville* , ne
peut prétendre à une identité dont l'écarte ce
ſurnom.

Celui-ci regarde ces deux raiſonnements comme
plus ſpécieux que ſolides , & fait valoir en ſa
faveur la reconnoiſſance que les héritiers ont ſem-
blé en faire comme parent par la délivrance du
legs.

Différents Mémoires ont paru pour & contre
dans cette cauſe , qui égaie le barreau par le
ridicule que chaque adverſaire verſe réciproque-
ment ſur ſon rival.

Le premier *la Croix* , ou *la Croix l'auteur* ,
comme s'il ne ſe ſentoit pas aſſez fort pour répondre lui même , a appellé à ſon ſecours Me. *Tar-
get* , qui n'a pas dédaigné de prendre la plume
dans cette cauſe puérile , ſi l'avidité des prétens

dants ne lui imprimoit de plus un caractere odieux dans des avocats dont le désintéressement devroit être la premiere vertu.

9 Juin. M. le comte de *Haga*, dès aujourd'hui, est allé à la comédie françoise, où l'on jouoit la dix-huitieme représentation du *Mariage de Figaro.* La piece étoit à la moitié du premier acte lors de son arrivée. Le public lui a fait l'honneur de demander à grands cris qu'on recommençât; il a même exigé que la toile fût baissée & que l'orchestre jouàt une seconde fois l'ouverture: ce qui a été exécuté.

9 Juin. La chanson à . . . . . . est la *Chanson des cinq doigts* ; elle est extrêmement polissonne ; mais aujourd'hui tout passe: les femmes ne rougissent point de l'entendre ; elle se chante devant elles dans les grands soupers, elle est gravée & se vend publiquement.

10 Juin. Outre les spectacles habituels de cette capitale, il s'en présente de temps en temps d'autres, tant plus curieux qu'ils sont uniques ou se renouvellent rarement. Tel est celui qui a eu lieu dans le Marais le dimanche 6 juin.

Un nommé *Tricot*, sergent du régiment du roi, recruteur, spadassin renommé, grand souteneur de mauvais lieux, héros des filles, des crocs & de tous les tapageurs de Paris, est mort & il a fallu l'enterrer. Tous les recruteurs ses camarades se sont fait un honneur d'escorter son convoi, auquel ils donnoient un air de pompe militaire: quand le corps est parti, ils ont vu avec peine qu'on ne prenoit point le chemin de Saint-Nicolas-des-Champs, paroisse du défunt, mais celui du cimetiere où on le portoit en droiture : ils s'en sont plaints, & malgré la décla-

ration des prêtres qu'on n'avoit payé que pour
cette marche, ils ont forcé, le fabre à la main,
les porteurs du corps de le conduire à l'église;
mais quand le convoi eft arrivé, le Suiffe prévenu a fait fermer les pottes. Grand effroi dedans, grand tumulte au dehors; les recruteurs
menaçoient d'enfoncer les portes : on a recours
au curé qui, intimidé par toute cette cohorte,
ordonne que le cadavre entrera par une porte,
mais fans repofer fortira par l'autre : tout le cortege applaudit à la décifion du fage pafteur, on
crie *bravo*, on entre en triomphe, on bat des
mains, on répete *bis*; en un mot, on tourne en
parade cette fête funéraire.

10 *Juin*. M. le comte de *Haga* ne perd pas un
inftant durant fon féjour dans cette capitale; il
cherche à s'inftruire, à tout voir avec le plus
grand foin; il a déjà vifité plufieurs artiftes qu'il
a entretenus de leur art long-temps & en dé-
ployant beaucoup d'intelligence & de goût.

11 *Juin*. La plupart des auteurs dramatiques,
même les académiciens, fe font rendus à l'invitation du fieur de *Beaumarchais*. Il leur a fait part
de fon projet, qui eft de demander, par l'inter-
vention des gentilshommes de la chambre, un
réglement homologué au parlement, fuivant
lequel il fera défendu à toutes les troupes de
comédiens de province de jouer aucune piece nouvelle fans l'agrément de l'auteur & fans le faire
bénéficier du feptieme des repréfentations, à l'inf-
tar de Paris. Tout le monde a applaudi à ce projet; l'on a remercié le fieur de *Beaumarchais* de
fon zele pour l'intérêt de fes confreres, & il a
été chargé d'agir en conféquence & de faire toutes
les démarches néceffaires.

B 6

11 *Juin.* Par édit du mois de février 1776 , le roi avoit changé le régime des corvées ; par la déclaration du mois d'août suivant tout est rentré dans son ancien état ; il y est expressément ordonné *que les travaux pour les réparations & entretien des grandes routes continueront d'être faits dans les diverses provinces du royaume comme auparavant.*

Le commissaire départi en Guyenne s'est arrogé le droit de créer un nouveau système , d'établir une imposition , de l'augmenter à son gré , de détruire des privileges que sa majesté avoit rétablis.

C'est sur cet attentat envers les loix , qu'est intervenu l'arrêt du parlement de Bordeaux , du 27 mars dernier , portant qu'il sera fait une enquête pour être mise sous les yeux du roi.

Par un arrêt du conseil du 17 avril 1784 , cet arrêt du parlement a été cassé , & ledit arrêt a été signifié du très-exprès commandement du roi au greffier en chef du parlement , le 24 avril.

C'est alors que par un autre arrêt du 28 avril, fondé sur onze considérations des plus graves , le parlement , les chambres assemblées , a arrêté que le roi seroit très-humblement supplié de retirer ledit arrêt , comme évidemment surpris à sa religion ; ordonne que , *sous le bon plaisir de sa majesté* , son arrêt du 27 mars sortira son plein & entier effet ; ordonne que les enquêtes & toutes les pieces justificatives à leur appui seront mises sous les yeux du roi , & qu'il lui sera détaillé le monstrueux assemblage des vexations commises par le commissaire départi , d'après son système d'établir dans toute la généralité une imposition pour les corvées.

La cour a arrêté en outre que le roi seroit très-humblement supplié de faire cesser tous ces désordres ; de vouloir faire une loi qui prévienne l'arbitraire, & qu'il n'est point de province dans le royaume qui ait plus de droits que celle de Guyenne à la sollicitude paternelle de sa majesté ; qu'il n'en est point qui ait autant éprouvé les maux qui sont la suite naturelle de la guerre ; que la nature des denrées de ladite province, & les secousses qu'a éprouvé le commerce, l'ont empêché de jouir encore des avantages de la paix : que cependant obligée de payer des impôts énormes, n'ayant que des revenus casuels, & dont le débouché est absolument obstrué, il seroit impossible qu'elle pût fournir à un nouvel impôt.

11 *Juin.* Ces jours derniers un marchand d'ariettes étant monté à la portiere de deux dames qui se promenoient sur le boulevard, leur propose d'acheter des ariettes, entr'autres du *Mariage de Figaro.* Deux officiers qui étoient sur le devant rejettent avec dédain ces ariettes, disant qu'ils ont vu la piece une fois, & que cela leur suffit : un *quidam* passoit, il s'arrête, les apostrophe & les injurie à l'occasion de leur mauvais goût de mépriser ce qui cause l'engouement de tout Paris : les officiers furieux descendent pour donner des coups de canne à l'insolent, qui persiste à leur reprocher leur ignorance : grand tumulte, la garde arrive, le *quidam* est traduit devant le commissaire, est obligé de décliner son nom ; il se trouve que c'est le portier du sieur de *Beaumarchais.* On alloit le conduire en prison, lorsque les plaignants intercedent pour lui. Le commissaire, dont le devoir auroit été de faire toujours constituer prisonnier le délinquant, le relâche & se contente de le faire conduire sous bonne escorte chez son

maître , auquel il fait enjoindre de veiller avec
plus d'attention fur fes valets , & d'empêcher
qu'ils n'infultent les honnêtes gens.

11 *Juin*. Autant qu'on a pu tirer au clair l'anecdote du mémoire de Me. *Linguet* , voici ce qu'il
y a de plus conftaté.

Le fieur *le Quefne* , après s'être bien confulté
fur la diffamation qui réfultoit dans le public
contre lui du N°. 72 de Me. *Linguet* , a été con-
feillé de rendre plainte & de faire affigner fon
adverfaire, ou à défavouer les faits, les accufations & calomnies inférées dans les annales audit
numéro, ou de fe voir condamné à lui en faire une
réparation authentique.

En conféquence l'affignation a été donnée chez
le fieur de Montbines , le nouveau correfpondant
du journalifte , où il eft cenfé avoir élu fon
domicile.

Le fieur de Montbines n'a pas manqué d'envoyer cette affignation à Me. *Linguet* , & c'eft en
réponfe à cet acte juridique du fieur *le Quefne* qu'il
a fait paffer fon mémoire in- 4°. de 107 pages ,
pour être remis à fes juges.

Me. *Linguet* avoit en même temps propofé à
fon commettant de faire réimprimer ce mémoire
à Paris pour l'envoyer à tous fes foufcripteurs;
mais celui-ci lui a repréfenté que cette réimpref-
fion pourroit fouffrir beaucoup d'inconvénients,
& qu'il croyoit plus expédient qu'il le fît imprimer
à Londres, & le lui renvoyât tout prêt à être
diftribué.

11 *Juin*. L'affaire de M. le vicomte de *Noë*
n'eft point finie ; mais indépendamment de ce qui
peut avoir été fait à Bordeaux , après avoir préfenté requête à la connétablie pour fe rendre oppo-

fant à l'exécution du jugement du tribunal des maréchaux de France, qui avoient ordonné qu'il. feroit enlevé de fa terre & conduit à Paris pour y fatisfaire aux ordres du tribunal, la connétablie ayant mis néant à cette requête, il s'eft pourvu au parlement de Paris par appel , & cette cour a rendu arrêt de défenfes qui le prend fous fa protection. Les vacances ont empêché jufqu'à préfent les fuites de cette affaire, dont il doit réfulter une grande conteftation entre ce tribunal & le parlement.

12 *Juin*. D'après l'arrêt du confeil qui augmente & fixe les appointements des premiers fujets de l'opéra, le régime en eft encore changé. Ils ne font plus chargés de la recette , ni de la dépenfe; ce font les menus. On ne doute pas que cette nouvelle adminiftration ne retombe dans les inconvéniens de la précédente, & que les frais qui augmenteront ne rendent ce fpectacle plus onéreux que jamais au roi. Déjà les fujets n'ayant aucun intérêt à la chofe fe négligent & ne veillent à aucune des déprédations qui fe commettent journellement dans fes détails économiques.

12 *Juin*. Non - feulement l'affaire de Bordeaux concernant les corvées ne s'arrange point , mais elle devient plus grave que jamais. M. de *Fumel* y a dû tenir avant la pentecôte une féance , pour caffer tout ce qui avoit été fait & même pour enlever les minutes , de façon qu'il n'en refte aucune trace. Le maréchal de Mouchy vient enfuite de partir avec ordre de contenir le parlement à la rentrée.

12 *Juin*. On peut fe rappeller le différend élevé entre le docteur *Mefmer* & le docteur *Deflon* , dont l'objet principal eft un fomme de 150,000 liv. que

le premier répete contre l'autre. Cette affaire a mûri depuis long-temps , & l'on assure qu'elle est enfin au moment d'éclater , qu'elle va se plaider *in magnis* ; que c'est Me. *Gerbier* qui parlera pour le sieur *Mesmer* , & Me. de *Bonnieres* pour le sieur *Deston*.

1 2 *Juin*. Il doit y avoir demain par extraordinaire bal à l'opéra. M. le duc de *Chartres* , qui cherche à tirer parti de tout pour accréditer son jardin , a fait afficher une annonce , par laquelle il restera ouvert & illuminé toute la nuit , & les masques auront toute permission d'y entrer. Les marchands des galeries sont invités de seconder la munificence de monseigneur , & de laisser leurs boutiques ouvertes.

1 3 *Juin*. L'émeute religieuse & comique arrivée à la paroisse de Saint-Nicolas-des-Champs mérite encore quelques détails. On n'avoit payé pour le convoi du sieur *Tricot* que 1 5 livres , & il en faut 4 5 liv. pour que le cadavre ait le droit d'entrer dans le lieu saint. Les prêtres s'étoient obstinés à se rendre au cimetiere , & le cadavre étoit arrivé sans eux à l'église.

Les recruteurs se battoient contre les Suisses pour faire entrer le cadavre , lorsque le curé instruit du tapage rendit la décision dont on a parlé , mais qui ne finit pas la querelle. Les recruteurs voulurent que le cadavre reposât un moment. Ils le firent placer sur des chaises arrangées en forme de piédestal ; la loueuse de chaises s'y opposant & ayant donné un soufflet à l'un d'eux , fut foulée aux pieds : enfin n'y ayant aucun prêtre pour dire quelques prieres , les recruteurs y suppléerent en tournant trois fois autour du cadavre aux acclamations de l'assemblée, & conduifirent enfuite leur héros au cimetiere en chantant la chanfon des funérailles de Marlborough. On ajoute que le curé s'eft plaint à la police de tant d'irrévérences, & que les recruteurs font en prifon, mais fourdement, pour ne point aggraver le fcandale par trop de publicité.

13 *Juin.* Depuis que le jugement du confeil de guerre eft rendu & connu, les mémoires percent moins difficilement. On voit dans le public :

1°. Mémoire du comte de *Graffe* fur le combat du 12 avril 1782, avec huit plans des pofitions principales des armées refpectives.

2°. Obfervations du marquis de *Vaudreuil*, adreffées au confeil de guerre à l'Orient.

3°. Réponfe de M. de *Graffe* aux obfervations de M. de *Vaudreuil.*

4°. Mémoire de M. de *Bougainville*, commandant la troifieme efcadre au combat du 12 avril 1782.

5°. Mémoire juftificatif pour *Jean François*, Baron d'*Arros d'Argelos*, chevalier de l'ordre royal & militaire de Saint-Louis, capitaine des vaiffeaux du roi, brigadier de fes armées, commandant le vaiffeau le *Languedoc* dans l'armée fous les ordres du comte de *Graffe.*

6°. Lettre de M. d'*Albert de Rioms*, commandant le *Pluton*, à M. le marquis de *Vaudreuil*, datée de l'Orient ce 12 janvier 1784.

7°. Notes de M. le marquis de *Vaudreuil* en réponfe à cette lettre.

8°. M. d'*Albert de Rioms* à MM. du confeil de guerre affemblés à l'Orient.

13 *Juin.* Les *cinq* Doigts , sur le vaudeville du mariage de Figaro.

Boufflers peignit avec grace
Le lieu , - dont chacun eft fol ;
Barthe & d'*Arnaud* fur fa trace
Ont chanté le cul , le col ;
Sans m'élever à leur place ,
D'une plus timide voix
Je vais chanter les cinq doigts.

Un vieux que chacun repouffe ,
S'il a de l'or bien compté
Fait la cadence du pouce ,
Soudain il eft fupporté.
Vénus va pour lui plus douce
A fon lit l'affocier ;
Honneur au doigt financier !

Du fecond l'emploi me touche ,
Du myftere figne heureux ;
Près d'une mere farouche
Il exprime & parle aux yeux ,
En le plaçant fur la bouche ,
L'amour fidele & difcret
Nous dit : garde mon fecret.

Celui du milieu réclame ,
Mefdames , le pas fur tous :
Quand l'amour perd de fa flamme
Ce doigt la réveille en vous ,
Lorfqu'auffi près d'une dame

Le Dieu ceuille un beau laurier,
Ce doigt eſt ſon brigadier.

Au ſuivant l'amour fidele
Met l'anneau de ſon bonheur,
Qui le reçoit d'une belle,
En retour promet ſon cœur :
Ce doigt d'amour éternelle
Offre le gage enchanteur,
Je le crois un peu menteur.

Le petit dans l'art magique
Paſſe pour être en crédit ;
Une femme deſpotique
De ce renom s'enhardit,
Et par ce mot ſans réplique
L'amour foible eſt interdit :
Mon petit doigt me l'a dit.

De tous ces doigts, ce me ſemble,
L'éloge eſt pouſſé trop loin,
De l'écrire encore je tremble,
Et le dire eſt un beſoin.
J'ai vu ces lâches enſemble
S'unir d'un effort commun,
Et ſe mettre cinq contre un.

14 *Juin.* La chanſon ci-deſſus avoit été précédée, ou a été ſuivie de la piece de vers ci-jointe,
intitulée : *les Doigts.* On prétend qu'elle a été

adreſſée à la fille du marquis de *Paulmy* , la princeſſe de Luxembourg.

Honneur à cet artiſte ſage
Qui pour le bonheur des humains
Des doigts qu'il joignit à leurs main; ,
Daigna multiplier l'uſage :
C'eſt du ciel le don le plus doux ,
Car des doigts l'adreſſe infinie
Fait tout le plaiſir de la vie ;
Et ſans les doigts que ferions-noùs ?
Liſe eſt ſavante , pour ſon âge,
Car à douze ans Liſe conçoit
Tous les plaiſirs du mariage
Que lui montre ſon petit doigt.
De jolis doigts ont de l'abſence
Souvent adouci les rigueurs.
Que les doigts ont d'intelligence
Pour ſoulager deux tendres cœurs ,
Que tourmente la vigilance
Et des mamans & des tuteurs.
Les doigts à l'amante captive
Pour oublier la liberté ;
Les doigts pour l'amante craintive
Dans un tableau bien imité
D'une jouiſſance illuſive
En font une réalité.
Souvent dans l'amoureuſe ivreſſe
Les doigts font le charme des cœurs ,
Tout s'embellit par leur adreſſe
Et par-tout les doigts ſont vainqueurs.

Si la beauté que je préfere
Daignoit permettre qu'aujourd'hui
De ses doigts la touche légere
Portât remede à mon ennui,
Je bénirois sa bienfaisance :
Si mes vœux n'étoient superflus,
En peignant ma reconnoissance
J'aurois pour elle un doigt de plus.

14 *Juin*. M. le marquis de *Montesquiou*, dans l'espoir que le roi de Suede voudroit bien honorer de sa présence sa réception à l'académie françoise, avoit fait différer la cérémonie. Dès que M. le comte de *Haga* a été arrivé, la compagnie a député vers lui pour l'instruire de son debir : M. le comte de *Haga*, flatté de l'honneur qu'on lui faisoit, en a témoigné toute sa reconnoissance ; mais a déclaré qu'il n'avoit de libre que le mardi quinze. Ce n'est point jour d'académie françoise, & c'est au contraire jour d'académie des belles-lettres, dont la salle tient précisément à l'autre, & sert même de passage les jours de séance publique. Grande négociation à ce sujet entre les deux secretaires. M. d'*Acier* a déclaré ne pouvoir suspendre de son autorité les travaux de sa compagnie ; il a fallu que M. le baron de Breteuil, comme ministre de Paris, écrivît une lettre au nom du roi pour décider la contestation, & demain la séance aura lieu extraordinairement *par ordre*. On a rassemblé en diligence tous les membres dispersés, qui avoient pris une courte vacance.

14 *Juin*. La fête que M. le duc de *Chartres* avoit imaginée n'a pas eu lieu hier, du moins

quant aux masques ; il est venu un ordre du roi qui a empêché de les laisser entrer durant la nuit dans le jardin du Palais-Royal. C'est une mortification donnée à son altesse, qui auroit dû prévoir le désordre que pouvoit occasionner une semblable saturnale.

15 *Juin*. Suivant le mémoire du comte de *Grasse*, l'équité du roi n'a pas permis que sa conduite au combat du 12 avril 1782, restât exposée au blâme public, sans avoir été juridiquement examinée. Il avoit lieu d'attendre ce bienfait de sa majesté après quarante-huit ans de service, trente campagnes, douze combats, & ses succès précédents durant la guerre qui vient de finir.

L'objet de son mémoire est de prouver : 1°. que le vaisseau amiral, après onze heures & demie de combat, privé de tout moyen de défense ultérieure, hors d'état de se sauver, lorsqu'il l'a rendu, ne laisse aucun sujet de blâme contre M. de *Grasse*, comme capitaine.

2° Qu'ayant fait depuis le commencement jusqu'à la fin du combat, les signaux propres à chacune des circonstances & aux variations des vents, il doit être absous avec honneur comme général.

Ce mémoire n'est point mal fait, sur tout quant à la partie qui tend à disculper le comte de *Grasse* comme général : en supposant l'exposé des circonstances exact, il a raisonné très-judicieusement tous les mouvements & tous les ordres ; mais les manœuvres les plus importantes n'ont pas été exécutées : neuf de ses signaux dans les positions les plus critiques ont été absolument négligés. Il n'en falloit pas tant pour perdre la bataille. M. de *Bougainville* est gravement inculpé; le marquis de *Vaudreuil* légèrement & le plus souvent applaudi.

Quant à la reddition du vaisseau amiral, malgré l'étalage où il entre de son mauvais état, il laisse encore beaucoup de choses à désirer pour sa justification, & celle-ci, à beaucoup près, n'est pas aussi claire que la première.

15 *Juin*. Lundi 7 de ce mois, lorsque le comte de *Haga* est arrivé, le roi ne comptoit point sur lui, & sa majesté étoit allée à la chasse à Rambouillet, où elle devoit donner à souper à vingt-cinq seigneurs. La reine lui dépêcha un courier; il n'avoit point ses voitures, il se fit ramener par un palfrenier, & prévint Monsieur, qui étoit du voyage, de n'avertir de son départ qu'au moment du souper, dont il feroit les honneurs à sa place, au moyen de quoi sa garde-robe resta à Rambouillet. Le roi rentré dans son appartement, n'avoit point de clefs, n'avoit point de valets de-chambre; il fallut un serrurier & l'on appella les premiers venus pour habiller sa majesté. Ceux-ci, peu au fait, s'en tirerent comme ils purent & d'une façon fort ridicule; en sorte que, quand le le roi vint chez la reine pour trouver le comte de *Haga*, chacun eut peine à s'empêcher de rire; la reine lui demanda s'il donnoit bal ce soir-là, & s'il avoit déjà commencé la mascarade, ou s'il vouloit montrer au comte de *Haga* une idée de l'élégance françoise? Il avoit un soulier à talon rouge, un autre à talon noir, une boucle d'or, un autre d'argent & ainsi du reste. Il fallut cependant qu'il demeurât de la sorte dans la crainte d'être pire.

Le soir, à son coucher, sa majesté plaisanta beaucoup de l'accoutrement bizarre où on l'avoit mis: elle dit en riant: « Je connois celui qui m'a » ridiculisé de la sorte, & je l'arrangerai bien à à mon tour. » Ces petits traits décelent la bonté de l'ame du roi, combien il est facile dans son service, & aimable dans son intérieur.

15 *Juin*. Relation de la séance publique, tenue extraordinairement aujourd'hui mardi , pour la réception de M. le marquis de Montesquiou.

L'affluence depuis plusieurs années toujours très-grande à ces sortes d'assemblées, ne pouvant croître, puisque le local n'étoit pas plus étendu , a été du moins remarquable par l'espece & le zele des spectateurs. Dès midi & demi , plus de deux cents femmes de la plus haute qualité avoient pris poste , & entraînant à leur suite une foule d'hommes du même rang, la salle n'a été remplie, à proprement parler, que de gens de cour, & le peu d'hommes de lettres qui s'y sont trouvés, n'y sont entrés que furtivement en quelque sorte & en contrebande.

Au reste, si la personne du récipiendaire attiroit la foule, son discours le méritoit peu. En vrai courtisan, M. de Montesquiou voulant plaire à tout le monde, a rétabli l'ancienne formule d'éloges usités pour les fondateurs & protecteurs de l'académie ; il a passé ensuite à son prédécesseur, qu'il faut se rappeller avoir été M. l'ancien évêque de Limoges, le précepteur des enfants de France ; il a prétendu que son plus bel ouvrage étoit l'éducation de ces augustes éleves, ce qui lui a fourni l'occasion d'esquisser le portrait de chacun avec les couleurs les plus flatteuses : il a peint *Louis* XVI. Le monarque humain, juste & simple, ami de la franchise, des mœurs & de l'économie. Monsieur, auquel il a l'honneur d'être attaché, lui a fourni des détails plus particuliers ; il est entré dans ceux de sa vie intérieure : il

nous

nous a vanté fon amour de l'étude, & nous a
appris que ce prince, en s'efforçant d'acquérir les
connoiffances néceffaires à fon rang, y joignoit
le goût des lettres & les cultivoit avec fuccès.
Enfin les qualités héroïques de M. le comte d'*Artois* n'ont point échappé au pinceau du nouvel
académicien: il a principalement appuyé fur fon
voyage de Gibraltar ; épifode mémorable & glorieux de la vie de ce prince. La reine a reçu auffi
le tribut de louange dû à fes traits, à fes graces
& à fes vertus.

M. le marquis de Montefquiou n'avoit garde
d'oublier le comte de *Haga*, pour qui la féance
avoit été reculée & fixée à ce jour extraordinaire.
Sans lever exactement le voile qui l'enveloppoit,
il a fait l'éloge des monarques philofophes qui
voyagent pour s'inftruire, & qui en fe répandant
davantage, ne font qu'étendre leur renommée &
fe rendent non moins chers aux étrangers qu'à
leurs fujets.

C'eft M. *Suard* qui, en qualité de directeur,
a répondu à M. de Montefquiou. Il a révélé d'a-
bord les titres littéraires de celui-ci à l'académie
françoife, que peu de gens connoiffoient: il nous
a appris que ce courtifan ingénieux faifoit des
pieces de vers très-agréables, des contes, des
chanfons, des épigrammes, des romans, des comédies, mais tous ouvrages de fociété, que la modeftie de l'auteur n'a point laiffé fortir du cercle
de fes amis. En parlant des comédies de M. de
Montefquiou, le directeur a pris occafion de-là
pour s'élever adroitement contre celle du fieur de
Beaumarchais, fi courue en ce moment. Sa critique,
quoiqu'indirecte, a été fi jufte que perfonne ne
s'y eft mépris. Elle a reçu des applaudiffements

incroyables & unanimes. C'étoit un enthousiasme, une ivresse p'us grande encore que celle des admirateurs du *Mariage de Figaro*.

Un autre endroit du discors de M. *Suard* qui, sans faire autant de plaisir, a paru piquant & bien adapté aux circorstances, c'est la digression qu'il a faite sur l'usage de l'académie d'entremêler ses membres littéraires de gens de la cour, comme les plus capables de fixer parmi elle le beau langage & ce qu'on appelle le *bon ton*. Quoique cette idée paroisse prêter assez au ridicule, il lui a donné une tournure qu'il a fait passer & qui lui a même mérité des applaudissements.

Le directeur pouvoit moins encore que le récipiendaire se dispenser de parler du comte de *Haga*. Il a seulement cherché à ne pas se répéter avec lui, & heureusement le sujet très-fécond, lui a permis de varier & le fond & la forme de l'éloge.

Aprés ces deux discours, M. de *la Harpe* a lu un chant d'un poëme en l'honneur des femmes, qui doit être divisé en quatre. Quoique la fiction en soit très-poétique & très-ingénieuse ; quoiqu'il y ait des descriptions charmantes, riches & pleines de goût : quoique la versification en soit brillante & harmonieuse, cet ouvrage a reçu peu d'applaudissements, & cependant l'auteur ne pouvoit mieux choisir son auditoire, puisqu'il étoit composé en grande partie de femmes ayant toutes des prétentions, soit aux graces, soit à l'esprit. M. l'abbé *Arnaud* prétend que c'est la faute du rithme de ce poëme qui est en vers *hexametres*, c'est-à-dire en grands vers, qui ne réussissent jamais dans notre langue, à moins qu'ils ne soient joints à une action. On croit, malgré cette affertion, qu'il faut plutôt en chercher la cauſe dans la perſonne du poëte, en général peu aimé du public. Ses partiſans eſperent qu'il ſera vengé de ce dédain dans le filence du cabinet.

Au reſte, on lui reproche pluſieurs gaucheries dans les détails du morceau qu'il a lu ; comme d'avoir trop déprimé les Turcs ; d'avoir fait des vœux pour la deſtruction de leur empire dans un moment où la France cherche à les ſoutenir & à s'unir plus étroitement avec eux ; & devant qui ? En préſence de M. le marquis de *Choiſeul-Gouffier*, envoyé ambaſſadeur auprès de la cour *Ottomane!*

On devoit s'attendre ſans doute que M. de *la Harpe*, correſpondant du grand-duc de Ruſſie, dans un ouvrage à la louange des femmes feroit un éloge pompeux de l'impératrice mere de ce prince : mais on eût voulu qu'en préſence du comte de *Haga* il n'eût pas affecté d'exalter cette ſouveraine aux dépens des autres puiſſances du Nord, qui ne peuvent lui être aſſimilées.

Une choſe très-remarquable dans ce poëme, c'eſt que l'auteur, en faiſant l'énumération de quelques femmes célebres de France, mortes ou vivantes, a nommé avec la plus grande diſtinction Mad. la comteſſe de *Genlis*, avec laquelle il eſt brouillé, & qui tout récemment, dans ſon dernier ouvrage intitulé les *Veillées du Château*, a fait un portrait affreux de M. de *la Harpe*. Quelqu'un lui en ayant témoigné ſa ſurpriſe, il a répondu qu'il rendoit le bien pour le mal.

M. le duc de *Nivernois* a terminé la ſéance par la lecture des ſix fables ; ſavoir, *le jugement du Lion* ; *le Lion*, *le Bœuf & le Renard* ; *les Prieres* ; *les deux Sceptres* ; *le muſulman*, *ſa femme & la*

Pie, & *la Pyramide*. Ces petits ouvrages lus fans
prétention, avec le même naturel & la même facilité dont ils femblent avoir été compofés, contenant une moralité exquife, ont été reçus avec un
enthoufiafme univerfel.

Après la féance M. le comte de *Haga* s'eft rendu
dans la fal'e particuliere d'affemblée des académiciens, où M. le maréchal duc de *Duras* lui a
préfenté les divers confreres qui s'y font rencontrés.
L'illuftre étranger a paru les connoître tous, au
moins par leurs ouvrages. Il n'eft pas jufques à
M. *Beauzée*, très-ignoré dans fa propre patrie,
auquel il n'ait fait compliment de fa gram-
maire & autres écrits fur la langue. Il a félicité
M. *suard* fur la hardieffe avec laquelle il avoit
ofé attaquer la comédie du fieur de *Beaumarchais*,
& frondé le mauvais goût des fpectateurs. Il a
demandé à plufieurs reprifes où étoit le doyen de
la compagnie, le maréchal duc de *Richelieu*? Il
a témoigné fon regret de ne pas voir M. de
Malesherbes; enfin il a queftionné M. de *la Harpe*,
s'il n'avoit pas compofé une tragédie de *Guftave*?
Il lui a dit qu'il en avoit fait toutes fortes de recherches fans avoir pu la trouver. Ce qui a obligé M. de *la Harpe* de lui avouer que cette piece
n'ayant pas réuffi, il l'avoit gardée dans fon
porte-feuille; mais ayant ajouté qu'il comptoit la
travailler, la faire jouer une feconde fois & imprimer enfuite, le comte de *Haga* lui en a
témoigné fa fatisfaction, d'autant que ce fujet
l'intéreffoit infiniment. Le dernier mot qu'on ait
recueilli de M. le comte de *Haga*, c'eft fon excla-
mation en voyant cette falle dont les murs font
couverts de tous les portraits des académiciens
morts & vivants: *Cette tapifferie vaut mieux que*

la plus belle teinture des Gobelins. Dans ces différents propos M. le comte de *Haga* s'est exprimé
avec beaucoup d'élégance, de naturel, de facilité
& d'esprit. Il paroît connoître parfaitement notre
langue & son génie, & sous ce point de vue ne
seroit pas indigne de figurer dans l'assemblée
qu'il a honoré de sa présence.

16 Juin. Les *observations du marquis de Vau-*
dreuil sont foibles. Elles tendent en général à
disculper toute l'armée. Ce n'est qu'après les plus
grands efforts & la résistance la plus opiniâtre que
les François ont été forcés de céder la victoire. Sa
retraite ne peut être que glorieuse à la nation. Au
lieu de fuir à toutes voiles, il a rassemblé dix-
sept vaisseaux de l'armée navale à la vue des
ennemis, & il a croisé plusieurs jours pour attendre les cinq qui lui manquoient.

16 Juin. M. de *Grasse*, dans sa *Réponse aux*
Observations du marquis de Vaudreuil, commence
par lui reprocher d'avoir abusé de la confiance
avec laquelle il lui avoit fait part de son mémoire
pour répandre avec affectation ses *Observations*,
tandis que M. de *Grasse* avoit reçu défenses de
publier son mémoire imprimé depuis le mois
d'octobre 1782, & dont il n'a eu la liberté d'envoyer des exemplaires au président du conseil de
guerre que le 14 Novembre 1783.

L'objet de cette réponse au surplus est de démontrer que les observations du marquis de
Vaudreuil sont en contradiction; les unes avec le
triplicat de ses dépêches au ministre du 26 avril
1782; les autres avec la lettre du 18 juin suivant,
que le comte de *Grasse* a reçue à son arrivée en
France; celle-ci avec la lettre de M. *Mithon* au
même, en date du 19 juin 1782, & celle-là avec

l'ordonnance de la marine du 25 mars 1765, titre du combat & avec les faits de la cause.

Cette réplique semble fort bonne & réfuter avec autant de justesse que de force la foible apologie de toute l'armée navale, entreprise par le marquis de *Vaudreuil* & l'inculper lui-même.

16 *Juin*. On assure que M. de *Calonne* a trouvé le moyen de fournir aux besoins de M. le duc de *Chartres* par une tournure fort ingénieuse. Le Palais - Royal est un apanage qui doit revenir à la couronne à défaut d'hoirs mâles. Dans le temps où se fera cette réunion, il faudra bien tenir aux héritiers de la branche d'Orléans compte des améliorations faites au Palais-Royal, & les en rembourser. En conséquence on fournit d'avance au duc de *Chartres* quatre millions à déduire sur ce qu'il pourra leur être dû à cette époque.

Sans cette ressource les bâtiments iroient fort mal, ils languissent beaucoup depuis cet hiver.

17 *Juin*. Le mémoire de M. de *Bougainville* est peu de chose & sa principale défense est de dire qu'il n'a pas vu les signaux, ou que les ayant vus imparfaitement il n'a pas cru prudent de les exécuter avant d'en être plus sûr.

Du reste, on attribue la perte de la bataille : 1°. à ce que les ennemis étoient plus forts en nombre de près d'un quart, & que dans ce quart il y avoit trois vaisseaux à trois ponts.

2°. A ce que tous les vaisseaux Anglois étoient doublés en cuivre, tandis que la moitié au plus des François l'étoient ainsi, & que les autres n'avoient que des carenes très-anciennes ; avantage bien supérieur à l'avantage numérique, qui rendoit leurs mouvements simultanés & rapides, ensemble d'efforts, qui fait la force d'une armée.

3°. Le bord que les ennemis couroient, tendoit à leur faire trouver le vent, tandis que le nôtre nous conduisoit dans des parages soumis à un calme habituel & à un changement de vent favorable à nos rivaux.

4°. Enfin les ennemis qui nous combattoient avec cette excessive supériorité de moyens & de circonstances, étoient les Anglois, ce peuple qu'il suffit de nommer pour prononcer l'éloge de ses talents à la mer.

D'ailleurs cette victoire n'a eu aucune suite favorable pour eux; ils étoient si maltraités qu'ils n'ont pu gagner Antigues & qu'ils ont été obligés, comme nous, de faire vent arriere.

Une anecdote à conserver de ce mémoire est celle de M. de *Marigny*, commandant le *César*: après l'avoir défendu jusqu'à la derniere extrémité, étendu sur son lit, mortellement blessé, on vient lui dire que le vaisseau qui est en feu va sauter: *tant mieux*, répondit il, *les Anglois ne l'auront pas. Fermez ma porte, mes amis, & tâchez de vous sauver.*

17 *Juin.* Le mémoire de M. d'*Arros* est fort clair & fort développé; il se justifie très bien, il prouve par les faits qu'il n'a point quitté son poste de matelot de l'avant, que lorsqu'il s'est trouvé désemparé au point de ne pouvoir plus manœuvrer; s'étant réparé il a vu le *signal de vitesse*, par lequel il n'y a plus d'ordre de division, chacun se place comme il peut; M. d'*Arros* l'a fait, & il n'y avoit alors qu'un vaisseau entre la *Ville de Paris* & lui, & puis deux: il sert depuis trente-sept ans & n'a encore éprouvé aucun reproche; il a reçu mille sept cent soixante-dix-sept coups de canon. Il avoit encore quinze cents gargousses de

sout calibre , ayant eu la précaution d'en faire -
faire huit cents durant le combat.

Suivant ce que dit M. d'*Arros* , M. de *Graffe*
paroiffoit encore en bon état , lorfqu'il s'eft rendu ;
il a amené dans le moment qui lui étoit le plus
favorable , où l'ennemi commençoit à tenir le
vent & à défefpérer de prendre l'amiral.

17 *Juin.* On parle d'une nouvelle place d'adminiftrateur - général de la loterie royale de
France , créée en faveur du fieur *Morel,* à la charge
de penfions pour les fieurs *Garat* & *Afwedo.* On
connoît le premier : le fecond eft un juif qui
chante avec beaucoup de goût , fort infolent &
renommé pour un foufflet qu'il reçut au café du
Caveau en préfence de beaucoup de fpectateurs ; ce
qui le corrigea & le ramena à faire des excufes à
l'offenfé.

17 *Juin.* La lettre de M. *Albert de Rioms* eft
courte & tend uniquement à le difculper de n'avoir
pas exécuté un certain fignal. Il prouve à M. le
marquis de *Vaudreuil,* chef de l'efcadre blanche
& bleue , que c'étoit d'autant moins à lui à faire
ce reproche à un capitaine de vaiffeau de fa divifion , qu'il n'avoit pas répété le fignal de façon à
déterminer d'y obéir. Les arguments de M. de
Rioms femblent preffants & victorieux.

18 *Juin.* Les *Notes de M. le marquis de Vaudreuil* en marge de la lettre de M. *Albert de Rioms*
font foibles & même des efpeces d'excufes à cet
officier. Il lui reproche feulement d'expofer fes
griefs d'une maniere peu décente & repréhenfible.

18 *Juin.* La requête ou difcours de M. *Albert
de Rioms* à MM. du confeil de guerre affemblés ,
tend à fe plaindre , tandis que la plupart des autres
accufés n'ont été décrétés que d'affigné pour être

oui, de l'être d'ajournement perfonnel, lui fixieme ; il y répond directement à l'accufation du
comte de *Graffe* de n'avoir pas obéi à fon premier
fignal.

Il entre à cette occafion dans la difcuffion de
l'objet de ce fignal, & prétend qu'il ne pouvoit
remplir les intentions de M. de *Graffe* ; qu'eût-il
été exécuté, on n'en auroit pas plus obtenu la
victoire, & l'on ne s'en feroit pas mieux tiré. Il
fait un parallele de l'état des chofes à la journée
du 9, dont le général fe prévaut fi fort, & démontre qu'il ne reffembloit pas à celui de la
journée du 12 ; conféquemment qu'en faifant la
même manœuvre, on ne pouvoit fe flatter d'un
fuccès pareil.

Les caufes de notre défaftre, en ne comptant
que du commencement de l'action, font : 1°. la
fupériorité connue de l'ennemi ; 2°. le défordre
où nous nous fommes vus dans les premiers
inftants ; défordre bientôt augmenté par le changement de vent, enfin rendu extrême par les circonftances qui ont permis à l'ennemi de couper
notre ligne en deux endroits : 3°. le calme qui a
mis le plus grand obftacle au rétabliffement de
l'ordre, en ce que tandis qu'il retenoit la feconde
efcadre dans une inaction abfolue & forcée, la
brife donnoit à nos ennemis les moyens de fe
réunir pour porter leurs efforts fur un feul point.

18 *Juin.* L'affaire de l'abbé *Mably* fe civilife, du
moins quant au cenfeur, M. de *Sancy.* Il a reçu
une lettre en date du 22 mai, de M. *Laurent de
Villedeuil*, directeur aujourd'hui de la librairie,
qui lui apprend que M. le garde-des-fceaux l'a
rétabli. On affure que c'eft à la recommandation
de l'archevêque même qui a écrit à M. de *Mire-*

mefnil qu'il croyoit le cenfeur fuffifamment puni
de fon inattention, qu'il fe défiftoit de toute
pourfuite à fon égard. & le prioit inftamment
de lui rendre fes fonctions.

18 *Juin.* Extrait d'une lettre de Lyon, du 6 juin...
Avant-hier on a régalé le comte de *Haga* du
fpectacle d'une *Montgolfiere*, (c'eft ainfi qu'on a
baptifé les machines aéroftatiques fabriquées fuivant la méthode de MM. de *Montgolfier*). Elle
avoit 70 pieds de diametre vertical, fur 189 pieds
de circonférence. Les coopérateurs qui faifoient
le fervice de ce ballon, s'étoient noué autour du
bras un mouchoir blanc; allégorie dont l'application n'échappa point à l'augufte étranger. Il apperçut auffi à leur boutonniere une petite médaille, portant d'un côté les armes de Suede, &
de l'autre celle de France: *Oui*, dit-il, *fort bien!*
ces armes-là font unies depuis long-temps Je n'entrerai pas dans le détail de cette expérience, qui
n'eft plus ou plutôt qui n'eft encore qu'un jeu d'enfant, mais cependant penfa être funefte aux voyageurs par les foubrefaults de la machine, lorfqu'elle s'abattit. M. le comte de *Laurencin* diri-
geoit l'expérience ; mais le fpectacle nouveau
qu'elle offrit fut celui d'une femme, dont le
nom fera déformais illuftre par fon intrépidité ;
c'eft Mad. *Tible*, Lyonnoife : elle reçut des compliments univerfels & fur-tout du comte de *Haga*,
& fut couronnée à la comédie au bruit des acclamations publiques.

M. le comte de *Haga* foupa à l'archevêché, où
M. de *Montazet* avoit fait conftruire un falon
fur une terraffe illuminée dans le meilleur ordre,
& terminée par une décoration fur laquelle on
voyoit une infcription & des emblêmes rappellant

les événements les plus remarquables du regne de GUSTAVE III : galanterie dont le comte de *Haga* témoigna sa vive satisfaction au prélat.

19 *Juin*. M. le marquis de *Tibcuville* est mort ces jours derniers. Il étoit connu dans la république des lettres pour avoir donné au théâtre une tragédie de *Thélamire* en 1759, & pour différents ouvrages de société; mais sa grande réputation lui venoit pour avoir mis la pédérastie à la mode en quelque forte, pour en avoir fait trophée avec d'autres seigneurs de la cour, tels que le duc de *Villars*, le marquis de *Salins*, &c. Aussi *Voltaire* l'a-t-il honorablement placé dans sa pucelle.

19 *Juin*. Le bal paré donné hier en l'honneur de M. le comte de *Haga*, a offert, suivant l'usage, le coup d'œil le plus riche & le plus imposant, le plus agréable en même temps par la réunion des femmes les plus élégantes & les plus jolies de la cour. Il a été sans étiquette & l'on n'a point dansé de menuet, parce qu'il auroit dû s'ouvrir dans le grand cérémonial par la reine & l'auguste étranger, & que celui-ci ne danse point.

20 *Juin*. Il paroît constaté que M. d'*Entrecasteaux*, conseiller au parlement d'Aix, âgé de vingt-six ans, après avoir tenté à plusieurs reprises d'empoisonner sa femme, l'a égorgée dans son lit de la façon la plus atroce. On raconte que l'ayant surprise endormie, de concert avec son valet-de-chambre, scélérat dévoué à ses ordres, ils lui avoient tous deux tamponné la bouche avec du coton, puis scié le col avec un rasoir; que pendant cette horrible opération, le mari tenoit un vase pour recueillir le sang; qu'ayant pris

C 6

toutes les précautions pour arranger une histoire,
il avoit crié au voleur; mais que par tout ce qui
avoit suivi, on avoit lieu de se convaincre qu'ils
étoient les auteurs du crime, & que ce qui ne per-
mettoit plus d'en douter, c'est que M. d'*Entrecasteaux* s'étoit retiré en Sardaigne.

Le pere du mari étoit ici. Il est président à
mortier de ce parlement, mais peu aimé dans
sa compagnie, comme attaché dans le temps au
parti Maupeou, & comme poursuivant actuellement un de ces procès qu'il est même honteux
de gagner.

Le parlement a écrit à M. le chancelier pour
le prier de supplier le roi de faire recommander
le coupable dans toutes les cours.

Mad. d'*Entrecasteaux* la bru, étoit *Castellane*
en son nom, fort jolie & âgée de 24 ans seulement. Elle avoit eu peu de biens en mariage; le
jeune homme étoit fort avare, & désiroit épouser
une riche veuve : c'est ainsi qu'on motive son
crime épouvantable.

20 *Juin.* Extrait d'une lettre de Rennes, du
14 juin ... Vous me demandez ce que c'est que
la *société patriotique bretonne.* C'est une de ces as-
sociations si à la mode aujourd'hui, qui se forment, sans trop savoir pourquoi, & qui croient
avoir beaucoup d'illustration en imaginant un
titre qui annonce de grands devoirs, qu'elles font le
plus souvent dans l'impuissance de remplir.

Celle-ci doit son origine & son institution à
M. le comte de *Serent*, gouverneur de la pres-
qu'isle de Ruis, commissaire-général des états de
Bretagne au bureau de l'administration, membre
de plusieurs académies. C'est dans la grande salle

de son château de Kerallier que se tiennent les af-
semblées. On y voit une tribune portant cette
inscription : *ici on sert son Dieu sans hypocrisie,*
son roi sans intérêt, & sa patrie sans ambition.
On a donné au lieu des assemblées le nom fastueux
de *Temple de la patrie.* Les patriotes bretons, pour
augmenter l'éclat de leurs solemnités, se sont associé plusieurs femmes célebres, telles que madame
la comtesse de *Nantais,* Mad. la comtesse de *Genlis,*
Mad. la baronne de *Bourdic* & Mad. la comtesse
de *Beauharnois,* qui vient tout récemment d'être
proclamée *citoyenne ;* c'est le terme *mystique.*

20 *Juin.* Il court dans le monde la copie d'une
lettre de M. le maréchal de *Castries,* ministre de
la marine, à M. le comte de *Grasse,* au sujet du
conseil de guerre de l'Orient, qui ne laisse plus
lieu de douter du mécontentement du roi à l'égard
de ce général, qu'on traite bien doucement.

21 *Juin* M. le baron de *Breteuil* a donné samedi dans sa délicieuse maison de Saint-Cloud
une fête à M. le comte de *Haga,* où tous les
ministres, la famille royale & la reine ont assisté.
Ce qui la rend spécialement remarquable, c'est
l'honneur qu'a ce ministre de recevoir l'illustre
étranger, tandis qu'on n'annonce pas qu'il eût reçu
de fête d'aucun prince du sang, ou de la famille
royale.

21 *Juin.* M. *Boutin,* le conseiller d'état, a été
envoyé en Guyenne par le roi, pour vérifier les
faits avancés par le parlement contre l'intendant de
Bordeaux, M. *Dupré de Saint-Maur* & ses suppôts.

M. *Boutin* est accompagné de M. de *Boisgibault,*
maître des requêtes & d'un ingénieur des ponts
& chaussées.

Pendant les travaux de cette espece de commission du conseil, M. *Dupré de Saint-Maur* reste comme suspendu de ses fonctions, & c'est monsieur *Boutin* qui les exerce.

On croit que cette affaire se civilisera, ainsi que celle des alluvions, & que la cour n'osera soutenir des vexations dont le parlement a fait un tableau si révoltant.

21 *Juin*. Copie de la lettre du maréchal de *Castries* à M. le comte de *Grasse*.

« Le roi a lu, Monsieur, la lettre par laquelle vous récusez d'avance les membres du conseil de guerre, & vous suppliez sa majesté de vous juger elle-même. Sa majesté n'a point approuvé les motifs de la réclamation anticipée que vous formiez contre le jugement définitif qui devoit être rendu par le conseil de guerre assemblé à l'Orient, & elle n'a pas pu les approuver davantage depuis que le jugement est connu.

» Sa majesté a fait examiner & a examiné elle-même avec la plus grande attention tous les chefs d'accusation qui se trouvent confondus dans les lettres & mémoires que vous avez repandus en Europe, & que vous avez portés contre l'armée navale dont vous aviez le commandement. Elle a vu que toutes les inculpations de désobéissance aux signaux & d'abandon du pavillon amiral dans la journée du 12 avril, étoient détruites par le conseil de guerre, & qu'on ne pouvoit attribuer aux fautes particulieres qui ont été commises, la perte de la bataille. Il résulte de ce jugement, que vous vous êtes permis de compromettre par des inculpations mal fondées, la réputation de plusieurs officiers, pour vous justifier dans l'opinion publique d'un événement malheureux dont vous

euffiez peut-être trouvé l'excufe dans l'inférioriré
de vos forces , dans l'incertitude du fort des armes ,
& dans des circonftances qu'il vous étoit impof-
fible de maîtrifer.

» Sa majefté veut bien fuppofer que vous avez
fait ce qui étoit en votre pouvoir pour prévenir
les malheurs de la journée; mais elle ne peut
avoir la même indulgence fur les torts que vous
imputez injuftement à ceux des officiers de la marine qui fe trouvent déchargés d'accufation.

» Sa majefté mécontente de votre conduite à
cet égard, vous défend de vous préfenter devant
elle. C'eft avec peine que je vous tranfmets fes
intentions, & que j'y ajoute le confeil d'aller dans
la circonftance actuelle dans votre province. »

22 Juin. Nous avons parlé, il y a deux ans
environ, de l'auteur de l'ouvrage fameux: *qu'eft-ce
que le pape*? attribué à un M. *Eybel*, dont nous
avons en même temps annoncé la mort funefte
par le poifon , mort qu'on attribuoit alors aux
fureurs du clergé. Nous fommes bien furpris aujourd'hui de voir revivre ce M. *Eybel*, confeiller ,
chef de l'une des commiffions nommées par l'empereur pour la vifite des églifes & des couvents,
& s'expofant de nouveau aux vengeances des prêtres :
car on affure que c'eft le même auteur de la brochure ci-deffus indiquée. Y a-t-il erreur de nom?
Seroit ce le fils ou le frere du défunt? ou celui-ci
n'eft-il pas mort, eft-il revenu de fon empoifonnement ? Il faudroit être fur les lieux pour vérifier une pareille contradiction.

La premiere nouvelle de l'empoifonnement étoit
d'autant plus croyable, qu'elle étoit accompagnée
de toutes les dates & autres circonftances propres
à rendre un récit impofant.

22 *Juin*. Depuis que nous avions annoncé, à la
fin de 1782, la brochure intitulée *le singe de 40
ans*, nous n'en avions plus entendu parler & nous
commencions à douter de son existence Les colporteurs la confirment de nouveau aujourd'hui &
proposent aux amateurs cette nouveauté. Ils prétendent que, dirigée en effet contre l'empereur,
ce prince en auroit acheté toute l'édition ; que
cependant, suivant l'usage, il s'en est trouvé
quelque exemplaire échappé, sur lequel on a fait
une seconde édition qui court le monde en ce
moment.

22 *Juin*. Extrait d'une lettre de Bordeaux, du
15 juin 1784....... M. *Boutin*, qui nous étoit
annoncé depuis quelque temps, est arrivé il y a
trois jours. Il a fait ses visites au parlement avec
M. de *Boisgibault*, son collegue. On assure que
nos magistrats ont délibéré de ne point les voir.
Voilà le cas qu'ils font des commissaires du roi.

Les *Remontrances au sujet des corvées* paroissent
imprimées & sont très-adroites par l'insertion
qu'on y a faite de toute l'enquête contre l'intendant, où l'on cite une foule d'horreurs. On commence à croire qu'il ne reviendra pas : on dit
qu'il est mal vu en cour ; le bruit de cette ville
même est qu'il est exilé à sa terre.

22 *Juin*. Extrait d'une lettre de Cherbourg, du
10 juin..... Enfin le premier cône pour la formation de ce bassin en rade bien sûre & bien
fortifiée dont je vous ai parlé l'année derniere, a
été lancé le 5 de ce mois dans l'endroit convenu
& a parfaitement réussi ; on doit en placer un
autre le 21. On ne regarde plus cela que comme
en jeu : avec de l'argent & du temps on en viendra
à bout...... Quelques Anglois présents à l'opé-

tation & qui en rioient d'abord , ont eu la mine fort alongée quand ils ont vu le fuccès. On jette des pierres à force actuellement pour remplir ce cône à claire voie.

M. le Duc d'*Harcourt* , notre gouverneur , eft dans l'enchantement. Il a écrit à M. *Perronet* pour lui témoigner toute fa fatisfaction de ce grand ouvrage entrepris fous fes aufpices. Le miniftre de la marine encourage la befogne : il n'eft pas moins glorieux de voir les Anglois à la veille d'être refferrés & bloqués dans la Manche fous fon adminiftration ; il écrit que l'argent ne manquera point.

23 *Juin.* L'infatigable M. *Mercier* n'a pas tardé à donner *Mon Bonnet de nuit* , cet ouvrage qu'il avoit annoncé à la fin de fon *Tableau de Paris.* On le voit dans ce pays-ci. On dit qu'il confifte en deux gros volumes in-8o. & que c'eft le plus grand galimathias que l'on puiffe lire. Il fe vend cependant à caufe de fa fingularité ; mais on eft étonné qu'un homme qui a du talent & du mérite, ait pu faire imprimer des fottifes pareilles.

23 *Juin.* On a parlé de l'arrêt du parlement, du 23 mars dernier , qui condamne *Pillot* , ce maître clerc du notaire *Perron* , pour abus de confiance de plufieurs clients, & fufpecté d'être fauffaire, à être fouetté, marqué, envoyé aux galeres à perpétuité, & préalablement mis au carcan.

Les parents de ce malheureux avoient obtenu un furfis depuis ce temps ; mais enfin n'ayant pu défintéreffer les parties civiles , il a fallu qu'il fubît fon fupplice , & il a commencé hier par être mis au carcan.

Dès que le bruit s'en eft répandu , tous les neraires y ont envoyé leurs clercs comme à une école d'instruction , dans l'espoir que l'exemple contiendra ceux qui seroient tentés d'imiter leur ancien camarade.

Me. *Foacier*, notaire, impliqué au procès, par l'arrêt, est déchargé de l'accusation , après avoir été interrogé *sur la sellette*, à ce que l'on présume , parce que l'arrêt ne s'explique pas à cet égard pour le ménager , & qu'on n'auroit fait difficulté de mettre *à la barre de la cour* , s'il ne l'avoit été que de cette façon , qui n'est point infamante.

23 *Juin.* Extrait d'une lettre de Grenoble , du 12 juin. . . . . . Notre parlement est de nouveau dans la crise ; il bataille avec le conseil qui a déjà cassé quatre ou cinq de ses arrêts dans la même affaire. Il s'agit d'une pauvre communauté opprimée par une chartreuse : le parlement a pris la défense de la premiere. De-là cette longue querelle qui a provoqué enfin les remontrances vigoureuses arrêtées , toutes les chambres assemblées, le 29 avril dernier. Outre les cassations multipliées dont se plaint la cour , elle réclame un de ses membres , M. de *Meyrieu* , conseiller rapporteur de l'affaire , mandé par lettre de cachet à la suite de la cour, & l'abolition d'une amende de 500 liv. prononcée par le conseil contre le procureur de la communauté.

24 *Juin.* Les colporteurs sont fort alarmés de la vigilance avec laquelle on a intercepté jusques en Flandre & sur d'autres routes des ballots de livres qu'ils attendoient. Ils attribuent ce redoublement de zele & d'activité aux plaintes que le roi de Prusse a fait porter à l'occasion des *Mémoires de Voltaire* : sans doute le désir de soustraire le

Mémoire nouveau du comte de *Mirabeau*, précédé de sa conversation avec M. le garde-des-
sceaux, n'a pas peu contribué à ces recherches.

Du reste, on dit que plusieurs colporteurs sont à
Bicêtre pour le premier ouvrage.

24 *Juin*. Un cadeau à faire au comte de *Haga*,
c'étoit sans doute de lui donner le spectacle d'un
aéroftat. Il a eu lieu hier à Versailles dans la
cour des ministres. C'étoit une *Mongolfiere*, c'est-
dire, s'élevant par l'agent de M. de *Montgolfier*,
par le feu. Elle a 86 pieds de haut sur 130 pieds
six pouces de circonférence, & porte le nom de
Marie-Antoinette. Elle est du reste enrichie de
tous les ornements possible : on y voit sur-tout
le chiffre du roi avec celui du roi de Suede & un
bras garni d'une écharpe blanche, dont la main
vient de recevoir une couronne avec des lauriers.
Elle peut porter vingt-cinq quintaux. Comme il
régnoit un grand vent, il a fallu attendre un
moment plus favorable, & elle n'est partie qu'à
cinq heures moins un quart, avec toute la solem-
nité possible.

24 *Juin*. Extrait d'une lettre de Grenoble, du
15 juin...... Ce n'est que depuis ma derniere
lettre que j'ai eu connoissance d'une autre tra-
casserie de notre parlement avec le conseil, à l'occasion du despotisme d'un inspecteur des manufactures du Dauphiné, contre des fabricants qu'il
vexoit, & mis sous la protection des loix. De-là
un nouveau combat d'arrêts & de remontrances
arrêtées aux chambres assemblées, le 30 avril
dernier. Elles font imprimées, ainsi que les premieres, & vous parviendront sans doute bientôt.

25 *Juin*. MM. *Pilâtre de Rozier & Prouts*, qui
montoient la mongolfiere *Marie-Antoinette*, font

defcendus hier entre Champlatreux & Chantilly à cinq heures & demie, à douze lieues de diftance du point de leur départ, après avoir confommé toutes leurs provifions : ainfi ils ont fait leur route en trois quart-d'heure.

Le prince de Condé leur a envoyé fur le champ des voitures & a nommé la prairie où ils ont pris terre : *Piâltre de Rozier*.

25 *Juin*. Le fieur *Gretry* ayant, comme de raifon, grand regret d'avoir perdu la mufique employée à la piece de *Théodore & Paulin*, dont on a rendu compte il y a quelques mois, a déterminé l'auteur des paroles, le fieur *Desforges*, à conferver de fon fujet ce qui avoit trouvé grace devant le public & mérité même des applaudiffements, c'eft-à-dire, un épifode refferré en deux actes fous le titre de l'*Epreuve villageoife*. Cette niaiferie, où il y a quelques traits d'efprit & de gaiete, a eu hier le plus grand fuccès relativement à la mufique pittorefque, naïve & riche, fans aucun luxe déplacé & étranger au genre.

25 *Juin*. Les *Remontrances du parlement de Dauphiné concernant l'affaire entre la communauté de Bouvante & les Chartreux du Val-Sainte-Marie*, ont percé ici.

On y voit avec peine qu'un ordre religieux qui a renoncé non-feulement aux délices de la vie, mais par une mort anticipée prefque à la vie de ce monde, vouloir ravir à fes vaffeaux des biens qu'ils poffédoient depuis plufieurs fiecles fur la foi des traités ; s'autorifer dans fes projets ambitieux par des arrêts furpris au confeil du roi ; arrêts contraires aux loix du royaume & introduifant des formes nouvelles : le parlement forcé d'en fufpendre l'exécution pour empêcher la ruine d'un village confidérable.

Telle eſt l'eſquiſſe de ces remontrances écrite
à la fois avec nobleſſe & ſimplicité.

26 *Juin.* M. *Mignonot* a donné une ſuite à ſes
Conſidérations politiques. Elle paroît depuis peu. Il
y traite de deux objets très-importants, relatifs
aux circonſtances du moment.

Le premier eſt le traité que les Turcs viennent
de conclure & avec la Ruſſie & avec l'empereur.
L'auteur obſerve avec raiſon que c'eſt la ſuite de
leur foibleſſe; que pour peu qu'elle dure, les deux
puiſſances alliées ſauront bien s'en prévaloir pour
former de nouvelles prétentions; que le ſeul remede eſt d'engager le grand-ſeigneur à faire apprendre à ſes troupes la tactique moderne: il en
indique les moyens.

Le ſecond objet eſt la préſéance que prétend
aujourd'hui l'impératrice des Ruſſies, en affectant
le pas ſur la France à la cour de Vienne. Monſieur
Mignonot fait voir l'abſurdité de cette prétention avec autant de force que de raiſon.

Ces deux points, quoique diſcutés avec beaucoup de méthode, ne portent pas moins d'intérêt, par la maniere dont l'écrivain ſe préſente,
par les anecdotes hiſtoriques dont il mêle ſes
raiſonnements, & par un ſtyle noble & plein de
dignité, comme ſon ſujet.

Il eſt à ſouhaiter que les autres conſidérations
politiques dont il s'occupe, ne tardent pas à paroître, elles ne peuvent que lui faire honneur,
& contribueront peut-être à éclairer le miniſtere
& même les étrangers ſur quantité de choſes ou
négligées ou mal vues.

26 *Juin.* Le chambellan du roi de Suede a été
tué hier en duel par M. le comte de *la Mark.*
C'eſt une ſuite d'une rixe élevée entre eux au bal de

l'opéra ; mais le principe en eft ancien. On prétend que ce chambellan avoit fervi en France dans le régiment de *la Mark* ; que lorfqu'il fut queftion durant la derniere guerre de pafler les mers ; cet officier refufa ; ce qui le fit taxer de lâcheté par fon colonel: il a profité du premier moment de lui en demander raifon.

On dit M. de *la Mark* dangereufement bleffé.

Cette cataftrophe s'eft paflée dans toutes les regles & en préfence de témoins. On croit que le comté de *Haga* en a été inftruit dès le matin au palais, où il étoit pour entendre plaider M. *Seguier*. Il eft forti un moment, & l'on préfume qu'on venoit lui annoncer la funefte nouvelle.

26 Juin. M. *Pilâtre de Rozier* ne s'eft point vanté dans fa relation des fuites funeftes de fon voyage. Suivant celle du prince de Condé même, la machine, en s'abattant, a brûlé un arbre & s'eft brûlée enfuite. Son alteffe ajoute que fi elle eût tombée dans la forêt, elle auroit pu l'incendier toute entiere. Cette *Montgolfiere* étoit fi defféchée, qu'en y touchant on y faifoit des trous.

27 Juin. Le chambellan du roi de Suede tué, étoit d'origne françoife & lyonnoife, il fe nommoit *Duperron*. Il paroît que le comte de *la Mark* avoit tenu des propos qui lui ont été rapportés, dont il n'a pu s'empêcher de lui demander fatisfaction. Il a prévenu fon maître & lui a demandé fa permiffion. Le comte de *Haga* lui a répondu, que s'il étoit en France comme roi de Suede, il traiteroit l'affaire vis-à-vis du roi même, & favoit ce qu'il auroit à faire ; mais que n'étant ici que comme comte de *Haga*, il n'avoit rien à dire, & qu'il ignoroit cela. Il en réfulte qu'il n'a pas moins été fenfible au procédé de

M. de *la Mark*, qui, par égard pour le souverain, auroit dû s'abstenir des propos qui ont provoqué le combat.

27 *Juin*. En conséquence de la délibération prise avec les auteurs dramatiques, le sieur de *Beaumarchais* a déjà écrit à tous les directeurs de troupes de province pour traiter la chose à l'amiable avec eux avant d'avoir recours à l'autorité, ou même pour les effrayer d'avance & en tirer meilleur parti.

28 *Juin*. Les autres remontrances du parlement de Grenoble, *au sujet des arrêts du conseil rendus contre les freres Romieu, fabricants de petites étoffes à Romans*, sont aussi arrivées ici.

Leur objet est de se plaindre des atteintes données à l'ordre des jurisdictions, à la sureté du commerce, aux regles de la subordination, & à la liberté dont le magistrat doit jouir dans l'administration de la justice.

Il est encore question ici de M. de *Meyrieu*, conseiller mandé à la suite de la cour, comme ayant rendu des ordonnances dans l'affaire, & d'un huissier interdit de ses fonctions pour avoir exécuté les arrêts du parlement.

28 *Juin*. M. de *Fontanelle* ayant essayé ses talents politiques à rédiger depuis huit ans cette partie du mercure de France, a été digne de passer à la gazette de France. C'est un M. *Mallet Dupan* qui le remplace. Celui-ci est connu pour avoir rédigé pendant deux ans à Geneve, sa patrie, les *Mémoires historiques, politiques & littéraires sur l'état présent de l'Europe*. C'est aussi lui qui s'étoit emparé de la continuation des annales de Me. *Linguet*, durant la détention de ce journaliste.

28 *Juin*. Pour savoir décidément à quoi s'en

tenir fur l'Heliopt , M. le maréchal de *Caftriés*
vient de nommer trois commiffaires de l'académie
des fciences , qui doivent lui rendre un compte
bien circonftancié de l'expérience qu'ils feront de
l'inftrument & des réfultats qu'ils auront obtenus.

29 Juin. Entre les fpectacles donnés à M. le
comte de *Haga* , l'*Armide* du chevalier *Gluck* ,
exécuté à la cour le 14 de ce mois fur le grand
théâtre , a finguliérement frappé l'illuftre étranger
par la magnificence des décorations: celle du bo-
cage , où *Renaud* fe repofe ; celle de l'embrafe-
ment du palais de la magicienne , ont fur-tout été
remarquées.

On a obfervé auffi que Mlle. *le Vaffeur* qui ,
quoique retirée , a repris le rôle d'*Armide* en
cette occafion , n'a point brillé & a très-mal
chanté.

29 Juin. Extrait d'une lettre de Dijon, du
15 juin...... M. de *Morveau* qui s'occupe plus
aujourd'hui de ballons que des affaires de jurif-
prudence, a fait, le 12 de ce mois , conjointement
avec M. de *Virely* , préfident de notre chambre
des comptes , une expérience , par laquelle il prétend avoir dirigé fa machine horizontalement
contre le vent. Les incrédules en doutent encore
& font une petite objection. Pourquoi ces voyageurs ne font ils pas revenus defcendre dans cette
capitale , au lieu d'aller s'arrêter dans un mé-
chant village ? Les bonnes gens s'imaginent les
avoir vu planer fur Dijon & les environs. Mais
M. *Blanchard* planoit auffi. . . . .

29 Juin. Le *Dormeur éveillé*, comédie en quatre actes & en vers , mêlée d'ariettes , déjà jouée
l'année derniere durant le voyage de Fontainebleau , & tout récemment au petit Trianon
chez

chez la reine , avoit déjà reçu deux fois les suf-
frages de la cour : il a été donné hier à Paris sur
le théâtre des Italiens.

Le sujet est tiré des *Mille & une Nuits* ; il
prête , par sa nature , à une grande pompe de
spectacle & aux plus brillantes illusions de la
scene.

Au premier acte le dormeur éveillé n'est qu'un
bourgeois : au second il est calife ; il rentre dans
son premier état au troisieme , & au quatrieme
remis de nouveau sur le trône il lui prefere une
esclave qu'il adore. Telles sont les diverses situa-
tions par où passe ce personnage principal.

Le musicien a travaillé sur un sujet si riche qu'il
n'a eu qu'à déployer la variété de son talent. En
général , cet ouvrage a plu beaucoup ; cependant
il n'est pas neuf , il est trop alongé & il laisse
quantité de choses à désirer encore , même du
côté de la musique.

Les paroles sont de M. de *Marmontel* , & la musique est de M. *Piccini*.

30 *Juin*. Le vendredi 25 , M. le comte de
Haga assistoit pour la seconde fois au *Mariage de
Figaro*. Le sieur *Dugazon* qui fait le rôle d'un juge
fort bête , nommé *Bride oison* , a voulu régaler
l'illustre étranger d'un couplet de sa façon , que
les journaux , on ne sait pourquoi , n'ont pas jugé
à propos de conserver. Comme il fait anecdote,
quelque médiocre qu'il soit , le voici :

> L'astre bienfaisant du monde
> D'un nuage enveloppé,
> Déjà disparoît dans l'onde
> Pour le vulgaire trompé.
> Par ma science profonde

Sous un air simple , en ce lieu ,
Ainsi vois-je un demi-dieu.

30 *Juin* On a parlé d'un mémoire de Me. *Linguet* , qu'on ne connoissoit que par le désaveu de son procureur , nommé *Quequet*. Par une fatalité singuliere , tous ceux qui prennent les intérêts de ce turbulent personnage , sont destinés à devenir bientôt ses ennemis. C'est ce qu'on voit dans une léttre de Me. *Linguet* , datée de Londres le 15 juin , où il fait des reproches très-vifs à ce procureur de sa conduite , & déclare qu'il va le révoquer. Il avoue du reste & le mémoire & le procès au Châtelet.

30 *Juin*. Les colporteurs annoncent une nouvelle brochure très rare , puisqu'ils prétendent qu'il n'en est passé ici que cinquante exemplaires ; elle a pour titre : *le Diable dans un bénitier*. Peut-être n'a-t-elle que cela de facétieux. On la dit imprimée à Londres , où la police a fait ce qu'elle a pu pour l'empêcher de se répandre en retirant l'édition.

1 *Juillet* 1784. M. le cardinal de *la Rochefaucault* , archevêque de Rouen , étoit désigné pour président de l'assemblée décimale du clergé , qui doit se tenir en 1785 ; mais comme cette éminence n'est pas propre à entrer dans les vues de réforme politique dont s'occupent les prélats administrateurs , on lui a substitué M. l'archevêque de *Narbonne* , qui s'est déjà distingué au chapitre de Saint-Denis.

1 *Juillet*. A la suite du comte de *Haga* , est ici un chevalier de *Mouratsa* qui , quoique sujet du roi de Suede , est né à Constantinople , y a passé la plus grande partie de sa vie & a trouvé le vête-

ment turc fi commode qu'il ne peut fe réfoudre à le quitter, & a toujours l'air d'un mufulman. Il eft très-inftruit, il a beaucoup d'efprit & il eft homme de lettres : il fait parfaitement le françois ; il prétend que ce qu'on a écrit jufques-là fur l'empire Ottoman, à commencer par les lettres de milady *Montaigu*, n'eft qu'un roman. En conféquence il a compofé une hiftoire de cet empire & fur-tout de fes loix, qu'il va terminer & faire imprimer en France.

1 *Juillet.* Il court depuis les repréfentations du *Mariage de Figaro*, l'épigramme fuivante, très-finguliere.

Le vœu du Dramomane, ou la femaine couleur de rofe.

Que le Parifien agit en étourdi !
A fêtoyer le drame, il s'étoit enhardi,
Et par un *Figaro* follement applaudi,
Le voilà fous mes yeux encor ragaillardi :
Je tiens de ma femaine un plan bien arrondi ;
Un joli *Requiem* pour dimanche à midi,
Item, chez *Curtius*, les grands voleurs lundi ;
Item, chez arlequin, *Jenneval* pour mardi ;
Item, chez Poquelin, *Beverley* mercredi ;
Le combat du taureau, près de Pantin, jeudi ;
Le fpectacle infernal, où l'on fait, vendredi :
Ah ! fi pour la clôture, on pendoit famedi.

2 *Juillet.* La Dlle. de *Montenfier*, directrice de la troupe des comédiens de Verfailles & de quelques autres, ayant donné l'exemple aux directeurs fes confreres de répondre négativement au fieur de *Beaumarchais*, & de lui obferver même que fa

D 2

demande étoit impossible dans l'exécution , il a
pris le parti de remettre un mémoire au ministre
de Paris , formé d'après la délibération unanime
des auteurs dramatiques , pour obtenir un arrêt
du conseil revêtu de lettres - patentes.

Il paroît constant en effet que les membres du
bureau de législation dramatique se sont tous
rendus à l'invitation du sieur de *Beaumarchais*, &
que les absents même ont envoyé leur adhésion ,
sauf M. *Rochon de Chabannes*, qui a répondu au
billet du sieur de *Beaumarchais* par le billet suivant , en date du 7 juin , qui court le monde &
bon à conserver.

« Les auteurs dramatiques doivent sans doute,
» Monsieur , être bien reconnoissants du zele gé-
» néreux avec lequel , même au milieu de vos
» triomphes , vous ne cessez de veiller à leurs
» intérêts ; vous entrez dans des détails mer-
» cantilles, propres à accroître leur fortune. Je
» vous en ai, en mon particulier , une obligation
» infinie ; mais je crois inutile de me rendre à
» l'assemblée que vous jugez à propos d'indiquer
» chez vous. Je sais quel doit être le sujet de la
» délibération ; il m'est indifférent aujourd'hui.
» Heureusement , par les circonstances je me
» trouve au - dessus du besoin ; je ne travaille
» point pour de l'argent. Loin des intrigues &
» des cabales, je ne cherche qu'à soutenir la foible
» réputation que , graces aux bontés du public,
» mes ouvrages m'ont faite : j'ambitionne sur-
» tout cette considération personnelle qu'il ne
» peut refuser à la bonne conduite , aux senti-
» ments honnêtes , & que ne sauroient jamais
» compenser les succès, la renommée & la gloire
» la plus brillante. »

3 *Juillet. Les très-humbles, très-respectueuses & itératives remontrances du parlement au roi sur l'état actuel des Quinze-vingts*, présentées le 23 mai 1784, sont imprimées.

Un chapitre créé par la loi dès l'origine & confirmé dans ses pouvoirs par les statuts, ainsi que par l'édit de 1746, étoit le premier juge de toutes les affaires touchant le gouvernement des Quinze-vingts, sauf l'appel en la cour ; il se tenoit réguliérement tous les mois. Une administration de magistrats gouvernoit l'hôpital ; en son absence elle étoit représentée par le maître ; celui-ci présidoit à la police intérieure. La vigilance du maître actuel faisoit de l'enclos des Quinze-vingts, avant sa translation, le séjour de la décence & de la paix. L'esprit d'ordre gouvernoit les finances ; les comptes étoient en regle ; les freres dans l'aisance ; d'honorables économies grossissoient le trésor. Mais depuis la translation, le chapitre ne se tient plus, l'administration n'est plus qu'une ombre ; tout le pouvoir est dans les mains du grand-aumônier : deux hommes nommés par lui gouvernent sous son nom & par ses ordres. Tel est le précis du tableau que le parlement offre au roi : tableau soutenu de dépositions & de pieces juridiques, qui rendent beaucoup plus graves les inculpations.

3 *Juillet*. Quelques magistrats du Châtelet ont communiqué le *Factum* de Me. *Linguet* ; il est in-4°. ; il est enveloppé d'une espece d'avertissement ayant pour titre d'une part : *Annales politiques, civiles & littéraires, par Me. Linguet,* N°. 82, gratuit ; de l'autre est un avertissement sur le *Prospectus* de l'édition corrigée des œuvres de M. de *Voltaire*, qu'il a entreprise : enfin au

milieu se lit : *Défenses pour Me. Linguet sur la demande en réparation d'honneur , & en dommages-intéréts , formée contre lui au Châtelet de Paris par le sieur Pierre le Quesne , marchand a'étoffes de soie.* Il est en effet signé *Linguet* & plus bas *Quequet* procureur. Toutes ces singularités sont à remarquer de la part d'un auteur aussi original , & il en sera rendu compte plus en détail.

4 *Juillet.* Il est question d'un grand ballon que M. le duc de *Chartres* fait construire depuis long-temps à Saint·Cloud : on l'appelle une *Charlotte* ou *Caroline*, du nom de M. *charles*, dont on a adopté la méthode pour celui-ci. Mais ce n'est pas lui qui s'en mêle ; ce sont les freres *Robert*. M. *Charles* a refusé d'y monter sous prétexte qu'il ne se flattoit pas de pouvoir diriger la nouvelle machine mieux que l'autre , & que pour recommencer la même chose c'étoit un jeu d'enfant. Quoi qu'il en soit, M. le duc de *Chartres* attend avec impatience la fin de cette grande machine , qu'on dit coûter 40,000 livres : il compte monter dedans ; ce qui a occasionné un calembourg de Mad. de *Vergennes* : » *Apparemment*, a-t-elle dit , *M. le duc de Char-tres veut ainsi se mettre au-dessus de ses affaires.* »

4 *Juillet.* On va voir chez M. *Furet* horloger , trois pendules de sa composition très curieuses.

La premiere représente une *Négresse* en buste, dont la tête est supérieurement faite. Elle est histo-riée très-élégamment & avec beaucoup de richesses & d'ornements. Elle a , suivant le costume , deux pendeloques d'or aux oreilles. En tirant l'une l'heure se peint dans l'œil droit & les minutes dans l'œil gauche. En tirant l'autre pendeloque, il se forme une sonnerie en airs différents, qui se succedent.

La feconde eft une cage faite pour être fufpen-
due, & le cadran eft en deffous. La cage eft tra-
vaillée de la maniere la plus délicate & la plus
exquife; elle eft en outre d'une richeffe précieufe.
En dedans font un bouvreuil & un ferin fur un
bâton. On tire un reffort, & ces deux oifeaux
s'agitent fur le bâton, & chantent enfemble un
concert, ou féparement chacun un air.

Enfin la troifieme eft plus curieufe encore, plus
favante & plus dans le genre. C'eft un globe dont
l'équateur en marquant l'heure de Paris, marque
en même temps l'heure qu'il eft dans chaque pays
du monde. M. le duc de *Chartres* qui eft connoif-
feur & amateur, a paffé beaucoup de temps à
vérifier l'exactitude des calculs, & les a trouvés
juftes. Il paroît qu'il auroit envie d'en faire
l'acquifition.

4 *Juillet*. Par jugement du tribunal des maréchaux de France, M. le vicomte de *Noë* eft condamné de nouveau à faire des excufes à M. le maréchal duc de *Richelieu*, gouverneur de Guyenne,
en préfence de tous les autres maréchaux de France,
& en outre à un an de prifon.

Le tribunal ne donne qu'un mois pour délai au
vicomte de *Noë*; on le dit en Efpagne.

Le jugement eft du 22 juin. C'eft un fecond.
On a parlé du premier, auquel M. de *Noë* n'avoit
pas fatisfait. Il paroît que fa requête, afin de
renvoi pardevant les juges naturels, a provoqué
ce nouveau jugement.

M. le vicomte de *Noë* eft lieutenant - général
des armées du roi, & attaché à la maifon d'*Orléans*,
qui n'a pu le fauver.

4 *Juillet*. On voit un *profpectus* d'un nouvel
établiffement de commerce dans le pays des
Drufes.   D 4

4 *Juillet*. Les *Druides*, tragédie de M. *le Blanc*, interrompue depuis pâques 1772, ont reparu le jeudi premier de ce mois. C'étoit M. de *Beaumont* qui en avoit fait suspendre les représentations, & le prélat actuel plus tolérant ne s'est pas opposé, sans doute, à la reprise. Elle a eu du monde & beaucoup de succès, graces aux cabaleurs du parti qu'on y avoit ameutés en foule. Du reste, cet ouvrage est jugé & l'on sait à quoi s'en tenir.

5 *Juillet*. Me. *Linguet*, dans l'espece d'avertissement dont il a enveloppé son mémoire, prévient ses souscripteurs de l'envoi qu'il doit leur en faire sous ce format in-4º. équivalent à quatre numéros. Il se fait fort de réparer l'irrégularité, & du reste annonce le tout gratuit. Il paroît que c'est une petite niche qu'il prépare aux contrefacteurs pour les embarrasser. Il demande pardon au surplus de la lenteur avec laquelle arrivent ses numéros. puisque l'on n'en est encore qu'au 84eme ; c'est à dire, qu'en deux ans il n'en a guere donné au public que douze ou treize : il l'attribue à ce mémoire, qui lui a fait perdre trois mois.

Dans l'autre avertissement, piqué des contradictions qu'il éprouve relativement à son édition projetée de *Voltaire* purgé, des sarcasmes du *Courier de l'Europe* qui lui reproche de faire du philosophe de Ferney un capucin, & des imputations atroces d'une *feuille imprimée à Luxembourg*, qui le taxe d'hypocrisie ; Me. *Linguet* déclare qu'il renonce à son entreprise, & que les souscripteurs peuvent retirer leur argent.

5 *Juillet*. Le *Prospectus* annoncé concernant une branche de commerce nouvelle, est un mémoire très-développé sur l'établissement d'une compagnie, pour faire la traite directe des productions du

pays des Drufes, peuple du *Mont - Liban* & *Anti-Liban*, où l'on donne le détail hiftorique de fes productions, des forces de l'état, de fes richeffes, du caractere du prince, & de celui de fes fujets.

Il eft divifé en différents paragraphes: 1°. Defcription du pays des Drufes; 2°. caractere du prince & de fes peuples, richeffes & forces de la nation; 3°. établiffement d'une compagnie de commerce qui fera la traite directe de Baruth en France, dans le port le plus voifin & dans toute l'Europe; 4°. avantages pour la compagnie de la traite des marchandifes du pays des Drufes; 5°. avantages & point de vue fur l'extenfion de ces différentes fpéculations projetées dans les pays qui avoifinent les Drufes & avec lefquels ils font alliés; 6°. enfin, idée des marchandifes d'exportation des manufactures de France.

Ce mémoire eft rédigé par deux fpéculateurs, dont l'un étoit encore fur les lieux en 1782. Suivant fon rapport, les Drufes habitent une contrée enfermée entre le *Mont - Liban* & l'*Anti-Liban*, vallée fertile qu'on appelle *Syrie Creufe*. Ces peuples fe prétendent iffus en partie de deux régiments françois qui, du temps des croifades, furent incorporés avec eux après la bataille de *Méanougue* en *Syrie*. Leur fouverain qui s'intitule *Emir*, défire autant que fes fujets que nous formions un établiffement de commerce avec eux. Le port où il pourroit avoir lieu feroit *Baruth*; il n'y auroit des ports de France à celui-là que pour trois ou quatre femaines de trajet. Les principaux objets d'exportation feroient les foieries, la cire, les huiles, les vins, les grains de toute qualité, les laines, les cotons, le falpêtre, les chevaux, les bœufs, les bois de toute efpece, &c.

D f.

Les articles d'importation dans ce pays-là
pour les échanges, feroient les draps Londrins,
l'indigo, le papier, le fucre, le café, toutes fortes
d'épiceries, les liqueurs, les confitures, les odeurs &
toutes fortes de quincaillerie, &c. &c. &c

Ce mémoire, s'il eft exact, doit être d'autant
mieux accueilli du gouvernement, qu'il nous fournit un point d'appui pour nous avoifiner des *Turcs*,
dont il s'occupe beaucoup aujourd'hui, & qu'il
s'agit de fouftraire à l'invafion prochaine des deux
cours impériales réunies.

6 *Juillet* Mercredi dernier, 30 juin, l'académie
royale des fciences affemblée, a entendu le rapport
qui lui a été fait par M. *Fleurant* de la conftruction de la montgolfiere de Lyon, nommée
la Guftave, & du voyage qu'il a fait dedans. Ce
qui a rendu cette féance curieufe & nouvelle, ç'a
été le fpectacle de Mad. *Tible*, cette Lyonnoife au-
dacieufe qui, la premiere de fon fexe, a ofé monter
dans un char aérien.

Madame *Tible*, depuis qu'elle eft à Paris, folli-
cite MM. les abbé *Miolan & Janinet* de l'affocier au
voyage qu'ils doivent entr prendre inceffamment
dans leur montgolfiere, la plus immenfe qu'on ait encore vue, & qui doit partir du Luxembourg le dimanche 11 de ce mois; mais ils n'ont point ofé faire
cette injure aux femmes de Paris, dont quelques-
unes briguent auffi cet honneur. Vraifemblablement
pour ne point faire de jaloufes, ils n'en embar-
queront aucune avec eux,

6 *Juillet*. Toutes les foumiffions de M. l'abbé
Mably n'ont pu empêcher la faculté de théologie
de pourfuivre fa cenfure : elle commence enfin
à paroître fous le titre de *Cenfure de la faculté de
théologie fur le livre des principes de morale.*

6 Juillet. On ne cesse de parler de la fête donnée à M. le comte de *Haga*, par M. le duc de *Cossé*. Ce prince a déclaré qu'après celle que la reine lui avoit donnée à Trianon, il n'en avoit point vu de plus belle. Les jardins étoient illuminés de cent mille bougies, & l'on avoit poussé la recherche jusqu'à plancheyer les allées & à y répandre des tapis.

7 Juillet On commence à aller voir chez monsieur *Foucou*, sculpteur de l'académie, le buste de M. de *Suffren*, que les maire & consuls de la ville de *Salon* en Provence, patrie de ce grand homme, ont commandé à cet artiste : c'est la suite d'une délibération unanime de ses compatriotes.

Ce buste doit être élevé en ce lieu sur une colonne de marbre.

7 Juillet. Les défenses de Me. *Linguet*, toujours très-verbeux, ont cent onze pages. C'est en effet son N°. 72 qu'il a delayé dans ce volumineux mémoire ; il est d'abord précédé de quelques réflexions, où il déclare qu'il n'est point agresseur, qu'il ne fait que répondre à la demande en réparation d'honneur du sieur le *Quesne*, espérant ainsi éluder la demande en réparation pécuniaire que son commettant auroit à former contre cet infidele correspondant ; mais, quoique absent, il ajoute qu'il ne veut, ni ne peut, ni ne doit confier sa cause à aucun des membres du barreau de Paris. Ce qui lui fournit occasion de revenir encore une fois sur l'ordre des avocats par une déclamation non moins violente que les précédentes; il enveloppe même le parlement de Paris dans cette diatribe, & renouvelle tout ce qu'il a dit à cet égard.

Me. *Linguet* divise son mémoire en trois parties. Il rend d'abord compte de sa situation présente ; il justifie ensuite la révélation qu'il a cru devoir au public des perfidies de son ancien agent; il finit par démontrer combien de réclamations l'autorisent ses infidélités.

La premiere partie ne consiste, à proprement parler, qu'en réflexions préliminaires ; après quoi il entre en matiere.

Il paroît d'abord que le sieur *le Quesne* a fondé sa demande sur cinq ouvrages de Me. *Linguet* qu'il a qualifiés de libelles; savoir, son *Avis aux souscripteurs des annales politiques*, &c. les trois numéros 73, 74 & 75, contenant ses *mémoires sur la Bastille*; enfin une *lettre adressée à une gazette étrangere*, qu'on croit être celle de Cleves, & signée de Me. *Linguet*. Celui-ci demande là-dessus ce que veut le sieur *le Quesne*, & sur quoi il appuie sa réclamation ? Comme tout ce qu'il dit à cet égard n'est qu'une répétition de ce qu'il a déjà dit, qu'il n'apporte ni faits nouveaux, ni anecdotes, ni preuve nouvelle il seroit fastidieux d'entrer dans un plus long détail.

La démonstration des répétitions pécuniaires que Me. *Linguet* se prétend dans le cas d'exercer contre son correspondant, quoique très - considérables, n'est pas mieux fondée en raisonnements & en preuves.

En général, ce mémoire n'a que la forme juridique, & sous cet appareil l'auteur a saisi avec empressement l'occasion de renouveller l'histoire de ses derniers malheurs, & d'en consigner authentiquement tous les détails jusques dans les mains & le sanctuaire de la justice. Il faut attendre pour voir comment elle l'accueillera, & quel usage elle en fera.

8 *Juillet*. Quoique l'engouement du public pour le *Mariage de Figaro* se soutienne constamment, le sieur de *Beaumarchais* cherche à le ranimer de temps en temps par différents moyens. C'est ainsi qu'il a fait courir, il y a plus d'un mois, une lettre prétendue écrite par lui, suivant les uns, à M. le duc de *Villequier*; suivant les autres, à monsieur le président *Dupaty*, lettre fort impertinente, quoique bien faite dans son genre. Elle passoit pour une réponse à la demande qu'on lui avoit faite d'une loge grillée pour des femmes qui n'osoient aller voir sa piece trop publiquement. Peu de temps après on dit que sa piece, qui étoit déjà à la dix-septieme représentation, alloit être arrêtée; ensuite on ajouta que l'auteur avoit été mis à la Bastille. Toutes ces rumeurs s'étant accréditées pendant quelques jours, le sieur de *Beaumarchais* les a démenties en avouant la lettre dans le journal de Paris, mais en désavouant les différentes adresses qu'on y avoit mises. Comme il n'a point déclaré la véritable, qu'on a découvert qu'il avoit lu cette lettre dans un dîner long-temps avant qu'elle fût publique, & sans nommer davantage celui à qui elle étoit envoyée, il y a tout lieu de croire que c'est une ruse de sa part, & qu'elle n'est que fictive.

8 *Juillet*. Les dévots sont fort scandalisés que M. l'abbé *Miolan* ait choisi pour le jour de son expérience aérostatique, un dimanche, & pour le temps, celui de la matinée, c'est-à-dire, l'heure de la messe. On assure que c'est sur les représentations de M. le lieutenant-général de police, que le choix du jour a été fait pour ne pas détourner les ouvriers. Il a calculé que durant le reste de la semaine ce feroit pour eux une perte de plus de cent mille écus. Il a eu le courage de contrarier ainsi le goût de la reine qui désiroit voir ce spectacle, & vouloit en conséquence que ce ne fût point le dimanche. Sa majesté a sacrifié son plaisir à une aussi excellente raison.

9 *Juillet*. Depuis environ dix-huit mois réside dans ce pays-ci une étrangere qui se nomme madame *Hasselgreen*. Elle est Suédoise, & a été la maîtresse du duc de *Sudermanie*, frere du roi de Suede. Elle prétend avoir quitté Stockholm par-un dépit de jalousie de voir son amant lui faire infidélité pour une actrice. Quoi qu'il en soit, il paroît que le comte de *Haga* a quelques considérations pour elle. Il est allé la voir plusieurs fois, & même *in fiocchi*. Il l'a chargée de faire plusieurs emplettes de robes, de modes & de choses de goût pour la reine de Suede. Comme c'est la seule femme galante qu'il ait été voir dans cette capitale, les autres sont furieuses. Elles prétendent que le comte de *Haga* n'aime point le sexe, & répandent sur son compte toutes sortes de mauvais propos, plus indécents & plus odieux.

Les femmes de la cour que le comte de *Haga* voit le plus, sont Mad. la comtesse de *Lamarc*, Mad. la duchesse de *la Valliere*, Mad. la princesse de *Croy*, Mad. de *Boufflers*, &c.

9 *Juillet*. Extrait d'une lettre de Bordeaux, du 3 juillet 1784....... Depuis long-temps il est question que notre parlement doit prendre connoissance de l'affaire du vicomte de *Noë* : enfin il y a eu à ce sujet un comité chez le premier président, où les jurats ont été mandés. On leur a demandé les actes, ordres & lettres du ministre, relatifs à cette affaire. Ils ont répondu qu'ils ne pouvoient s'en dessaisir. Eux retirés ; on a ouvert

l'avis de rendre arrêt à ce sujet & d'ordonner
qu'ils fussent tenus de remettre ces pieces. Le
bureau s'est trouvé partagé. On en a référé aux
chambres assemblées : autre partage ; en sorte que
la dénonciation est restée là.

9 *Juillet*. Il est beaucoup question de l'enterrement dû sieur *Bougault*, charpentier employé en
chef par M. *Soufflot* aux travaux de l'église de
Sainte-Genevieve. Il a demandé par son testament
à être enterré dans cette Basilique à côté de son
maître , & en conséquence a légué deux mille écus
pour sa place. Par le même testament il a ordonné
un cortege & des funérailles proportionnées à cet
honneur. Ce testament étoit si bizarre & si frayeux
en cette partie , que les héritiers en ont contesté
les dispositions , & qu'il a fallu que le lieutenant
civil ordonnât de passer outre : en conséquence
l'enterrement a eu lieu ces jours-ci ; le corps a
d'abord été présenté à Saint Sulpice, sa paroisse,
& transporté ensuite dans un corbillard à Sainte-
Genevieve. C'étoit un vrai spectacle par la sin-
gularité de cet artisan enterré avec tout l'appareil d'un grand seigneur.

10 *Juillet*. On voit dans ce paps-ci imprimées
des *itératives & très-humbles & très respectueuses
Remontrances au roi*, du parlement de Bordeaux,
en date du 7 juin 1784. Elles font la suite de
celles dont on a déjà parlé concernant les vexations de l'intendant & de ses suppôts au sujet
des corvées.

On y a joint l'arrêté du 25 mai précédent, où
cette cour, les chambres assemblées, a délibéré
sur la séance du comte de *Fumel* & la transcription
illégale faite sur ses registres des lettres-patentes
du roi du 17 mai, & par neuf considérations où

elle en difcute les diverfes inculpations , eft convenu de faire lefdites remontrances. On y voit
d'autres objets qui tourmentent auffi fa follicitude ,
& qui rendent cet arrêté très-précieux.

Quant aux remontrances , contre l'ordinaire,
elles font très-verbeufes & très fortes de chofes. Elles
roulent fur les nouvelles enquêtes : celles-ci , établies fur des pieces juridiques, fur des vérifications
d'experts affermentés, confirment d'une maniere pal-
pable ce qui d'abord avoit été fimplement énoncé
dans des dépofitions , & c'eft un affemblage d'excès
monftrueux & les plus puniffables.

Le furplus contient la juftification du parlement,
qui bien loin d'avoir mis trop d'ardeur dans fes recherches , n'a peut-être que trop de molleffe à fe
reprocher. Il y eft queftion à ce fujet des attri-
butions toujours faites au détriment de la loi &
des fujets , des évocations , enfin des formes de
coaction nouvelles , imaginées fous ce regne , &
dont celui de *Louis XV* , où le defpotifme a fait
tant de progrès , n'offre aucun exemple.

10 *Juillet.* Point d'expérience aéroftatique ,
depuis celle de M. *Charles* , qui ait plus occupé
le public que celle de MM. l'abbé *Miolan* & *Janinet.*
Ils y travaillent depuis le mois de mars dernier.
L'obfervatoire étoit leur attelier. La hauteur de
cette *Montgolfiere* eft de plus de cent pieds, y compris la galerie ; fon diametre de quatre-vingt-quatre,
& fa circonférence de deux cents foixante-quatre.
Il eft entré dans fa conftruction plus de trois mille
fept cents aunes de toile.

Outre les deux auteurs , il doit monter dans la
machine deux autres voyageurs , le marquis d'*Ar-
lande* & M. *Bredin* , méchanicien.

C'eft au Luxembourg , dans la prairie vague &

dépouillée d'arbres que l'ascension doit se faire.
On n'y entrera que par le Luxembourg, qui lui-
même sera fermé. Toutes les précautions sont
prises pour qu'on ne puisse être admis que par
billet de 3 livres. Le plus grand ordre est établi
pour les voitures ; & un emplacement destiné
pour celles de la famille royale annonce d'augustes
personnages.

Outre le grand aérostat, il est question de deux
plus petits , dont l'un marchera cent cinquante
pieds au-dessus de lui , & l'autre cent cinquante
au-dessous : il y a une infinité d'autres circonstances de l'appareil qu'on ne peut rapporter : en
général, il est très-compliqué, & les bons phyficiens n'y ont pas foi.

11 *Juillet.* Vendredi dernier M. d'*Epremesnil* a
rendu compte aux chambres assemblées du jugement du tribunal des maréchaux de France, en
date du 22 juin, contre le vicomte de *Noë*, malgré
l'arrêt du parlement de Paris qui l'avoit pris sous
sa sauve-garde, cassé par un arrêt du conseil qui
évoque le fond , & renvoie pour le surplus, c'est-
à-dire, pour le procédé & le manque de respect
au gouverneur, au tribunal juge né de ces sortes
d'affaires.

La cour a arrêté de renvoyer la délibération à
un mois , ce qui n'annonce pas beaucoup de
chaleur.

11 *Juillet.* Le comte de *Haga* est à la veille de
partir très-incessamment. On dit qu'on n'en sera
point fâché à la cour, où il ennuie les femmes &
les hommes ; ce qui fait son éloge , en ce que
les unes ne le trouvent point assez frivole , &
ne savent que lui dire, n'osant l'entretenir de quo-
lifichets & de galanterie , & les autres trop igno-

rants pour répondre aux queſtions qu'il leur fait ; ſont déſolés de voir un étranger plus inſtruit qu'eux , mais qui voudroit en ſavoir encore davantage & les embarraſſe par ſes demandes.

Pour dénigrer le comte de *Haga* , on a affecté de répandre quelques-uns de ſes propos qui n'annoncent qu'une grande franchiſe , ou un défaut de cette délicateſſe exceſſive qui évite de bleſſer l'amour-propre de qui que ce ſoit , même de la maniere la plus indirecte.

La reine lui donnant un concert chez elle , lui demanda s'il aimoit beaucoup ce genre de muſique ? Il répondit qu'il n'aimoit pas la muſique de chambre. La reine ayant chanté avec madame *la Roche-Lambert* , jeune femme qui au plus joli goſier joint un goût exquis , ſa majeſté le queſtionnant ſi ſon concert l'avoit amuſé , il dit que madame *la Roche-Lambert* le lui avoit fait trouver fort agréable. Enfin quelqu'un voulant ſavoir ce qu'il penſoit de la voix de ſa majeſté , il déclara que S. M. chantoit très-bien pour une reine.

On ajoute encore qu'au bal , la reine ne danſant point , le comte de *Haga* lui demanda ſi elle aimoit la danſe , étant jeune ? Mais cette queſtion n'eſt rien moins que gauche , elle devient même une plaiſanterie fine pour ceux qui ſavent qu'elle n'eut lieu que lorſque la reine eut annoncé qu'elle ne danſeroit point parce qu'elle étoit trop vieille. Voilà comme les perſiffleurs , lorſqu'ils veulent imprimer du ridicule , dénaturent tout. Il ſeroit bien étonnant que ce prince , qui dans les diverſes converſations particulieres & ſur-tout à l'académie , où cent perſonnes étoient à portée de l'entendre , a toujours montré beaucoup d'honnêteté , de politeſſe , d'aménité , de juſteſſe & de

préfence d'efprit , n'en eût manqué précifément
qu'à la cour.

Le fieur de *Beaumarchais* a beau fe prévaloir
de ce que le comte de *Haga* a été deux fois à fa
piece ; on fait pourquoi il y a retourné : fuivant
ce qu'il a dit à M. *Suard* à l'académie , en lui
parlant de fa fortie contre *le Mariage de Figaro*,
il comptoit la voir encore , parce qu'il ne l'avoit
pas bien entendue la premiere fois. C'eft déceler
affez tout ce qu'il en penfe : il trouve cette piece
fort réjouiffante , mais un peu fale.

11 *Juillet.* Le feu ayant pris à l'aéroftat d'aujourd'hui avant l'expérience , il n'a pas été poffible de la faire ; tant de préparatifs fe font
trouvés vains , & la populace furieufe d'être attra-
pée , a mis le refte en pieces.

12 *Juillet.* Le bureau de la ville réveillé enfin
par les cris du public , après avoir mûrement
minuté un long réglement , où il a cherché à
prévenir toutes les friponneries des marchands de
bois , l'a préfenté au parlement , qui l'a homologué mardi 6 de ce mois. En conféquence il a fait
fabriquer de nouvelles membrures qu'on va voir
à l'hôtel - de - ville comme des pieces curieufes.
Il a nommé des ..... rs pour les infpecter & fuivre
la manutention , en forte qu'il paroît que le nouveau prévôt des marchands entrera en place ,
fous de meilleurs aufpices que n'en fort M. de
Caumartin.

12 *Juillet.* Le fieur *Bleton* revient fur la fcene ;
il a été envoyé par M. le contrôleur - général
dans les environs de Paris , où l'on affuroit qu'il
fe trouvoit des veines de charbon de terre , pour
y faire fes expériences fous les yeux de M. *Tou-
venel,* docteur en médecine , & de plufieurs infpec-
teurs des mines.

Il a d'abord été employé à Saint-Germain-en-Laye, où, suivant lui, les fouilles qu'on y fait depuis long-temps sont inutiles.

Il en a trouvé, au contraire, à Luzarche & dans d'autres endroits, où l'on doit fouiller suivant ses inclinations.

12 *Juillet*. On alloit voir ces jours derniers chez le sieur *Meniere*, orfevre-joaillier, les présents que le roi envoie au grand-seigneur par son nouvel ambassadeur M. le comte de *Choiseul-Gouffier*; ils consistent :

1°. En un service de vermeil, composé de vingt-quatre petits plats de forme ronde avec leur couvercle.

2°. En un sabre, deux pistolets & un fusil, garnis en or, & d'un travail précieux.

3°. En une grosse montre de parade enrichie de brillants (on la porte sur un coussin à côté du sultan dans les cérémonies publiques.)

4°. En deux aiguieres de vermeil & une en argent.

5°. En des cassolettes, un aspersoir qu'on remplit d'eau de senteur.

La plupart de ces pieces sont enrichies de diamants. Les pipes sont montées sur des flacons de porcelaine du Japon. On voit ensuite plusieurs pendules, & une quantité prodigieuse de montres, soit en or, soit en argent, dont les heures sont marquées sur le cadran par des lettres ou chiffres turcs.

Tout cela est d'un exquis ; mais M. le chevalier de *Mouratsa* prétend que ce n'est pas dans le goût de cette nation, que nous ignorons encore, malgré les instructions que peuvent nous donner là-dessus nos ambassadeurs, ce qui peut plaire aux Turcs ou leur déplaire.

13 *Juillet.* La *Charlotte* ou *Caroline* de Saint-Cloud devoit partir hier , & jquoique l'on n'eût rien annoncé à cet égard., il s'y étoit rendu beaucoup de monde dans la nuit , parce que le bruit couroit que l'expérience auroit lieu de très-bonne heure, à caufe de M. le duc de *Chartres*, qui perfiftoit à vouloir y monter. Mais tout le monde a été attrapé ; on a dit qu'un accident empêchoit d'enlever ce jour - là l'aéroftat ; que ce feroit pour le lendemain , & la foule fe difpofe à y retourner.

13 *Juillet.* Extrait d'une lettre de la Haye, du **9** juillet.... Il y a depuis long-temps une guerre vive entre le rédacteur de la gazette de Cleves & nos gazetiers. Le premier , qui eft un homme de mérite, de beaucoup d'efprit & de prudence , qui d'ailleurs a un cenfeur , ne ceffe pourtant de déclamer contre notre république , & prend la défenfe du Stadhouder en toute occafion. Il s'exprime avec une énergie que les nôtres appellent violence & fanatifme. On ne peut douter qu'il ne foit foutenu de fa cour , & que fes expreffions ne foient dictées. Le gazetier de Leyde & l'auteur d'une gazette Hollandoife appellée la *Pofte du* *Bas-Rhin* , le combatrent à toute outrance ; & ne lui épargnent pas les injures. Le roi de Pruffe a gagné de primauté & s'eft plaint par fon envoyé de ces deux écrivains. La régence de Leyde a pris la chofe en confidération , elle a abfous fon concitoyen le fieur *Luzac* ; quant à l'autre , la régence d'Utrecht a décidé, qu'*on offenferoit la liberté civile* *dans une république , fi l'on empêchoit le citoyen de* *développer librement fes idées fur des affaires rela-* *tives à l'intérêt général.*

13 *Juillet.* Madame la comteffe de *Genlis* a compofé & mis en lumiere un nouvel ouvrage, intitulé *Les veillées du Château*, ou *Cours de morale à l'usage des enfants*, en trois volumes, où beaucoup de philosophes & de gens de lettres sont fort maltraités. Ce qui lui a valu l'épigramme suivante :

Comme tout renchérit, disoit un amateur.
Les Œuvres de *Genlis* à six francs le volume ;
Dans le temps que son poli valoit mieux que sa plume,
Pour douze francs j'avois l'auteur.

14 *Juillet*. On a créé une septieme place d'administrateur de la loterie royale de France, dont est revêtu le sieur *Morel*, & vraisemblablement afin de le récompenser de ses travaux littéraires pour l'opéra & des soins qu'il prend de son régime. M. le comte de *Vaudreuil* qui veut du bien à M. *Garat*, a profité de cette occasion de lui faire faire un sort pécuniaire. Il en a parlé à la reine. En conséquence la place est grevée de 6,000 liv. de pension en faveur de celui-ci. Le sieur *Osvvedo* juif, négociant de Bordeaux, qui chante avec beaucoup de goût, de méthode & accompagne M. *Garat*, a obtenu la même grace ; & un autre amateur, nommé *Louet*, qui a eu l'honneur de toucher du clavecin devant la reine, en a autant. Ces bienfaits sont indirectement pris sur le public, puisqu'ils le sont sur les bénéfices de la loterie, qui devroient tourner au profit du fisc ; il en a résulté en conséquence un vaudeville sur l'air : *Avec les jeux dans le village* : on y maltraite fort les nouveaux protégés du contrôleur-général, & le ministre lui-même qui a eu la main forcée. On y peint par occasion la société de Mad. *le Brun*, où préside M. de *Vaudreuil*, & qui devient un

bureau littéraire, ou plutôt une académie des arts, où l'on juge, apprécie & récompense les talents : cette chanson assez plate est quelquefois très-méchante. Elle est en six couplets.

14 *Juillet*. Il y a un schisme dans l'*Ordre de l'harmonie* entre les cent premiers membres : les uns, disciples dociles & aveugles du maître, se contentent de ce qu'il veut bien leur enseigner, & n'en exigent pas davantage : les autres commencent à se lasser de ne point voir les promesses du docteur s'effectuer, & le pressent de leur apprendre enfin ce grand secret, l'objet de leurs recherches qu'il a promis de leur transmettre, qu'il annonce toujours & dont il ne dit rien.

14 *Juillet*. Une chose qui fait infiniment d'honneur à la manutention actuelle du théâtre lyrique, c'est l'effort heureux qu'il a fait en faveur du comte de *Haga* ; effort dont il n'y avoit pas d'exemple. Depuis le 11 juin, indépendamment du service de la cour, on y a remis, sans compter le petit acte de *Tibulle* & le ballet de *la Rosiere*, dix ouvrages capitaux ; savoir, *Didon*, *Iphigénie en Aulide*, *les Danaïdes*, *Chimene*, *Armide*, (à Versailles) *Athys*, *Castor*, *Iphigénie en Tauride*, *la Caravane* & *le Seigneur bienfaisant*.

14 *Juillet*. Chanson aux navigateurs aériens partis le 23 juin 1784 ; sur l'air : *Vous m'entendez bien*.

C'étoit en Suede & non ailleurs,
Qu'il falloit, mes braves messieurs,
  Aller à tire d'ailes :
    Hé bien,
    Y porter des nouvelles :
    Vous m'entendez bien.

Déjà vous feriez de retour
Et vous auriez fait votre cour
  A ce roi dont la gloire ;
    Hé bien ,
  Ornera notre hiftoire :
  Vous m'entendez bien.

Stockholm eft près de Chantilly
Pour un voyageur aguerri
  qui dirige à fa guife ,
    Hé bien ,
  Et le fud & la bife :
  Vous m'entendez bien

Mais pour bien mener un ballon ,
Comme Eole eft un vieux barbon ,
  Tâchez par préférence,
    Hé bien ,
  D'avoir fa furvivance :
  Vous m'entendez bien.

Sans cela vos pompeux élants
  Ne feront que des cerfs volants,
  Et vous n'irez qu'apprendre ,
    Hé bien ,
  Comment il faut defcendre :
  Vous m'entendez bien.

15 *Juillet.* La chanfon ci - deffus peut encore
mieux s'appliquer à l'aéroftat de Saint-Cloud, lancé
enfin aujourd'hui après plufieurs remifes. Il s'eft
élevé très rapidement, & eft defcendu encore plus
                            vîte

vîte. Nous en parlerons plus amplement, après
avoir recueilli les détails certains de cet événement brillant dans le principe, & qui a penſé devenir funeſte.

15 *Juillet*. Le comte de *Haga* devoit aller entendre juger une cauſe à la tournelle ; mais le
garde-des-ſceaux l'en a diſſuadé, ſous prétexte que
ce n'étoit pas l'uſage, que ces affaires-là devoient
ſe traiter à huit clos. Tout étoit arrangé pour
que le criminel eût ſa grace, d'autant que c'étoit
un cas très-graciable, puiſqu'il s'agit d'un homme
qui en a tué un autre avec une quille, ce qui
ſuppoſe un crime du moment, & même invo-
lontaire. MM. du parlement ſont très-fâchés de
l'obſervation de M. le garde-des-ſceaux, d'autant
que cet exemple ne peut tirer à conſéquence,
puiſqu'il ne vient pas tous les jours des ſpecta-
teurs de cet ordre. Le comte de *Haga* devoit lui-
même apporter ſa grace au coupable, qui ne l'aura
pas moins, à ce qu'on eſpere, par ſon entremiſe.

15 *Juillet*. Le pape a envoyé depuis peu à Paris
le corps d'une ſainte appellée ſainte Victoire. Le
bruit avoit couru d'abord que c'étoit un cadeau que le
ſaint pere faiſoit à Mad. *Louiſe*. Il paroît conſtant
aujourd'hui qu'il reſte aux Filles-Dieu de la rue
Saint-Denis, où il eſt en dépôt, & où les curieux
vont le viſiter. Cela fait ſpectacle ; il y a des
gardes ; on entre par un endroit, & l'on ſort par
l'autre, pour éviter l'engorgement, car le peuple
s'y porte en foule. Il n'eſt pas cependant encore
queſtion de miracles que la ſainte ait fait.

Le corps, richement paré, eſt couché ſur un
lit de repos, & ſous une eſpece de bocal ; tout
cela eſt en dedans du chœur des religieuſes. La
grille eſt entre deux : en outre on a formé une

enceinte d'une baluſtrade de fer qui retient la
mu titude ; il n'y a que les gens diſtingués qui
puiſſent approcher de plus près & juſqu'à la grille
du chœur. On avoit d'abord expoſé le viſage dans
tout ſon deſſéchement ; on a trouvé que c'étoit
trop hideux, & l'on a fait à ſainte Victoire un
viſage de cire. Ce ſpectacle doit durer juſqu'à
ſamedi.

16 *Juillet.* La machine aéroſtatique de Saint-
Cloud a préſenté hier un ſpectacle nouveau par
ſa forme : c'étoit un ſphéroïde aſſis ſur ſon axe
le plus long. MM. *Robert* & le duc de *Chartres*
y ſont montés ; on a eu beaucoup de peine à le
dégager de ſon appareil, & il s'eſt enfin élevé
à la vue d'un peuple immenſe ; car il étoit venu
toute la nuit à Saint-Cloud un nombre infini de
voitures : beaucoup de gens y étoient reſtés depuis le mardi, & quantité d'autres s'y étoient
rendus à pied, ce qui formoit le plus beau coup
d'œil. Une circonſtance ſinguliere, c'eſt que les
derniers rangs ayant prié les premiers de leur
permettre de voir en ſe baiſſant, ils ſe ſont ac-
croupis, & mis comme en adoration devant la
machine & ſon alteſſe ſéréniſſime, qui eſt partie aux
acclamations générales. L'aſcenſion a été rapide,
& en moins de rien la machine s'eſt perdue dans
un nuage ; peu après on l'a vu redeſcendre encore
plus vîte. Elle eſt preſque tombée dans un étang.
Il a fallu que le duc de Chartres envoyât un
grelin pour retirer l'aéroſtat. On a ſu que ce prince
ayant éprouvé beaucoup de froid, de neige & de
frimas, avoit demandé à revenir ſur terre ; mais
que n'ayant pu faire jouer la ſoupape, pour gagner
l'air inflammable, on avoit pris le parti d'éventer
le ballon ; un ſecond rempli d'air atmoſphérique,

dont MM. *Robert* comptoient faire ufage, & in-
féré dans le grand, empêchoit au contraire le
jeu du premier. Les rames, le gouvernail dont ils
étoient munis, rien n'a pu fervir; on regarde cet
effai comme manqué abfolument.

16 *Juillet*. M. *Sauffaye*, receveur des impofi-
tions, fyndic de fon corps, ayant refufé une gratification à un de fes commis, celui-ci, pour fe
venger, a fait un mémoire à confulter, où il
prétend découvrir toutes les malverfations de fon
chef. Un certain *Martin de Marivaux*, avocat
déjà très mal famé, l'a muni d'une confultation
en date du 26 juin 1784, & l'a envoyé à toutes
les portes cocheres. La chambre des comptes a
cru devoir prendre connoiffance des faits. Le procureur-général a rendu plainte; en conféquence
le fcellé a été mis fur le comptable, & il eft décrété
d'ajournement perfonnel. On ne doute pas que
M. *sauffaye*, qui eft fort eftimé, ne fe juftifie, &
l'on fait qu'il travaille à fa défenfe.

16 *Juillet*. On a dit il y a long-temps qu'il
y avoit un *mémoire pour l'armée, en réponfe aux
mémoires du comte de Graffe*, mais il étoit fi rare
qu'on n'en connoiffoit que le titre. Il fe répand,
manufcrit toujours. Il eft fanglant contre le général, il roule fur fept chefs.

1°. Il n'étoit pas abfolument néceffaire au comte
de *Graffe* de livrer bataille pour fauver *le Zélé*.

2°. Si *le Zélé* eût pu être pris, la maniere dont
M. le comte de *Graffe* livroit bataille, faifoit
infailliblement prendre *le Zélé*.

3°. La bataille a été donnée par le comte de
Graffe de telle maniere, que l'armée françoife
eût-elle eu fur l'angloife la fupériorité en tout
genre qu'avoit celle-ci, la bataille n'en étoit pas
moins perdue fans reffource.

4°. Les ſignaux faits par le comte de *Graſſe* durant le combat, ou ont été exécutés, ou n'ont pu être phyſiquement exécutés.

5°. Pluſieurs de ces ſignaux, ceux particuliérement ſur leſquels le comte de *Graſſe* inſiſte le plus, ſont de telle nature que leur exécution rendoit la défaite de l'armée, & beaucoup plus prompte, & beaucoup plus complete.

6°. Une fois la bataille perdue, une fois l'armée jetée ſous le vent, coupée en pluſieurs points, miſe dans un déſordre entier & forcée par le combat, le changement de vent & le calme, le comte de *Graſſe* n'a pas fait un ſeul ſignal à l'armée, ni aucun mouvement perſonnel propre à remédier au déſordre, & à le rendre le moins funeſte poſſible.

7°. Enfin, & ce ſeptieme article eſt une conſéquence néceſſaire des ſix premiers, aucun commandant d'eſcadre ni de vaiſſeau de cette armée, accuſée toute ſans exception, ne peut être taxé d'avoir cauſé la perte de la bataille du 12 avril 1782.

Voilà ce que démontre ce mémoire d'une façon aſſez claire, ſi les faits articulés ſont plus vrais que ceux ſur leſquels ſe fonde le comte de *Graſſe*. On lui conteſte juſqu'à ſes plans, dont on veut qu'il n'y ait pas une poſition exacte.

Ce mémoire n'eſt, à proprement parler, que le réſumé de tous les autres qui y ſont fondus; on en attribue la rédaction principalement à M. de *Bougainville*; il a cinquante - quatre pages, & eſt parfaitement bien fait dans ſon genre.

17 *Juillet*. On a déjà fait un vaudeville aſſez

malin fur le voyage aérien du duc de *Chartres* ;
il eft fur l'air : *Vous m'entendez bien.*

Chartres va , dit-on ; s'envoler ,
Jufques à Londre il veut aller :
 Mécontent de Neptune ,
  Hé bien ,
 Il cherche en l'air fortune :
 Vous m'entendez bien.

Chartres s'envole , & les François
Certains fur fon brillant fuccès ,
 N'ont nulle inquiétude :
  Hé bien ,
 Il en a l'habitude :
 Vous m'entendez bien.

17 *Juillet.* On raconte que la cabale philofophique qui protege & prône beaucoup la tragédie
des *Druides* , a déterminé M. *le Blanc* à envoyer
fa piece au comte de *Haga* , qui l'a prié de venir
le voir. Ce prince lui a témoigné la plus grande
fatisfaction de fon ouvrage ; il lui a dit entre
autres chofes : « Vous avez peint la fcélérateffe &
» la fourberie des prêtres de main de maître ;
» mais vous en avez fait un honnête homme,
» ce qui eft contre les vraifemblances. » Et les
philofophes de recueillir cet apophthegme , qui
n'a été dit fans doute que par plaifanterie , & de
le débiter très-férieufement ; & les dévots de
maudire le prince hérétique & philofophe.

 17 *Juillet.* Les comédiens italiens ont joué hier
le duc de Benevent , comédie héroïque en trois

actes & en vers, de M. de *Rauquil-Lieutaud.* Elle est tirée d'un conte de Voltaire, intitulé, *l'Education d'un Prince*, & il suffit de dire que le conte vaut infiniment mieux que ce drame misérable, découfu & très-mal joué.

On a joué à la fuite *Les deux jumeaux de Bergame*, qu'on n'avoit ofé donner depuis la mort de *Carlin.* Le fieur *Corali* l'a très-bien remplacé dans le premier rôle, & le fieur *Thomaffin* s'eft tiré du fecond avec beaucoup de fuccès. Il n'a pas paru indigne du fameux *Thomaffin*, fon aïeul, fi renommé dans ce genre.

18 *Juillet.* Le nouvel ouvrage de M. *Mercier*, intitulé *mon Bonnet de nuit*, en deux gros volumes in-8°. ne differe de fon *Tableau de Paris* que par le titre, & en ceia eft plus jufte. C'eft un réceptacle de digreffions de toutes efpeces, & fur toutes les matieres, rédigées par chapitres, au nombre de cent trente-fix, à-peu-près.

M. *Mercier* laiffe toujours, fuivant fon ufage, quelque pierre d'attente ; à la fin de l'ouvrage ci-deffus il annonce *l'Homme fauvage*, roman en un volume, & le *Portrait de Philippe II*, roi d'Efpagne, en un volume aufli.

18 *Juillet.* M. le comte d'*Albon*, connu par quelques ouvrages philofophiques, a voulu avoir dans fes jardins de Francouville, le cadavre de M. *Court de Gebelin*, proteftant, & conféquemment expulfé du fein des catholiques. Il a obtenu cette faveur : le 2 de ce mois l'exhumation a été faite du cimetiere des proteftants, & le corps a été tranfporté au lieu défigné, où le comte d'*Albon* fe propofe d'élever un monument à ce favant, original & point affez connu.

18 *Juillet.* Voici la lettre du fieur de *Beaumarchais*, bonne à conferver.

Réponfe à quelqu'un qui me rend une grande loge pour en avoir une petite, en difant que c'oft pour des femmes qui craignent d'être vues à ma pièce.

« Je n'ai aucune confidération, M. le Duc, pour des femmes qui fe permettent de voir un fpectacle qu'elles jugent malhonnête, pourvu qu'elles le voient en fecret. Je ne me prête point à de pareilles fantaifies : j'ai donné ma pièce au public pour l'amufer & pour l'inftruire, & non pour offrir à des bégueules mitigées le plaifir d'en aller penfer du bien en petite loge, à condition d'en dire du mal en fociété. Les plaifirs du vice, & les honneurs de la vertu.... telle eft la pruderie du fiecle. Ma pièce n'eft point un ouvrage équivoque, il faut l'avouer ou la fuir. Je vous falue, je garde ma loge. »

(Signé) Beaumarchais.

19 *Juillet.* Extrait d'une lettre de Prades en Rouffillon, du 27 Juin. .... M. *Raymond de saint Sauveur*, notre intendant, eft un grand économifte ; il a d'un autre côté beaucoup de prétentions à l'efprit ; il a dans fa jeuneffe compofé de petits écrits, entre autres l'*Agenda des auteurs* ; il a depuis fait des difcours pour la fociété libre d'émulation. Jaloux de fe diftinguer, ainfi que plufieurs de fes confreres, il a imaginé de faire exécuter ici une fête champêtre, dont il a trouvé l'idée dans un ouvrage nouveau, intitulé, *l'Education du Peuple.* Je n'entrerai point dans le détail de ces cérémonies puériles, mais dont l'allégorie fenfible eft de faire connoître qu'après les bienfaits de la Providence, le travail & la bonne conduite font les véritables fources du bien-être ; ce qu'a déclaré M. l'intendant, qui a remis dans une bourfe la valeur en argent de deux charges de bled, ou fix cents livres pefant, comme prix d'agriculture au laboureur indiqué par le corps-de-ville pour le meilleur cultivateur, le plus honnête & le plus laborieux du canton.

Ce prix a été accompagné de charités, & le couronné, les moissonneurs, les glaneufes, les pauvres & les chefs de la danfe, appellés ici *Cap de jongla*, ont trouvé une table couverte de mets analogues à la fête & à eux. M. l'intendant a fervi les pauvres, & les officiers municipaux l'ont imité. Il a porté la fanté du roi, qui a été fuivi d'acclamations, de *vive le roi*, puis de danfes, &c.

19 *Juillet*. Il y a auffi dans la faculté un fchifme à l'occafion du *mefmérifme* entre les jeunes docteurs initiés à cette doctrine, & les vieux, ennemis des nouveautés. Parmi ceux-ci fe diftingue le docteur *Millin de la Courvault*, un des plus chauds ennemis de *Mefmer*. Il faut favoir qu'il a une très-jolie femme, & qu'on le prétend grandement cocu. Voici à cette occafion un impromptu fanglant qu'on attribue à M. *le Preux*, fur le compte duquel on met toutes les méchancetés qui s'enfantent au fein de la faculté :

Du novateur *Mefmer* les partifans ardents
De l'art s'imaginant avoir franchi les bornes,
En faculté montroient les dents :
Ils ont été bien fots, ces docteurs impudents,
Quand *Millin* enhardi leur a montré les cornes.

20 *Juillet*. M. le duc de *Chartres* a fait préfent à l'académie des fciences, du ballon de Saint-Cloud. Cette compagnie ne compte pas en faire aucun ufage, mais le garder parmi les machines curieufes; il faudroit 2,000 écus feulement pour le remplir de gaz.

20 *Juillet*. Les premieres remontrances du parlement de Bordeaux en date du 13 mai 1784, commencent à fe répandre en cette ville imprimées. Après avoir applaudi aux vues bienfaifantes du monarque dans l'abo ition de la corvée, il rappelle fes remontrances du 26 août 1779, où il porta au pied du trône les réclamations des cultivateurs contre les abus naiffants de la nouvelle forme de cet impôt, qui eft la plus difpendieufe, la plus oppreffive, la plus oppofée à la perfection des ouvrages, & celle qui ouvre la porte à un plus grand nombre de défordres. De-là une peinture effroyable de ceux dont il a recueilli les détails dans les enquêtes. Il en donne un *extrait* à la fuite des remontrances & tout cela fait frémir; il fe difculpe du refte de ces recherches néceffitées par le cri général, & qu'il n'auroit pas été dans le cas de faire, fi le commiffaire départi eût rempli fon devoir. Son vœu eft pour qu'on rétabliffe les chofes dans le premier état. Il finit par annoncer qu'il eft difpofé à concourir lui-même à une charge pour laquelle il ne doit point y avoir de privilégié.

Ces remontrances font très-bien écrites, pleines de morceaux éloquents & pathétiques, & donnent en outre un tableau de la fituation de la province très-inftructif & rempli d'intérêt.

On eft fort furpris de trouver dans cet ouvrage

E 5

du parlement, un éloge magnifique de M. *Turgot*, contre lequel les cours ont fi fort déclamé de fon vivant.

L'ingénieur en chef, *Valfranbert*, eft le plus maltraité . & c'eft fur lui que les magiftrats pour ne point effaroucher le miniftere , font porter leur indignation.

20 *Juillet*. Le fieur *Anfeaume*, qui de fouffleur de la comédie italienne en étoit devenu le fecretaire , vient de mourir: il eft auteur d'environ vingt-quatre ouvrages ou pieces à lui feul ou en fociété, joués tant à l'opéra comique qu'à la comédie italienne, & quelques-uns font reftés au théâtre. En outre c'étoit le *rebouleur* de la troupe qui charpentoit, morceloit , difféquoit les pieces des autres au befoin. C'eft une perte pour elle.

21 *Juillet*. Vendredi 16 de ce mois , M. le comte de *Haga* étoit à l'opéra pour la derniere fois ; la reine y affiftoit auffi. Elle voulut régaler cet illuftre étranger du fpectac'e des talents du jeune *Veftris* qu'il n'avoit point encore vu, parce que ce danfeur arrivoit d'Angleterre. Elle lui fit dire de danfer : il répond qu'il ne peut, qu'il a mal au pied. Comme fa majefté étoit inftruite que ce n'étoit qu'un prétexte , elle lui envoie un fecond meffage, par lequel elle *l'en prie*: fa priere n'a pas plus d'effet que fon ordre. Indignée elle raconte l'anecdote au roi, qui veut qu'on mette à Bicêtre cet impudent. La reine intercede pour qu'il ne foit mis qu'à l'hôtel de la Force. Le public n'a fu que depuis ce qui s'étoit paffé. Mardi dernier il en eft réfulté une grande fermentation dans le parterre. Comme on a fu que le fieur *Veftris* devoit fortir , la premiere fois, vendredi 23 pour danfer, on a propofé de ne point le laiffer

paroître qu'il n'ait demandé pardon à genoux devant la loge de la reine de sa désobéissance, & ensuite au public. Cet événement rendra plus mémorable encore la premiere représentation de la reprise d'*Armide*, qui n'a pas été jouée depuis le 21 décembre 1780.

21 *Juillet*. L'auteur des *Mémoires du vicomte de Barjac* nous donne un nouveau roman de sa façon, ayant pour titre : *Olinde*, 1784, & il pouvoit se dispenser d'annoncer qu'il étoit de la même main. Il eût été facile de le juger : même assemblage d'événements bizarres & précipités, même mélange du fabuleux & de l'historique, même connoissance du grand monde, même morale, même philosophie. Celui-ci est seulement plus noir, on y trouve des catastrophes affreuses & dégoûtantes. Il y a toujours un peu de critique, des vues, des jugements rapides & pas toujours d'un tact bien sûr. L'auteur nous fait l'honneur de nous citer à l'occasion d'un libelliste qu'il suppose venir consulter à *Londres* le *compilateur facile des Mémoires secrets, pour apprendre comment on fait circuler la vengeance, la calomnie & le ridicule.* Nous avons tant de fois répondu à ces odieuses imputations que nous n'y reviendrons plus. Pour prouver seulement au romancier du jour que nous ne connoissons pas la vengeance, c'est que nous allons faire l'éloge de son ouvrage, en ajoutant qu'il est plein d'intérêt, bien écrit & se fait lire avec empressement.

21 *Juillet*. Pour remercier M. le duc de *Chartres* de sa complaisance de se prêter aux désirs du public en le laissant jouir du spectacle de sa machine, en se donnant lui-même en spectacle à ses yeux,

on ne lui répond que par des satires & des injures.
Voici de nouveaux vers à ce sujet.

Chartres ne se vouloit élever qu'un instant :
Loin du prudent *Genlis* il espéroit le faire ;
Mais par malheur pour lui, la grêle & le tonnerre
Retracent à ses yeux le combat d'Oueßant.
Le prince effrayé dit : Qu'on me remette à terre ;
J'aime mieux n'être rien sur aucun élément.

22 *Juillet.* L'académie de peinture & de sculpture vient de perdre M. de *Beaufort*, un de ses conseillers, ancien professeur de l'académie de peinture, sculpture & architecture civile & navale à Marseille. Il travailloit pour l'histoire, mais il étoit médiocre.

22 *Juillet.* On ne cesse de parler de l'abbé *Miolan*, & la police semble l'avoir abandonné à la dérision publique, en permettant qu'on le chansonnât dans les rues pour le punir de son espece d'escroquerie ; parce qu'il savoit très-bien que son aérostat étoit de nature à ne pouvoir s'enlever, & qu'il s'étoit enfui de bonne heure sous prétexte d'aller chercher quelques ustensiles propres à son expérience, & n'avoit point reparu ; ce qui a fait retomber sur ses camarades toute la vengeance du peuple, auquel il a fallu les soustraire par ruse. Quoi qu'il en soit, voici l'anagramme qu'on a trouvé dans *l'Abbé Miolan : Ballon abîmé.*

22 *Juillet.* Les troubles continuent dans l'ordre des bénédictins. Ce sont chaque jour de nouveaux appels comme d'abus, que les opposants présentent au parlement qui les reçoit ; mais ils son bientôt évoqués au conseil. Matiere à des remontrances

que ne ceffe de faire cette cour, & toujours fans
fuccès. De leur côté les oppofants commencent à
fe laffer, & quatre viennent de fe faire fécula-
rifer. Ce font les deux *Dapre*, fi renommés par
le pamphlet contre l'archevêque de Narbonne ;
Dom *Bourdon*, un des grands colliers de l'ordre
& rempliffant à merveille la mefure de ce nom
bruyant ; enfin dom *Veble*.

Le gouvernement offre toutes les facilités poffibles à ceux qui veulent prendre ce parti, &
efpere par-là venir à fes fins.

23. *Juillet*. Depuis qu'on a diminué les membrures du bois, il eft queftion d'en augmenter
le prix, ce qui fait double mal. Le zele du parlement s'eft échauffé ; les chambres ont été affemblées plufieurs fois, & il en a réfulté des repréfentations qui font à préfent fous les yeux du roi,
mais dont on n'attend nul fuccès.

23 *Juillet*. Il y a environ quarante ans qu'il
courut une chanfon très - fcandaleufe, intitulée :
La Confeffion. On vient d'en compofer tout récemment une qui ne l'eft pas moins, fur l'air : *Ce*
mouchoir, *belle Rémonde*. Elle eft en dialogue
entre un pénitent & fon confeffeur. On en va
juger :

> C'eft à vos genoux, mon pere,
> Que je dépofe aujourd'hui
> Les fautes d'un cœur fincere
> Qui demande de l'appui.
> Mais quoi ! fuis-je donc **coupable**
> D'avoir négligé le ciel
> Pour un objet adorable
> **Ouvrage de l'Eternel ?**

— Ecoutez-moi bien , mon frere,
Je ne fuis point capucin.
— J'en fuis très-enchanté , mon pere,
Car j'ai l'odorat très–fin ;
Je tiens encore à la vie,
Seroit-ce un grand péché ! — **Non.**
— J'ai vu bonne compagnie.
— Le compte en fera plus long.

Commencez , je vous écoute.
Je ne vous foupçonne pas
D'avoir volé. — Non , fans doute.
— Violé. — Dans aucun cas.
— Tué. — Non , jamais , mon pere,
— Juré. — Beaucoup , au brelan.
— On peut fe mettre en colere ,
Quand on perd tout fon argent.

Parlons un peu du beau fexe ,
C'eft le point intéreffant :
Votre ame paroît perplexe.
— Le cas eft embarraffant.
— Combien de filles & de femmes ?
— Le nombre m'eft inconnu :
J'ai beaucoup aimé les dames ,
J'en eus autant que j'ai pu.

— Je fens bien que la premiere. . . . . .
— Ah ! c'étoit une beauté ;
C'étoit la fleur printaniere ;
Elle vous eût enchanté :

Pied mignon & jambe fine,
Oeil vif, regard affaffin,
La taille la plus divine ! . . . .
— Allez donc jufques à la fin.

— Ce fut un beau jour de fête
Que je commis ce péché.
Mon pere, ah ! quelle conquète !
Rien ne m'en eût empêché.
Je la trouve à fa toilette,
Le fein nu, l'air languiffant :
Qu'elle étoit belle, Lifette !
— C'eft le plus intéreffant.

— Je l'approche, je l'embraffe ;
La rougeur couvre fon front ;
Dans mes bras je l'entrelace.
— Pour la pudeur, quel affront !
— Après quelque réfiftance
Qui fit croître mon bonheur,
Je lui prouvai ma conftance
Et lui dérobai fon cœur.

Vous peindrai-je les délices
Que je goûtai dans fes bras !
— En eûtes-vous les prémices ?
Mon pere, voilà le cas :
Je me damnai dans une heure
Jufques à fept fois au moins :
Si je vous mens, que je meure.
— Vous aviez de grands befoins.

—Dans ces heureux temps , mon pere ,
J'étois un fort grand pécheur.
— Vous en rabattrez , mon frere.
—Je le vois avec douleur.
— Le ciel n'eſt jamais injuſte.
—Combien je m'en apperçois !
C'eſt bien mal dit que le juſte
Par jour peche au moins ſept fois !

—Penſez-vous qu'à la tendreſſe
Vous ayez bien renoncé ?
En feriez-vous la promeſſe
Au ciel que vous offenſez ?
— Elle ſeroit indiſcrete ;
Car entre nous, je ſens bien
Que ſi je voyois Liſette ,
Je ne répondrois de rien !

24 *Juillet*. Depuis la fondation des prix de
l'univerſité par *J. B. Coignard* , dont la diſtribution
ſe fait tous les ans dans le mois d'août avec
beaucoup d'appareil , ſous les auſpices & en préſence du parlement , on raſſemble dans les divers
colleges les écoliers de chaque claſſe les plus en
état de concourir ; on les réunit enſemble & on
leur donne un ſujet de compoſition. Cette fois,
M. *Charbonnet* , le recteur , avoit choiſi pour
ſujet du prix de rhétorique l'*Eloge de Rollin.*
On prétend qu'il l'avoit pris à deſſein d'en faire
rejaillir quelque choſe ſur lui par la ſimilitude
des circonſtances où tous deux ſe ſont trouvés
d'augmenter les revenus de l'univerſité : on l'ac-

euse même d'avoir fait passer à un écolier l'amplification toute faite. Quoi qu'il en soit, lorsqu'on a annoncé ce sujet, les composants se sont récriés, ont dit qu'*il ne signifioit rien, ne fournissoit rien : A la bonne heure !* un *Voltaire*, un *Rousseau*, un *Raynal*, &c. L'assemblée est devenue très-tumultueuse ; elle a dégénéré en révolte, & il a fallu lever la séance. Le recteur s'est obstiné à ne point vouloir changer le sujet : l'affaire a été portée au tribunal de l'université. On croit qu'on sévira contre les plus mutins ; mais ce qu'il y a de plus constant, c'est que cette année on ne décernera point les prix de rhétorique.

24 *Juillet.* M. *Pilâtre de Rozier*, pensionnaire du roi, intendant des cabinets de physique, chymie, d'histoire naturelle de *Monsieur*, frere du roi, secretaire du cabinet de *Madame*, membre de plusieurs académies; nationales & étrangeres, chef du premier musée autorisé par le gouvernement, sous la protection de *Monsieur* & de *Madame*, &c. a obtenu la permission de faire imprimer, aux frais du gouvernement, le récit de sa *premiere expérience de la Montgolfiere*, construite par ordre du roi, lancée en présence de leurs majestés & de M. le comte de *Haga*, le 23 juin 1784. Tel est le titre pompeux de sa narration fort verbeuse en vingt pages *in-4°.* & en forme de réponse à M. *le Roy*, de l'académie des sciences, de l'imprimerie royale.

24 *Juillet. Récit de la conduite des Maréchaux de France à l'égard du vicomte de Noë, maire de Bordeaux, fait en parlement, les chambres assemblées, le mardi 6 juillet 1784.* Tel est le titre de la dénonciation imprimée de monsieur d'*Epré-*

mefnil , dont nous allons extraire tout ce qui peut fervir à éclaircir ou réformer ce que nous avons dit précédemment d'après les relations particulieres de cette finguliere conteftation.

C'eft le 10 février qu'un portier fuiffe empêcha les jurats *non gentilshommes* de franchir la barriere du théâtre en préfence & malgré les ordres du maire , M. le vicomte de *Noë* , qui lui fit ôter fon habit de livrée du roi & le fit conduire en prifon. Le corps-de-ville , au lieu de juger le fuiffe , dont l'appel auroit été au parlement , rendit compte du fait le 10 du même mois au fecretaire d'état ayant le département de la province. Dès le 17 , le comte de *Vergennes* répondit que le fuiffe n'étoit point en faute , puifqu'il avoit fuivi fa configne ; que l'intention du roi étoit qu'il fût élargi fur le champ : qu'au furplus , S. M. feroit examiner le droit que la ville réclamoit , & lui rendroit juftice.

Le maréchal de *Richelieu* , non content de cette décifion miniftérielle , a fait renvoyer la conteftation entre le vicomte de *Noë* & lui au jugement du tribunal des maréchaux de France qu'il a préfidé.

Le 8 mars , citation du vicomte de *Noë* , fignifiée le 28 dudit.

Le 7 mai , déclaration & proteftation du vicomte de *Noë* , qui décline le tribunal & demande fon renvoi à la connétablie.

Le 13 mai , requête du vicomte de *Noë* , qui décline le même tribunal pour trois moyens : fur le défaut de caufe dans la citation , fur la conftitution de la connétablie , & fur les qualités du vicomte de *Noë*.

Procédure en conféquence. Enfin arrêt du 25

mai, par lequel le parlement a pris le vicomte de *Noë* sous sa sauve-garde, & sur le surplus a renvoyé les parties à l'audience.

Au mépris de cet arrêt, le tribunal a envoyé chercher le vicomte de *Noë* chez lui pour l'amener de force.

Le 31 mai, évocation de l'affaire, du propre mouvement du roi.

Arrêt du 5 juin, qui renvoie de nouveau l'affaire au tribunal, qui déclare la procédure du vicomte de *Noë* nulle & de nul effet ; casse l'arrêt de la cour du 25 mai ; prononce l'exécution de l'ordonnance des maréchaux de France du 8 mars précédent ; enjoint au vicomte de *Noë* de s'y conformer, & porte à la fin l'ordre exprès, tant de la signification au sieur vicomte de *Noë* & *Brazon*, son procureur, que de la notification à M. le procureur général.

Jugement du 22 juin.

Arrêté que le récit sera remis entre les mains des gens du roi, pour, par eux, en être rendu compte à la cour, toutes les chambres assemblées, le mardi 3 août prochain.

25 *Juillet.* Le parlement, les chambres assemblées le 20 de ce mois, a supprimé, par arrêt, le récit dont on a parlé, de toute la procédure du tribunal des maréchaux de France contre monsieur le vicomte de *Noë*, inséré dans la dénonciation de cette affaire, attribuée à M. d'*Eprémesnil*. La cour lui donne en outre des qualifications qui ne serviront qu'à exciter la curiosité du public.

25 *Juillet.* Outre le récit très-détaillé des opérations de M. *Pilâtre de Rozier*, qu'on trouve dans sa lettre, & qui ne peut être intéressant que pour

les gens de l'art, on y recueille des anecdotes fort singulieres & fort curieuses.

1°. C'est en l'absence de M. de *Montgolfier* que le roi a confié au sieur *Pilâtre* la direction de la machine.

2°. Cinquante-quatre personnes furent désignées pour monter sur la *Montgolfiere*, entr'autres monsieur le comte de *Dampierre*, officier aux gardes, qui, déjà puni de son zele lors de la *Montgolfiere* de Lyon, ainsi qu'on l'a raconté, avoit, plus que tout autre, des droits à être reçu.

3°. Seize aspirants seulement furent désignés pour tirer au sort, mais deux ayant refusé de se soumettre à cette loi, & plusieurs protégés voulant interposer l'autorité, le sieur *Pilâtre*, pour éviter toute rivalité & toute discussion, supprima deux places des quatre à donner, & le sieur *Proust*, chymiste connu, fut seul accepté.

4°. S. M. avoit ordonné de commencer à midi, mais le sieur *Pilâtre* représenta à la reine le danger de l'ascension à cette heure, à cause du grand vent & par d'autres raisons physiques : elle le renvoya aux ministres, lesquels, à leur tour, s'en remirent à sa prudence.

5°. Embarras du sieur *Pilâtre* qui veut s'en tirer par ordre du roi, portant *qu'il avoit prévu les risques auxquels il exposoit la Montgolfiere avant le départ & après la descente ; mais qu'ayant assuré qu'il n'y avoit aucun danger pour les voyageurs, S. M. avoit consenti à sacrifier la machine en totalité, plutôt que de voir le public s'en retourner mécontent.*

6°. Le contrôleur-général, après six heures de délibération, donne, de la part du roi, au sieur *Pilâtre* l'autorisation qu'il demande. La reine le

raffure même & lui dit avec bonté que, quand
bien même il n'obtiendroit aucun réfultat fatif-
faifant, il fera feul chargé d'une nouvelle expérience, fi elle a lieu.

7°. Le comte de *Vergennes* met le feu fous la
Montgolfiere; on y arbore un pavillon blanc por-
tant les armes de la reine, & fur le revers *Marie-*
Antoinette.

8ᵘ. Au château de *Chantilly*, le prince de *Condé*
fait préfent au fieur *Pilâtre* de la carte de cette
terre, après avoir lui-même marqué le lieu de la
defcente, auquel il daigna donner le nom de
Rozier.

9°. La reine envoie dès le foir un courier pour
favoir des nouvelles des voyageurs & de la machine.
Le fieur Pilâtre adreffe à S. M. un extrait figné
du prince de *Condé*, de M. le duc d'*Enguien* & de
Mlle. de *Condé*.

10°. Le lendemain le fieur *Pilâtre*, qui étoit
allé coucher à *Verfailles*, inftruit que la reine
avoit bien voulu s'informer plufieurs fois s'il étoit
de retour, dès huit heures du matin fe rend à
l'appartement du roi qui l'accueille de la façon
la plus flatteufe, puis la reine & toute la famille
royale.

11°. M. le comte de *Vergennes* & le maréchal
de *Caftries* le reçoivent auffi avec admiration. Enfin, & voici le point effentiel, le contrôleur-général lui obtient, de la bienfaifance du roi, une penfion de 2,000 livres. Du refte, ce miniftre reçoit
le jeudi 9 juillet, l'hommage du pavillon de la
Montgolfiere,

Le fieur *Pilâtre* n'ajoute pas où cette efpece de
relique fera dépofée & expofée à la vénération des
amateurs.

Tel est le résumé de cette lettre verbeuse, emphatique & remplie de gasconisme.

25 Juillet. La cabale formée vendredi dernier contre le sieur *Vestris* n'a pu avoir lieu : on a su qu'il ne devoit pas venir, & que de nouvelles insolences avoient obligé de le mettre au secret.

On dit que le jour même où il avoit refusé la reine, il gambadoit dans les foyers pour faire voir qu'il étoit très-libre des jambes.

26 Juillet. Le châtiment du sieur *Auguste*, c'est ainsi que l'appelle le pere *Vestris*, paroît fixé décidément à six mois de prison à l'hôtel de la *Force*, pendant lequel temps il ne pourra voir que sa famille. Un oncle qu'on appelle *le Cuisinier*, a demandé la permission de s'enfermer avec lui, & l'a obtenue.

Le sieur *Auguste* avoit deux mille écus de pension sur le trésor-royal, qu'on disoit rayés ; mais on veut que le paiement des arrérages soit seulement suspendu. Tout cela est trop doux.

Le pere *Vestris* ayant appris l'insolence de son fils, lui témoigna son indignation : *Comment*, lui dit-il, *la reine de France fait son devoir, elle te prie de danser, & tu ne fais pas le tien! je t'ôterai mon nom.* Ce propos seroit incroyable, si l'on ne connoissoit le personnage. Il l'est d'ailleurs beaucoup moins que l'action du fils.

Depuis, ce pere tendre a fait des démarches auprès du baron de *Breteuil*. Il a dit qu'il mourroit si on le privoit d'*Auguste*.

26 Juillet L'ordre des avocats s'est occupé ces jours-ci du sieur *Martin de Marivaux*, dont le mémoire contre M. *Saussaye* a été dénoncé à l'ordre comme un libelle. Une assemblée indiquée au mardi 20 a été renvoyée au samedi 24. On n'en sait pas encore le résultat.

27 *Juillet.* Extrait d'une lettre de Cherbourg, du 15 juillet..... « Vous me demandez des éclaircissements sur l'auteur du projet incroyable qui s'exécute ici & sur son ouvrage.

L'auteur est M. de *Cessart*, inspecteur-général des ponts & chaussées. Il est déjà connu par la construction du pont de *Saumur*, par le rétablissement du petit port de *Treport*, & par les intéressants travaux du port de *Dieppe*.

Notre rade a de 30 à 40 pieds de hauteur d'eau dans les hautes marées. Elle ne pouvoit être fermée sans une dépense considerable. M. de *Cessart* proposa de former une jetée à claire-voie, avec des cônes tronqués, dont l'enveloppe, construite sur la plage, seroit remplie, après leur échouement, de pierres d'un pied cube d'échantillon.

C'est cette idée aussi ingénieuse qu'économique qu'on a adoptée & qu'on a commencé d'exécuter. Je n'entrerai point dans le détail de ces cônes. Le premier a été totalement achevé le 5 juin. Le lendemain 6 il a été mis à flot par plusieurs chaloupes canonnieres sous les ordres de M. de *la Bretonniere*, capitaine des vaisseaux du roi, qui commande ici : c'est encore un detail fastidieux & incroyable que je vous épargne. Enfin après huit heures de travaux, la machine arriva dans l'endroit où elle devoit se fixer, c'est-à-dire à 1,800 toises de son point de partance, & à la distance de 4 à 5 . 6 toises de l'Isle-Pelée.

Au moment où la caisse toucha le fond, partit de la galerie un cri de *vive le roi*, qui fut répondu de tous les bâtiments qui couvroient la mer & de toute la plage, & le canon annonça à la ville que cette superbe expérience avoit reçu son exécution parfaite.

Entre les spectateurs se distinguoient M. le duc de *Beuvron* , M. le comte d'*Harcourt* , M. le marquis de *Praslin* , &c.

La seconde caisse conique a été coulée dans la nuit du 6 au 7 juillet avec le même succès. On compte en placer une troisieme dans le courant de l'année , & l'on se flatte toujours qu'en 1789 ce grand ouvrage sera achevé.

27 *Juillet*. On ne cesse de se dédommager, par des chansons , de l'escroquerie de l'abbé *Miolan* & consort. On en fait une sur l'air : *les capucins font des gueux* , la meilleure de cette espece , quoique sans beaucoup de sel encore. La voici :

I.

Je me souviendrai du jour ,
Du globe du Luxembourg.
Que de monde il y avoit ,
  Monsieur *Janinet* ,
  Monsieur *Janinet* /
Que du monde il y avoit
Pour voir s'il s'enleveroit.

2.

Lassé d'avoir attendu
Et de ne l'avoir point vu
Chacun s'en alloit disant ,
  L'abbé *Miolan* ,
  L'abbé *Miolan* /
Chacun s'en alloit disant :
Qu'on nous rende notre argent.

3.

C'eft à qui veut un lambeau
De votre globe à fourneau :
J'en ai vu dans tout Paris,
   Même à Saint – Denis ,
   Même à Saint – Denis ,
J'en ai vu dans tout Paris,
Dont vous excitez les ris.

4.

Vous n'aurez jamais beau jeu
Par le fyftême du feu.
Le fyftème eft plus expert ,
   De *Charles* & *Robert* ;
   De *Charles* & *Robert*
Le fyftème eft plus expert ,
Et qui veut trop gagner , perd.

28 *Juillet.* Les Italiens ont joué hier *Léandre Candide* , ou *les Reconnoiffances* , comédie-parade en deux actes & en vaudevilles. Cette bagatelle eft tirée du roman de *Candide* , & a eu le fuccès du moment. Les airs font très-bien adaptés , & il y en a de toutes les efpeces. Le fieur de *Beaumarchais* a le plaifir de voir qu'on a pris même les deux de fon *mariage de Figaro.*

Les auteurs font les fieurs *Radet* & *Rofiere* , qui ont déjà travaillé dans le même genre en fociété. On connoît le dernier , bon acteur dans fon genre du théâtre italien. L'autre eft fecretaire, bibliothécaire de Mad. la duchefse de *Villeroy.*

28 *Juillet*. L'arrêt de suppression de la dénonciation de M. d'*Eprémesnil*, a produit l'effet désiré par le parlement. Les expressions du réquisitoire de M. Seguier, par lesquelles il déclare *qu'il n'a pas dans le moment sous les yeux le procès-verbal d'où la brochure est tirée, pour juger si la copie est conforme à l'original; mais que dans tous les cas elle doit être supprimée, comme imprimée contre les réglements, &c.* Ces expressions, qui font un aveu réel du pamphlet, ont irrité la curiosité du public; mais il est fort rare. Nouveau véhicule, seul propre à le faire rechercher.

29 *Juillet*. Par le procès-verbal du troisième voyage aérien de M. *Blanchard* du 18 juillet dernier, exécuté à *Rouen*, il paroît qu'il a confirmé la bonne opinion qu'avoient conçue de lui, dès son voyage de Paris, quelques gens plus impartiaux. On ne peut douter aujourd'hui que ses ailes ne lui aient servi de moyens de direction; ce qu'aucun navigateur aérien, autre que lui, n'a constaté jusqu'à présent.

29 *Juillet*. Le sieur *Pinetti*, dont on a parlé cet hiver, a fait imprimer une brochure ayant pour titre: *Amusemens physiques* où, avec ses autres qualités, il a pris celle d'agrégé à l'académie de Bordeaux. Il a en même temps envoyé un exemplaire de cette brochure à cette compagnie.

Aujourd'hui, M. de *la Montaigne*, secretaire perpétuel de ladite académie, par une lettre du 11 juillet, adressée aux journalistes de Paris, réclame contre l'usurpation du sieur *Pinetti*, auquel ce titre n'a point été conféré. Il convient qu'il y a été présenté à titre de physicien & de chymiste; qu'il y fut vu & écouté avec plaisir; qu'on lui délivra un certificat de la satisfaction de

la compagnie, mais qu'on s'en tint-là. Voilà une
finguliere réclamation, & il faut voir la réponfe
du fieur *Pinetti*.

29 *Juillet*. La *Gazette noire* eft une brochure
très-méchante, annoncée ici depuis bien long-
temps, mais dont on conteftoit l'exiftence, parce
que perfonne n'atteftoit l'avoir lue. L'auteur du
nouveau roman d'*Olinde* en parle avec une confiance qui femble ne laiffer aucun doute fur fa
réalité. Il faut en ce cas que les précautions aient
été bien prifes pour en empêcher le paffage en
France.

29 *Juillet*. On fait que l'ordre militaire de *Cincinnatus* établi chez les Etats-unis de l'Amérique
feptentrionale, n'eft que l'ouvrage de la vanité
de quelques particuliers, & de celle des officiers
François qui ont été employés au fervice de la
république. Les vrais citoyens regardent l'inftitu-
tion comme contraire aux loix du pays, & def-
tructrice de l'égalité qui doit en faire la bafe. En
conféquence M. *Franklin*, trop fage pour l'approuver, ayant entendu M. le comte de *Mirabeau*,
qui ne parle de rien qu'avec feu, s'élever avec
beaucoup de force & de raifon contre l'ordre de
Cincinnatus, l'a prié de vouloir bien rédiger par
écrit fes idées; & c'eft à quoi M. de *Mirabeau* travaille en ce moment.

30 *Juillet*. On fait aujourd'hui que M. *Martin
de Marivaux* a prévenu le jugement de l'ordre,
& a déclaré qu'il fe défiftoit d'être infcrit fur le
tableau.

Ses griefs font d'avoir autorifé par fa confultation, l'impreffion d'un mémoire diffamant, dans
lequel il fe trouve des faits rapportés: *folo animo
nocendi*, n'ayant aucun trait à la caufe. D'ailleurs

cet avocat étoit ennemis perfonnel de M. *sauffaye*, & fa propre délicateffe auroit dû le faire fe défifter de confulter contre lui en cette occafion.

30 *Juillet*. Il a percé ici à la longue un *Journal françois*, compofé en pays étranger, & commencé dès 1781; il a pour titre: *Le Pot-pourri*. On annonce que la réfidence de l'auteur, qu'on ne nomme point, eft à *Francfort fur le Mein*, & que c'eft un M. *vanberk* qui reçoit les avis, lettres, nouvelles, &c. Quoiqu'il en foit, ce journal remplit à merveille fon titre. Il eft bon tout au plus pour les étrangers qui ne favent rien de ce qui fe paffe en France & ne voient rien de ce qu'on y publie. Du refte, des menfonges, des balourdifes & des *co:q-à-l'âne* fans nombre, très-propres à faire rire les gens mieux inftruits.

Le journal n'ayant pas fait fortune apparemment fous ce titre, le compilateur en a pris un fecond: *Journal des gens du Monde*. Celui-là, très-féduifant, ne pouvoit être que très-mal rempli par le rédacteur obfcur, ne voyant le monde que de loin, & *écoutant tout au plus aux portes*. Suivant l'avertiffement de celui-ci, un M. *Vilette*, à Caffel, eft le fecond correfpondaut qu'il s'eft ménagé. Comme les numéros de ce fecond journal que nous avons fous les yeux, ne vont que jufques au 6 compris, nous ne pouvons affurer jufques où il eft pouffé, car on dit qu'il a été continué. Les amateurs de Paris fe font laffés vraifemblablement, & les colporteurs ont ceffé de fe procurer cette marchandife prohibée.

31 *Juillet*. C'eft à la réquifition des *Filles-Dieu* que le pape a fait fouiller dans les catacombes, pour leur envoyer des reliques. Elles font venues d'une façon peu révérente par toutes fortes de

voitures publiques, & tant de mains profanes ne
les ayant pas ménagées, elles sont arrivées en fort
mauvais état à la douane de cette capitale le 2
juin, & ce n'est que le 9 juillet que la translation
en a été faite au couvent des Filles Dieu.

Les dévots se flattoient, en allant voir la nouvelle sainte, de trouver sa vie; mais on est occupé
sans doute à la composer, & elle n'a point paru.
En attendant, on en a toujours gravé le portrait,
qui ne peut être aussi qu'un ouvrage d'imagination.
On lit au bas : *Sainte Victoire, vierge & martyre,*
sous le regne de l'empereur Dioclétien, & du pape
Saint Cyriaque. L'artiste n'a pas manqué d'en faire
une très-belle créature.

31 *Juillet.* Extrait d'une lettre de Dijon, du 15
juillet 1784..... On s'occupe très-fort de nos
canaux à construire, & le comte de *Haga* en a eu
le spectacle dans sa route de Lyon à Paris, le 5
juin, s'étant arrêté à Chagny, pour voir les travaux qu'exécute en cet endroit le régiment de
Monsieur, pour la construction d'un de ces canaux,
qui est celui de *Charolois.* L'ingénieur en chef qui
l'avoit conduit par-tout, a exposé ensuite à l'illustre voyageur les trois projets dont la province
s'occupe, & le comte n'a pu s'empêcher, après
avoir vu les plans & entendu toute l'explication,
de témoigner son admiration, pareille à celle de
M. le comte de *Falkenstein*, lorsqu'il visita le fameux canal de Picardie de M. Laurent.

En outre, nous avons su que le 13 juin l'élu du
clergé des états de Bourgogne, avoit eu l'honneur
d'offrir au comte de *Haga*, au nom de l'administration de notre province, une des médailles
qu'elle fait frapper à l'occasion de nos trois canaux
pour la communication des deux mers.

F 3

1 *Août* 1784. Extrait d'une lettre de Dijon, du
25 juillet .... Vous favez que nous avons ici une
école de deffin. M. *Defvoges*, qui en eft le profeffeur, a préfenté aux élus de notre province un
projet qui doit contribuer merveilleufement à perfectionner le goût de nos éleves, & à l'infpirer
dans cette capitale. Il confiftoit à obliger les éleves
de notre école, penfionnaires à Rome aux frais de
la province, d'envoyer des ftatues & des tableaux
copiés d'après les meilleurs maîtres pour en déco-
rer les principales pieces du palais des états ; ce qui
s'exécute. Nous avons déjà plufieurs tableaux de
cette efpece, & nous venons tout récemment de
recevoir une belle ftatue de la *Junon du Capitole*,
& deux tableaux, qui font *la bataille d'Arbelles*,
& *l'enlevement des Sabines*, d'après *Piètro Bervo-
tini*, dit *Pierre de Cortonne*. Il réfultera par la fuite
de cette munificence des états, une collection précieufe, que nous enviera même la capitale.

1 *Août*. Les comédiens françois viennent de fe
faire, après la trente-unieme repréfentation du
Mariage de Figaro, une répartition des recettes,
qui fe font trouvées former un capital de cent
cinquante mille livres.

2 *Août*. Nous avons parlé dans le temps, avec
les éloges qu'il méritoit, de l'excellent livre intitulé : *Conftitution d'Angleterre*. On fait que l'auteur eft M. de *Lolme*, citoyen de *Geneve* : il l'a
traduit lui-même en Anglois. Ce livre eft à fa
troifieme édition dans cette langue, & tout récemment, c'eft-à-dire, le 14 juillet, M. de *Lolme*
a eu l'honneur de préfenter à S. M. britannique un
exemplaire de la derniere édition augmentée d'environ 60 pages. Les Anglois avouent que ce
traité eft le plus fage, le plus profond & le plus

exaĉt de tous les écrits politiques fur leur gouvernement.

2 *Août*. M. Caſſini le fils, membre de l'académie des ſciences, a fait préſenter, par la voie
de l'ambaſſadeur de France à Londres, au roi
d'*Angleterre*, un mémoire dans lequel il demande
que quelque aſtronome de cette ville veuille bien
ſe charger de tirer des triangles de *Greenwich* à
Douvres, afin de pouvoir déterminer de Calais la
diſtance exaĉte entre les obſervatoires de *Paris* &
Greenwich.

Le roi d'Angleterre a ſoudain accordé, dit-on,
une ſomme d'environ 24,000 livres de France,
pour effeĉtuer l'opération confiée au général *Roy*.

2 *Août*. Me. *Prevôt de Saint-Lucien* eſt un
ancien avocat aſſez eſtimé de ſes confreres, mais
qui paſſe pour mauvaiſe tête, parce qu'il eſt très-
chaud, très-ardent ; qu'il s'identifie volontiers
avec ſon client, & ſe paſſionne pour ſa cauſe : ce
que les parties regardent au contraire comme une
qualité rare & excellente. Ce zele lui a déjà procuré pluſieurs affaires, & le voilà tout récemment dans le cas d'une dénonciation à ſon
ordre.

Dans un mémoire qu'il a écrit, car il ne plaide
point en faveur d'un M. de *Villiers*, ancien mouſ-
quetaire, gendre du ſieur *Bourdet*, dentiſte du
roi, contre la femme, qui demande ſa ſéparation
à raiſon de ſévices & mauvais traitements ; il
n'a pas diſſimulé que cette dame étoit tribade,
& il s'eſt expliqué là-deſſus ſans myſtere ; ce qui
a donné lieu ſamedi aux magiſtrats de grand'chambre, en rendant arrêt qui admet la dame de
Villiers à la preuve, de ſupprimer le paragraphe
du mémoire où il eſt queſtion de tribaderie,

comme contraire aux bonnes mœurs & à l'honnêteté publique. Ces qualifications forceroient néceffairement les avocats à rayer Me. *Prevôt de Saint-Lucien.* Il fe remue beaucoup en conféquence pour obtenir des juges que cet article du jugement ne fubfifte pas.

On feroit d'autant plus févere envers cet avocat, que lui-même étoit un des plus acharnés contre Me. *Martin de Marivaux.*

2 *Août.* Depuis long-temps on avoit parlé du délabrement de la fanté de M. *Diderot*; il vient enfin de fuccomber le 31 juillet. Il étoit né à Langres en 17.4. Il n'étoit d'aucun corps littéraire en France, mais de plufieurs étrangers; comme l'académie des fciences de Berlin, celles de Stockholm & de Saint Pétersbourg. Il avoit en outre le titre de bibliothécaire de S. M. I. *Catherine feconde*, impératrice de Ruffie. On ne dit encore aucune particularité de fa mort & de fon inhumation.

3 *Août.* Les chanfons ne tariffent point fur les deux derniers ballons: en voici encore une fur celui du *Luxembourg*; elle eft cenfée faite par un "in cabaret de *Vaugirard*, nommé la he, & fur l'air: *J'avois toujours gardé*

Ma foi, j'ai bien ri vendredi,
Buvant à la Croix-blanche:
Un Ballon promis pour midi,
M'a fait pleurer dimanche.

On fe moque du vendredi,
En mangeant de l'éclanche:

Mais Dieu se venge , & tout Paris
A jeûné le dimanche.

Vous dont on a trompé l'espoir ,
　Restez dans vos demeures ,
Pauvres badauds , n'allez plus voir
　Midi à quatorze heures.

3 *Août*. La réponse du roi aux représentations
du parlement concernant l'augmentation de l'impôt
sur le bois, depuis long-temps attendue par cette
cour, lui étant arrivée absolument négative, elle
a enregistrée hier la déclaration, les chambres assemblées. Il s'agit de 2 liv. 10 sous sur le bois
de compte, & de 1 liv. 10 sous sur le bois de
gravier. Tout cela fait trembler pour cet hiver,
& craindre une disette plus grande.

1°. L'on sait qu'il n'arrive point de bois par
la *Marne*; cette riviere est absolument interceptée
par la chûte du pont de la *Ferté* dont les pierres
ne sont point encore déblayées, & empêchent tous
les trains d'en-haut de passer.

2°. Les eaux de la *Seine* sont basses depuis très-
long-temps.

3°. Beaucoup de gens prévoyants ont doublé,
triplé, quadrulé leur provision, soit par crainte
d'en manquer, soit par spéculation & pour re-
vendre.

3 *Août*. Quoique M. *Diderot* passât généralement pour athée; qu'il fût véhémentement soup-
çonné d'être l'auteur du *Systéme de la nature*;
qu'il fût un des fondateurs de l'*Encyclopédie*, &
que tous ses ouvrages philosophiques respirassent
une liberté de penser opposée à ce qu'exige le

F 5

clergé ; quoiqu'enfin n'appartenant à aucun corps littéraire en France, il fût un particulier isolé, en faveur duquel les prêtres ne craigniffent pas de réclamation & le fecours de l'autorité, il faut que le mourant fe foit fi bien conduit, qu'on n'ait pas ofé lui refufer la fépulture chrétienne. Même, plus favorifé que fon collegue d'*Alembert*, le curé de Saint Roch, fur la paroiffe duquel il eft mort, n'a fait aucune difficulté fur le grand convoi demandé par le gendre de *Diderot*.

On rappelle à ce fujet que M. *Remi*, l'exécuteur teftamentaire de d'*Alembert*, après les premieres difficultés levées fur le refus abfolu de fépulture, ne put jamais obtenir du curé de Saint-Germain-l'Auxerrois plus de vingt prêtres. A quoi M. *Remi* répondit : *hé bien, monfieur, il y aura quarante laquais*. Et ils y furent en effet, & il leur fit donner un écu à chacun, tandis que les prêtres n'eurent que 20 fous.

3 *Août.* Bien loin qu'on ait donné des confreres à M. *l'Allemant* pour la confervation de la navigation intérieure de la France, la miffion même de celui-ci a éprouvé de telles difficultés qu'elle n'a pas eu lieu cette année & qu'il n'a point vifité la *Garonne*. On a pris pour prétexte les difficultés élevées par le parlement de Bordeaux & l'envoi des commiffaires du confeil, dont on veut attendre le rapport ; mais la véritable caufe eft la jaloufie des ponts & chauffées, qui voient avec peine un particulier leur enlever ce beau travail. Ils fe font même fait attribuer fpécialement la confervation de la *Loire*, dont les crues, cet hiver, ont occafionné de grands dégâts. Du refte, ils donnent tant de dégoûts à M. *l'Allemant*, qu'on ne feroit pas furpris de le voir renoncer à fon

fuperbe projet , que lui feul eft en état d'exécuter.

4 *Août*. Pendant que M. le duc de *chartres* eft abfent & eft allé faire un fecond voyage en Angleterre , fes ennemis acharnés le chanfonnent encore , & voici un nouveau vaudeville enfanté par leur méchanceté , fur l'air *des Pendus* :

Chartres , de nos princes du fang
Eft le plus brave affurément :
Après avoir bravé Neptune ,
Bravé l'opinion commune ,
Emule de *Charles* & *Robert* ,
Le voilà qui brave encore l'air.

Admirez comme il va volant
Au fein de cet autre élément.
Quel cœur , & fur-tout quelle tête !
Rien ne l'émeut , rien ne l'arrête ;
Son rang , fes amis , fa moitié ,
Ce héros foule tout au pié.

Il peut aller dorénavant
Tête levée , le nez au vent.
Il eft, les preuves en font claires ,
Fort au-deffus de fes affaires:
Eh oui ! ce grand prince , aujourd'hui ,
Doit être bien content de lui.

Mais quel foudain revers , hélas !
Ne vois-je pas mon prince en bas !
Comme il eft fait ! comme il fe pàme !
On diroit qu'il va rendre l'ame.

F 6

L'ame ! . . . . Oh ! qu'il n'eſt pas dans ce cas.
Peut-on rendre ce qu'on n'a pas ?

4 Août. Actuellement que le Palais-Royal commence à ſortir du chaos où il étoit depuis trois ans, on peut en parler pertinemment. Le jardin n'offre plus guere que l'image d'un de ces parterres de moines, entouré d'un cloître, auquel on aſſimile plus juſtement encore les bâtiments nouveaux dont il eſt ceint. Leurs murs frappés ſucceſſivement de trois côtés par le ſoleil, rendent la promenade inſupportable durant le jour & peu agréable le ſoir, parce que l'air qui manque de courant & de circulation ne ſe rafraîchit que lentement. Du reſte, ces murs offrent une très-belle ſculpture, mais dont le coup d'œil, trop monotone, devient faſtidieux. Ils ſont d'ailleurs trop élevés & terminés par un comble mauſſade & du plus mauvais goût. Il eût fallu, à l'inſtar du jardin de M. d'*Etienne*, dont on a parlé, les couronner à l'Italienne, & par de ſemblables jardins ſupérieurs qui auroient merveilleuſement égayé ce bâtiment, lui donner un air de ſingularité & de magnificence, & rappeller ceux de *ſémiramis*.

Les corridors ne répondent point à la beauté du plan ; ils ſont étranglés, & les reverberes meſquins n'éclairent que foiblement. Les boutiques, qui en forment le pourtour, donnent à tout l'enſemble un air de foire, peu digne du palais d'un grand prince.

Les rues de derriere ſont de véritables cloaques, parce que les maiſons nouvelles n'ayant ni cour, ni dégagement, ni réceptacle pour leurs immon-

dices , y enverront tout leur déblaiement ; que
d'ailleurs elles feront habitées en grande partie
par des filles, par de jeunes gens, par des libertins , peu propres , peu foigneux de leur naturel ,
& dont les valets le font encore moins.

Tous ces travaux ont été commencés avec
tant de précipitation , & le plan en a été fi mal
digéré, qu'il a fallu faire après coup des égouts,
& que n'ayant pas prévu que la rue *Vivienne* étoit
d'un niveau plus élevé que celui des nouvelles
rues , M. le duc de *Chartres* a été obligé de prendre fur la rue parallele à la rue des *Petits-Champs*,
une pente prolongée pour les carroffes ; ce qui ne
laiffe en cette partie qu'une ruelle étranglée pour
les gens de pied & en enterre défagréablement
les maifons.

Ces additions faites après coup , empêchent les
locations pour le temps convenable & augmentent
les dépenfes pour le prince , qui s'en eft tellement trouvé gêné qu'il a été forcé de fufpendre
la quatrieme façade du jardin , qui doit faire
partie de fon palais ; en forte que de toutes manieres il doit fe repentir de fon entreprife auffi folle
que ruineufe.

5 *Août*. Extrait d'une lettre de Bordeaux, du 31
juillet.. ... Vous favez , fans doute , que les
remontrances de notre parlement contre M. *Dudon*,
par la malice de quelque émiffaire , fe font trouvées imprimées dans la *gazette de Leyde*. On avoit
choifi cette gazette , parce que c'eft la feule que
life le roi, & qu'on comptoit que S. M. auroit
ainfi connoiffance d'une réclamation fondée fur
des motifs d'honnêteté & de juftice, faits pour
la frapper, fi l'on les lui eût mis fous les yeux.
Le fecretaire d'état de la province & le garde-des-

fceaux , fcandalifés de voir publiques des remontrances , fuivant eux devant refter dans le fecret ,
en ont fait indirectement des reproches au St. *Luzac*,
gazetier de Leyde, qui , pour fatisfaire tout le
monde & prouver fon impartialité, n'a pas manqué
de les imprimer auffi. Il faut lire ces divers paragraphes très-finguliers, inintelligibles même pour
ceux qui ne connoiffent pas le deffous de cartes.
Quoi qu'il en foit , notre parlement vient de former un arrêté contre M. *Dudon* , qui juftifie le
gazetier & le venge des imputations qu'on lui
faifoit. Je compte vous l'adreffer inceffamment.

A l'égard des corvées , les commiffaires du roi
reftent dans l'inaction. On rejette actuellement le
tort fur le fieur *valfranbert*, l'ingénieur en chef
des ponts & chauffées , mort à propos pour recevoir toutes les iniquités des autres.

M. le gouverneur, preffé par M. *de Vergennes* ,
le fecretaire d'etat de la province, qui commence
à craindre l'éclat que doit faire l'hiftoire de monfieur le vicomte de *Noë* , vient de retirer de notre
théâtre & fon fuiffe & fa configne ; ce qui fans
doute eft fort inconféquent avec tout ce qui a été
fait , & donne au fond gain de caufe au corps
municipal.

5 *Août*. Mardi dernier, dans l'affemblée des
chambres au fujet du vicomte de *Noë*, il a été
arrêté de faire des repréfentations, malgré les gens
du roi qui n'avoient pas pris la chofe fort à cœur
& contrarioient même le récit de M. d'*Eprémefnil*.

6 *Août*. On préfume que M. *Diderot*, fentant
approcher fa fin , avoit pris le parti de fe fouftraire aux perfécutions du curé de *faint-Sulpice*,
qui avoit fi fort tourmenté *voltaire* en 1778, &
s'étoit réfugié chez fon gendre fur la paroiffe de

Saint-Roch, dont le pasteur est plus tolérant. En effet, il s'est escamoté adroitement à la vigilance de celui-ci, auquel on a fait accroire que le défunt avoit été surpris, qu'il étoit très-repentant & disposé à désavouer ses erreurs, même par écrit. Le curé a cru, ou fait semblant de croire tout cela, & n'a formé aucune difficulté sur l'enterrement.

On dit au surplus que c'est l'impératrice des Russies qui, ayant appris que M. *Diderot* avoit besoin pour sa santé de quitter un quatrieme étage où il avoit passé sa vie, lui fit choisir un appartement plus convenable pour se loger, comme son bibliothécaire, & pour y loger la bibliotheque de ce savant qu'elle avoit achetée, & dont elle lui conservoit la jouissance avec des appointements.

6 *Août*. Les nouveaux cafés qui s'établissent au Palais-Royal, cherchent à se surpasser l'un l'autre par quelque invention singuliere. C'est aujourd'hui le *café méchanique* qu'on va visiter. A chaque table est un tuyau cylindrique, par lequel on demande ce qu'on desire. A l'instant il s'éleve par le même canal, sans le ministere d'aucun agent visible. Cet enfantillage, qui doit être fort cher, & sur-tout d'un entretien dispendieux, amuse un instant, mais au fond le service n'en est ni meilleur ni plus prompt.

6 *Août*. On sait qu'en effet mardi, dans l'assemblée des chambres, M. *Seguier*, avocat général, portant la parole pour les gens du roi, a démenti tous les faits allégués par M. d'*Eprémesnil* dans sa dénonciation & tous ses raisonnements; il a conclu par ne pas conclure, & par s'en rapporter à la prudence de la cour.

M. d'*Eprémesnil* a repris en sous-œuvre le dis-

cours de M. *Seguier* , & l'a si bien renversé de fond
en comble, que les gens du roi ont consenti que
le réquisitoire ne fût pas inscrit sur le registre.

7 *Août.* La déclaration du roi , portant réglement pour le mesurage & le prix du bois destiné
à l'approvisionnement de Paris, avec diminution
de droits sur le charbon de terre, se publie aujourd'hui , & est à peu-près conforme à ce qu'on
a dit. L'augmentation du prix de chaque voiture
de bois neuf est de 2 liv. 10 sous 9 deniers , &
celle du prix du bois flotté & bois blanc, de 1 liv.
14 sous 4 deniers. Il n'y aura plus que ces trois
especes de bois , le bois de compte, dit à l'anneau , sera supprimé. Cette déclaration du 8e juillet
n'est point faite pour rassurer contre les craintes
de la disette de bois. Au contraire , le préambule
ne peut que l'augmenter par l'affectation sur-tout
de favoriser & d'exciter l'usage du charbon de
terre, par le ménagement qu'on y montre envers
les marchands de bois, & l'aveu indirect qu'on to-
léroit leurs friponneries & vexations, parce qu'on
savoit qu'ils auroient perdu autrement sur la vente.
Aussi, depuis la nouvelle loi, connue déjà par
l'enrégistrement du 3 de ce mois, l'accaparement
a redoublé.

7 *Août.* La distribution des prix de l'université a eu lieu , suivant la coutume, jeudi dernier ;
& en effet il n'y a point eu d'amplification pour
la rhétorique, ce qui a dû être une vraie mortification pour le recteur, puisqu'il comptoit bien
faire faire son éloge avec celui de *Rollin* , & en
indiquant pour un des principaux points de la
composition l'éloge du rectorat. Cependant il n'a
pas osé sévir contre les mutins, parce que d'après
la procédure classique qu'il a instruite , & les in-

terrogatoires qu'il a faits, entre les chefs de la cabale se font rencontrés le fils de M. *Seguier* & celui de M. d'*Aligre*.

7 *Août*. La censure de la faculté de théologie de Paris contre un livre qui a pour titre : *Principes de morale, par M. l'abbé de Mably*, a été déterminée par une conclusion portée le premier juin dernier. Elle est en latin originairement, & traduite anjourd'hui en françois.

Le livre est condamné comme *contenant des propositions respectivement fausses, scandaleuses, erronées, contraires à la parole de Dieu, injurieuses à la religion chrétienne, dérogeant à la religion naturelle, pernicieuses pour les mœurs & nuisibles à la société.*

Les points sur lesquels, suivant la faculté, l'auteur s'est écarté davantage, sont ceux où il parle de nos devoirs envers Dieu, de la sanction & des motifs qu'il faut proposer à l'homme pour qu'il fasse le bien, de la maniere dont on doit s'y prendre pour former les mœurs publiques ou domestiques ; enfin du célibat. De-là la censure se divise en cinq articles.

A l'égard du premier, on reproche à l'abbé de *Mably* de prétendre que les premieres leçons de notre morale n'auroient pas dû être sur nos devoirs envers Dieu, parce que cette méthode, qui a produit en grande partie nos préjugés & nos malheurs, n'est point proportionée à la nature de l'homme.

Quant au second, la faculté ne veut pas qu'il mette la raison au-dessus de la révélation ; qu'il regarde celle-ci comme indifférente pour la réforme des mœurs, & qu'il fasse entendre qu'appuyer sur un pareil fondement les leçons de morale, c'est en empêcher tout le fruit; que c'est par le seul intérêt personnel qu'on peut guider l'homme.

La maxime avancée par l'abbé de *Mably*, que dans quelques circonstances on ne doit pas craindre de distribuer à propos des vices a un peuple, pour le retirer de sa stupeur, est trop contraire aux maximes de l'évangile pour avoir été tolérée par les sages maîtres qui la relevent dans le troisieme article.

On a déjà parlé de ce que le moraliste a dit concernant les mœurs domestiques, & des étranges assertions qu'il avance à cet égard, comme la fréquentation des courtisanes qu'il permet à son éleve. On sent combien il prêtoit le flanc à la censure théologique, & l'on ne la lui épargne pas dans le quatrieme paragraphe.

Le cinquieme & dernier, sur le célibat, que l'écrivain fronde en politique & en citoyen, & auquel il préfere infiniment l'état du mariage, devoit nécessairement déplaire encore à la faculté, qui, suivant ses principes religieux, met la continence au-dessus de tout.

Cette censure est, comme tous les ouvrages de ce genre, forte de citations & d'autorités, & très-foible de logique. Du reste, on y ménage beaucoup l'abbé de *Mably*, dont on exalte les talents & dont on excuse les intentions.

8 *Août*. Il est enfin décidé de finir l'église de Sainte-Genevieve, dont les travaux, depuis la mort de *Souflot*, avoient été totalement suspendus. Comme il faudroit encore quarante ans pour la terminer en n'y employant que les fonds ordinaires, il a été résolu de faire un emprunt de quatre millions, au moyen duquel la construction totale sera achevée en quinze ans, & dont

les détails feront arrêtés par le comte d'*Angi-viller*.

8 *Août*. La vente de la bibliotheque de monfieur le duc de *la Valliere* eft calculée, & fe monte à 464,677 liv. 8 f.

8 *Août*. MM. le chevalier de *Seine* & *Desforges*, font deux gendarmes qui, pour faute grave fans doute au corps, avoient été condamnés à vingt ans de prifon. A la veille d'être transférés de la prifon de l'abbaye de *Saint-Germain-des-Prez* au lieu de leur deftination, ils ont été effrayés de la longueur de la punition, & ont réfolu de s'y fouftraire, à quelque prix que ce fût : ils fe font procurés, on ne fait comment, des fabres, des piftolets, des balles, de la poudre, &c. Dimanche dernier, premier de ce mois, le foir, la garde retirée, ils font defcendus, & ont voulu contraindre le geolier à les laiffer fortir. Celui-ci s'y étant refufé, & ayant appellé du fecours, ils lui ont lâché un coup de piftolet, dont heureufement il a évité le coup. Forcés de remonter dans leur chambre, ils s'y font barricadés ; ils menacent de tuer le premier qui fe préfentera & ils capitulent. Leur commandant, le commiffaire des prifons & autres perfonnes ont en vain effayé de les prêcher ; ils menacent de faire fauter la prifon, fi l'on ne leur accorde leur liberté. Comme on ne peut favoir ce qu'ils ont de poudre, on prend toutes fortes de précautions. L'on a fait déloger les prifonniers logés au-deffus & au-deffous ; les pompiers font toujours prêts à donner des fecours ; & l'on eft fort embarraffé que répondre à leurs propofitions.

9 *Août*. Me. *Romain de Seize* eft un avocat du barreau de *Bordeaux*, qui, jeune encore, s'y étant attiré beaucoup d'ennemis & dans le parlement,

& dans son ordre, pour son zele à soutenir monsieur *Dupaty*, dégoûté de ces tracasseries, a pris le parti de suivre ce magistrat à Paris, & d'y essayer ses talents. Il a débuté mercredi 4 au Châtelet dans une cause de partage, très-ingrate conséquemment, n'ayant d'intéressant que le nom d'*Helvetius*, dont il a défendu la fille, Mad. la comtesse d'*Andlau*, & il l'a fait avec un éclat sans exemple. Il a eu l'art de faire entrer dans son plaidoyer des morceaux de philosophie & de pathétique qui lui ont concilié l'attention générale. Pendant cinq quarts-d'heure qu'il a parlé, l'huissier n'a pas été dans le cas de crier une seule fois: *Paix-là !* Les juges ne l'ont pas perdu de vue un seul instant, & il a été applaudi à la fin pendant plusieurs minutes comme au spectacle. Les magistrats du Châtelet conviennent n'avoir point entendu d'orateur réunissant à ce degré toutes les parties ; car son accent gascon est devenu même une grace. M. *Hérault*, premier avocat du roi, homme de lettres en outre, & bien fait pour apprécier le mérite de Me. *de Seize*, quoiqu'il ne le connût pas, est venu le voir & le féliciter au nom du parquet.

Me. *de Seize*, à ses talents naturels & acquis, joint l'avantage de la naissance. Il est homme de bonne condition, & pourroit figurer par-tout, s'il n'avoit préféré de briller par son mérite seul. En voilà plus qu'il n'en faut pour faire frémir l'envie ; & ce sont déjà des cabales qui se forment contre lui dans l'ordre.

Me. *Hardouin*, qui devoit répondre, confondu par ce succès n'a point plaidé au jour indiqué & a prétexté qu'il étoit enrhumé ; ce qui a fait prédire plaisamment à Me. *de Seize*, par M. *Hérault*, *qu'il en enrhumeroit bien d'autres.*

10 *Août.* L'on doit se ressouvenir du chevalier du *Rumain*, capitaine de vaisseau qui, de 1779 à 1780, prit les isles de *Saint-Martin* & de *Saint-Vincent*, monta à l'assaut de la *Grenade*, commanda les galeres & l'artillerie au siege de *Savannah*, & qui le 10 août 1780, fut tué dans le combat de la frégate la *Nymphe*, de trente-deux canons, qu'il commandoit, contre une frégate angloise de quarante-quatre canons.

Le roi voulant reconnoître les services distingués de cet officier par un monument durable, a fait remettre à M. le comte du Rumain son frere, trois mortiers en fonte, qui, en conséquence des ordres du maréchal de *Castries*, lui ont été délivrés par le commissaire aux classes de *Tréguier*.

10 *Août.* Tout ce qu'on sait du comte de *Haga* depuis le 19 juillet qu'il est parti, c'est qu'il est allé à Ermenonville visiter le tombeau de *Jean-Jacques Rousseau*.

10 *Août.* Par un arrêt du conseil du 13 juillet 1783, le roi, pour encourager la taille des pierres fines & des pierres de composition, a ordonné, pendant le cours de six années, un concours : il aura lieu le 17 du présent mois au bureau de la maison commune du corps des marchands orfevres de Paris. Tous les lapidaires, même étrangers, y seront admis sans distinction. Ils y trouveront les matieres premieres, tous les outils, moulins & ustensiles nécessaires.

Les ouvrages établis pendant le concours seront jugés dans une assemblée, à laquelle présidera M. le lieutenant-général de police. Les deux artistes qui se seront trouvés les plus experts, l'un dans la taille des pierres fines, l'autre dans celle des pierres de composition, seront admis à exer-

cer leur profeſſion librement pendant le cours de
trois années ; à l'expiration deſquelles , s'ils ont
notoirement exercé leur art chacun dans leur
genre , ils feront gratuitement , *ſans frais ni
faux frais ,* reçus dans le corps des marchands
orfevres.

On eſpere qu'un tel encouragement excitera
l'émulation parmi les artiſtes de ce genre , diſtingués par la ſupériorité de leur talent , auxquels on
procure ainſi l'occaſion de le faire valoir.

11 *Août.* Hier les deux gendarmes ſe ſont enfin
rendus & ont mis les armes bas. M. de *Saint-Alban,*
conſeiller de grand'chambre , commiſſaire des pri-
ſons, avec un ſubſtitut du procureur-général , &
un greffier, étoient occupés à dreſſer procès-verbal de
cet événement incroyable.

11 *Août.* Extrait d'une lettre de Conſtantinople ,
du 15 juillet.... « Graces aux exhortations de la
France , & ſur tout à la triſte expérience que les
Turcs font des ſuites funeſtes de l'ignorance,
l'imprimerie vient de ſe rouvrir ici ; elle eſt en
plein exercice , & l'on verra bientôt en ſortir une
eſpece de *Gazette de Cour* , depuis 1723 juſques
en 1750 , compoſée ſous le titre d'*Annales de
l'Empire.* »

11 *Août.* La riviere de Saône doit ſervir de tronc
commun à toutes les navigations dont s'occupent
les états de *Bourgogne.* En conſéquence il eſt eſſentiel de réparer le lit & de nettoyer le cours & les
bords de cette riviere, pour y procurer une navigation libre & facile. A cet effet , les états du Mâ-
connois empruntent une ſomme de 320,000 livres
& y ſont autoriſés par lettres-patentes.

11 *Août.* Un M. de *Blois,* muſicien de l'orcheſtre
des Italiens , avoit compoſé un opéra comique ſans

paroles , mais cependant avec un plan & des idées
dont il a fait part à M. *Parifau*, qui les a fuivis
& a écrit une pièce entiere d'après cette mufique,
ayant pour titre les *Rendez-vous* ou *les deux Rubans*,
en un acle & en vers , mêlée d'ariettes. Elle a été
jouée hier avec beaucoup de fuccès, fur-tout pour
la mufique agréable, piquante, variée & quelquefois
originale, dont l'auteur mérite des encouragements.

12 *Août.* M. de *Boufflers* enfante toujours de temps
en temps des chanfons charmantes, remplies de fel
& de gaieté , mais dont quelques-unes percent
difficilement, foit à caufe du vernis d'impiété , ou
de la licence des images qu'on lui reproche. De ce
nombre eft celle intitulée : *les Cierges du paradis* ;
fur l'air du *confiteor*. Elle eft en onze couplets que
peu de femmes ofent apprendre ou même entendre
chanter. On en va juger.

> Dans un des coins du paradis ,
> Sont en ligne onze mille vierges ;
> Dans l'autre coin , tout vis-à-vis ,
> Sont placés onze mille cierges :   (*bis*)
> Toujours brûlants fans raccourcir ,
> On ne les voit jamais finir.   (*bis*)
>
> Autant de faints les ont en main ;
> Au bout brille une flamme pure ;
> Et c'eft pour l'office divin ,
> Que cette flamme toujours dure :   (*bis*)
> Toujours brûlants , &c.
>
> Comme c'eft pour l'éternité,
> Que ces faints brûlent pour ces vierges ;

Pour fauver l'uniformité ,
Chaque vierge change de cierges : (*bis*)
Toujours brûlants , &c.

Les faintes ont toujours quinze ans ,
Et les faints en ont toujours trente ;
Leurs charmes font toujours naiffants ,
Des cierges la flamme eft conftante : (*bis*)
Toujours brûlants , &c.

Les vierges n'ont pour vêtement
Que le voile de l'innocence ;
Les faints le percent aifément ,
Vu le feu de leur cierge immenfe : (*bis*)
Toujours brûlants , &c.

Le matin , à midi , le foir ,
Enfemble ils font tous l'exercice.
Ah ! c'eft-là qu'il fait beau les voir
Répéter onze fois l'office : (*bis*)
Toujours brûlants , &c.

Dieu ! quel coup d'œil intéreffant !
Onze mille faints d'une bande ,
Onze mille faintes d'un rang ,
Des cierges recevant l'offrande : (*bis*)
Toujours brûlants , &c.

Pas un feul inftant de repos ,
Entre chaque office l'on danfe :
Le cierge en main , faifant des fauts ,

Les vierges marquant la cadence :   (*bis*)
Toujours brûlants , &c.

La sainte chandelle d'Arras
Est l'échantillon de ces cierges :
Ce saint bout , qui ne finit pas ,
Fut donné par une des vierges: (*bis*)
Toujours brûlants , &c.

Avec grande dévotion ,
Je vous invoque , heureuses vierges ;
Que par votre interceſſion
J'obtienne un jour un de vos cierges : (*bis*)
Toujours brûlants , &c.

Ces bouts ſans fin du paradis
Font la félicité parfaite :
O mes bonnes & bons amis ,
Un mème bout je vous ſouhaite: (*bis*)
Toujours brûlants , &c.

13 *Août*. Depuis long-temps on a dit que les
Etats-Généraux avoient arrêté de faire préſent d'une
épée à M. le bailli de *Suffren* , pour le remercier
des bons & importants ſervices qu'il a rendus dans
l'Inde à la république , & ſervir de monument à ſa
gloire. Cette épée, finie avec le plus grand ſoin,
enrichie de diamants & qu'on évalue à 150,000
livres , a été apportée ici par des députés de la
république , qui l'ont aujourd'hui, à heure convenue, offerte au général françois. Ils ont été en
grande cérémonie, rue de Tournon , à l'hôtel où
il demeure. Quatre carroſſes formoient le cortege ;

l'épée se voyoit seule dans un, puis les députés des Etats-généraux, puis l'ambassadeur, puis leur suite. Les fanfares & les trompettes ont succédé, & tout ce jour a été un jour de triomphe dans l'hôtel de M. de *Suffren*.

13 *Août*. Tout fait spectacle dans ce pays-ci. C'est aujourd'hui le donjon de *Vincennes*, ouvert au public, qu'on s'empresse d'aller visiter. Il est décidé que la destination n'en sera plus la même, & l'on va en faire des magasins. C'est à qui bénira M. le baron de *Breteuil*, & l'on ne cesse de répéter ses louanges à mesure qu'on parcourt dans tous ses détails cette horrible demeure.

13 *Août*. Dans *Zémire & Azor* on trouve cette ariette, scene IV. du second acte:

Plus de voyage qui me tente,
Je veux mourir vieux, si je puis :
Je ne serai plus qu'une plante,
Et je prends racine où je suis.
Passe encor pour aller sur terre,
C'est un plaisir quand il fait beau :
Passe encor pour aller sur l'eau,
Quoique je ne m'y plaise guere :
Mais voyager sur les nuages,
Et voir là-bas, là-bas, là-bas
La terre s'enfuir sous ses pas !
Cela dégoûte des voyages :
La tête tourne d'y penser,
Je ne veux plus recommencer.

Le public malin qui semble chercher toutes les occasions de mortifier le duc de *Chartres*, un jour

qu'il affiſtoit à cette piece depuis l'aventure dé
ſon ballon de *Saint-Cleud*, n'a pas manqué d'y
trouver une alluſion parfaite, d'applaudir à tout
rompre & de ſe tourner vers la loge du prince qui,
après avoir voulu faire bonne contenance, n'a pu
y tenir & s'en eſt allé. On crioit en même temps
bis, mais l'acteur n'a pas oſé recommencer.

14 *Août.* L'on attend toujours avec impatience
le mémoire de M. *Sauſſaye*, receveur des impoſi-
tions de la ville de Paris, en réponſe à celui du ſieur
Alexis du Paſquier de Saint-Genix en Savoie. Outre
la converſation très-mordante, par laquelle celui-
ci, à la réquiſition fictive du premier, lui rappor-
tant tout ce qu'on en dit dans Paris, fait une ſa-
tire vive de ſa morgue, de ſon faſte, de ſes mœurs;
il y a des développements de tour de bâton ſous ces
mots: *récréation*, *mémoire*, *modération*, *décharge*,
délais, *frais*, faiſant verſer à flots l'or & l'argent
des contribuables dans la caiſſe du receveur, qui
méritent une réfutation particuliere dont ne ſont
pas embarraſſés ceux qui connoiſſent particuliérement l'intégrité & l'honnêteté de l'accuſé. On aſſure même que la chambre des comptes, qui convient avoir mis fort légérement les ſcellés chez
lui, va les lever.

14 *Août. Florine* eſt une mauvaiſe piece de
M. *Imbert*, jouée aux Italiens en 1780 ſans ſuccès,
& qu'il s'eſt aviſé de remettre avec quelques corrections le ſamedi 7 de ce mois. Les journaliſtes de
Paris, voués à cet auteur, ont eu la baſſe complai-
ſance pour lui d'annoncer que *Florine* avoit été fort
bien reçue. Le parterre indigné, hier à la ſeconde
repréſentation en a preſque hué tout le ſecond acte,
au point qu'on ne croit pas qu'elle reparoiſſe.

Ce même jour on a joué la premiere repréſenta-

G 2

tïon d'une comédie en un acte & en vers, ayant pour titre : *l'Amour à l'épreuve*. Cette nouveauté peu neuve, quant au fond, n'a point été mal reçue. On la dit de M. *Faure*, secretaire de M. le duc de *Fronsac*.

14 *Août*. On est fort content au palais du début du nouvel avocat-général, M. *Pelletier de Saint-Fargeau*, qui a déjà donné de l'humeur à M. *Seguier*. 1°. Il ne lit point ses plaidoyers & les débite de mémoire. 2°. Il n'hésiste point, il ne s'en rapporte point à la prudence de la cour, mais il se décide, & a toujours un avis à lui. Enfin il ne demande point de retard ni de délais, comme fait souvent le premier avocat-général ; & derniérement il a porté la parole dans toutes les causes où il a été invité de le faire.

15 *Août*. M. *Morand*, docteur-régent de la faculté de médecine, membre de l'académie des sciences & déjà pensionnaire de la classe d'anatomie, vient de mourir. C'étoit un savant qui, jeune encore, avoit de profondes connoissances, mais qui n'auroit jamais eu la réputation du chirurgien *Morand*, son pere.

15 *Août*. C'est M. le prince de *Condé*, gouverneur de *Bourgogne*, qui le 23 & le 24 juillet a posé au nom du roi, en présence des élus généraux des états, à Châlons sur Saône, à Saint-Jean-de-Lône & à Saint-Symphorien, la premiere pierre de la premiere écluse de chacun des trois cannaux de *Charolois*, de *Bourgogne* & de *Franche Comté*.

16 *Août*. Extrait d'une lettre d'Agde, du 8 août..... « Notre port, très-intéressant par sa situation, à cause du canal de *Languedoc*, qui fait la jonction des deux mers, se combloit en partie depuis quelques années à son embouchure par l'af-

fluence des fables qu'y apportoit la mer. Les états envoyerent ici l'année derniere M. *Groignard*, si renommé par les preuves qu'il a données en ce genre à Toulon.

» Cet habile homme a imaginé de prolonger les jetées avec des caisses à-peu-près dans le genre de celles de *Cherbourg*. Le sieur *Poncet*, constructeur du roi, chargé de l'exécution, a commencé son travail le 9 juin dernier par une caisse qui a été lancée avec succès & avec beaucoup de pompe, après avoir été bénie par notre évêque. Cette opération n'a duré qu'une minute & demie.

Cette caisse a été placée le... juillet, par les soins de M. *Groignard*, en présence des états de la province. L'année prochaine, on en construira deux autres, & successivement le nombre suffisant, jusqu'à deux cents toises en avant dans la mer. »

16 *Août*. La compagnie des actionnaires de l'entreprise des *Eaux de Paris*, commence à prendre quelque consistance. Elle a tenu le 10 de ce mois une assemblée solemnelle, & elle a trouvé qu'elle pouvoit, sur ses produits, établir annuellement un dividende. En conséquence on commence à délivrer des actions.

16 *Août*. Madame *Mara*, cette célebre cantatrice dont on a parlé dans le temps, est revenue dans Paris, & avoit attiré un monde très-brillant hier au concert spirituel, où elle a été accueillie avec transport.

M. *Crosdill* a partagé l'admiration du public sur le violoncelle, instrument sur lequel il a fait supporter deux sonates, espece de merveille pour les oreilles françoises. On sait que c'est un genre très-froid, & abandonné depuis long-temps pour les concerts.

G 3

16 *Août*. Extrait d'une lettre dé Berlin, du premier août...... « Le *Porte-feuille hiftorique* eft un journal allemand qui s'imprime ici, & contient quelquefois des détails hiftoriques, affez curieux & affez exacts fur les cours du Nord, fur leurs établiffements civils & militaires, fur leur état actuel, &c. »

17 *Août*. Le travail de M. le baron de *Cormerai* ne paroîtra pas encore cette année, comme on s'en flattoit. Il eft immenfe. Cet infatigable calculateur s'en occupe depuis dix ans. Il a trente-cinq commis fous fes ordres. Il faut fe rappeller qu'il s'agit de la fuppreffion des traites, & de rendre le fel & le tabac marchands. M. de *Calonne*, qui auroit fort à cœur de voir exécuter ce grand projet fous fon miniftere, encourage l'auteur, & lui continue le traitement de 60,000 liv. accordé par fes prédéceffeurs. M. de *Cormerai* veut embraffer auffi les corvées dans fon plan & foulager d'autant le peuple en cette partie.

17. *Août*. C'eft décidément aujourd'hui que doit danfer le fieur *Veftris* fils. On a choifi *Atis*, parce qu'il n'y paroît qu'au dernier ballet, & que le tumulte qu'on prévoit, ne pourra du moins empêcher l'opéra. Ce danfeur, de fon côté, s'attend à une forte cabale contre lui, & en a foudoyé une en fa faveur. On veut que fa famille & lui aient acheté jufqu'à deux cents billets de parterre.

Au refte, pour calmer un peu les mécontents, fes parents, amis & partifans affectent de dire qu'il n'a été en prifon, ni pour avoir manqué à la reine, ni pour avoir manqué au public; que M. le baron de *Breteuil* l'a puni feulement pour être contrevenu au réglement, dont un article

porte que , tout acteur , chanteur , danseur , &c.
hors d'état de jouer , ne se montrera point au
spectacle. En outre , ils publient des certificats
de chirurgiens & autres gens de l'art , qui , après
avoir visité le sieur *Vestris* , au moment de sa
détention , attestent que s'il eût dansé alors , il
se fût mis hors d'état de paroître de plus d'un
an.

17 *Août*. En rendant compte de la séance
publique de l'académie royale des sciences du
21 avril dernier , on a déjà parlé du mémoire
de M. d'*Aubenton* , où il démontre la possibilité
d'*améliorer les laines de France, au point de suppléer aux laines étrangeres , dans nos manufactures de draps fins*. M. le contrôleur-général , at-
tentif à tout ce qui peut augmenter la richesse
réelle de l'état , a jugé ce mémoire digne de la
plus grande publicité , & en conséquence a voulu
qu'il fût imprimé à l'imprimerie royale , & répandu avec profusion.

En effet , la fabrique du premier drap de laine
superfin du cru de la France , est un événement
important pour les manufactures & pour le commerce. Les moyens donnés par M. d'*Aubenton*
pour faire croître des laines superfines , d'après
de longues expériences , sont faciles & peu dispendieux , & l'épreuve de ses laines dans la fa-
brication du drap , comparé avec le drap de laine
d'Espagne , fabriqué en France , a tourné absolument à l'avantage du premier. L'ouvrier y a reconnu plus de force & de nerf , avec la même
finesse à l'œil , & la même douceur au toucher.
Ce drap a plus de rapport avec ceux que les
Anglois fabriquent ; il sera durable comme celui-
ci , résistera mieux à la pluie que le drap fa-

G 4

briqué avec des laines d'Espagne, & fera d'un meilleur débit dans le commerce du Nord. On peut encore le rendre aussi souple & aussi moëlleux que le drap d'Espagne.

La durée de cette amélioration, au surplus, est déjà prouvée par seize ans d'expériences sur les laines de *Roussillon*.

18 *Août*. Le sieur *Vestr'Allard* a en effet dansé hier, & l'on avoit fort heureusement choisi pour le faire paroître, le dernier ballet d'*Atis*, car il n'auroit pas été possible de jouer, tant le tumulté étoit violent & tant il a duré. Lorsque ce danseur a paru, les mécontents ont crié : *à genoux ! à genoux !* & n'ont point cessé de le siffler & de le huer pendant tout le temps qu'il est resté en scene. Ses partisans, au contraire, applaudissoient à tout rompre, avec des *bravo*, des *bravissimo* qui ne finissoient pas. Il y avoit tant d'acharnement de part & d'autre qu'il en est résulté des rixes particulieres, & que pour mettre le *holà*, la garde a été obligée d'arrêter plusieurs personnes. Du reste, le sieur *Vestr'Allard* ne s'est point déconcerté ; il a soutenu tout ce bruit à merveille, & a vérifié ce qu'on avoit dit que son talent s'étoit encore perfectionné durant son séjour à Londres : il a dansé mieux que jamais.

19 *Août*. Le grand-conseil, depuis son rétablissement, a toujours été tracassé par les parlements de province, car celui de Paris le tourmente le moins. Tout récemment les parlements de Dijon & de Bordeaux ont fait contre lui des actes d'hostilité qui ne peuvent se tolerer. Le premier a décrété de prise-de-corps un religieux qui n'étoit pas de sa compétence & sous la sauve-

garde de ce tribunal. Le second a jugé une cause
évoquée de droit par la-loi du prince au grand
conseil, sur laquelle il avoit déjà prononcé. Il
a cassé le jugement de ce tribunal, & a rendu
un arrêt tout opppofé.

Les chefs du grand conseil ont eu recours au
garde-des-sceaux : ils lui ont représenté qu'il
falloit abolir le grand-conseil, ou venger ces at-
tentats. Il a promis une déclaration.

19 Août. Le prince *Henri de Prusse*, sur lequel
on ne comptoit plus, est enfin arrivé. Il loge
rue de Richelieu, à l'hôtel de la *Chine*, & non
chez le ministre du roi son frere. Il doit aller
demain à l'opéra, où l'on joue *chimene*, par
ordre.

16 *Août*. Extrait d'une lettre de Montpellier,
du 10 août...... *Pierre Richer de Belleval* a
été le restaurateur de la botanique dans les écoles
de cette ville. Il a employé toute sa fortune à
la recherche des plantes du Bas-Languedoc & à
un ouvrage de botanique très-étendu qu'il s'étoit
proposé de publier. Un grand nombre de gravures
en cuivre, faites avec une exactitude inconnue
avant lui, & qui existent encore, devoient entrer dans cet ouvrage. On a de lui en outre plusieurs écrits imprimés sur cette science.

La ville de Montpellier lui doit l'établissement
de son jardin-royal des plantes, qu'il fut chargé
de construire par ordre de *Henri IV* en 1598,
c'est-à-dire, vingt-huit ans avant la fondation
de celui de Paris. La disposition de ce jardin, qui
peut passer pour un modele, est une preuve non équivoque des connoissances de son fondateur en ce
genre.

La même science a depuis été cultivée ici par

des hommes célebres, MM. *Magnol*, *Riſſole*, *de ſauvages*, membres de notre ſociété royale, qui a publié leur éloge. *Richer de Belleval* étant mort avant l'établiſſement de cette compagnie, cet honneur a manqué à ſa mémoire. C'eſt pour réparer ce défaut que M. *Bouſſonnet* fils, un des membres de la ſociété royale, lui a remis 300 livres qu'il deſtine à l'éloge de *Richer Belleval*, ſujet d'un prix extraordinaire qu'elle propoſe au concours, & qui ſera proclamé à ſon aſſemblée publique, pendant la tenue des états de Languedoc en 1785.

20 *Août*. L'auteur de *la Poupée parlante*, oubliée depuis un an, ramene la curioſité du public par un nouveau phénomene. C'eſt un *Ventriloque*. Tout le monde ſait ce que c'eſt que cette eſpece d'hommes rares, doués du talent particulier de parler ſans ouvrir la bouche, & ſans qu'on puiſſe reconnoître à aucun ſigne de leur viſage que ce ſont eux qui font la converſation. Celui-ci eſt un des plus merveilleux, en ce que c'eſt un homme octogénaire, qui conſerve cette faculté depuis l'âge de trente ans qu'elle s'eſt développée chez lui. Il vient de Portugal; il prend dans ſes bras un automate, qu'il ſuppoſe être un enfant malade. Le *Ventriloque* en eſt le pere; l'enfant s'éveille, ſe plaint & ſes accents déchirent l'ame. Le pere parvient à l'égayer; il ſe forme un dialogue entre eux deux qu'il exécute ſeul. La voix du Ventriloque eſt très-forte, & celle du petit interlocuteur ſemble être d'un enfant de trois ans.

La ſcene du Ventriloque terminée, on porte l'automate à une corde, ſur laquelle il danſe & exécute à-peu-près tous les tours d'uſage parmi les bateleurs.

20 *Août*. Enfin les commiſſaires chargés par le

foi de l'examen du *Magnétisme animal*, ont terminé leur rapport, & il doit être incessamment imprimé par ordre du roi à l'imprimerie-royale. Il faut se rappeller que c'est chez le docteur *Deflon* qu'ils ont dû faire leur examen, & que le docteur *Mesmer* prétend que celui-ci ne professe pas sa doctrine véritable & dans toute sa sublimité. Quoi qu'il en soit, ils déclarent le *magnétisme animal*, une invention illusoire, vaine & funeste.

21 *Août.* Hier il s'étoit rendu encore beaucoup de monde à l'opéra, pour voir ce qui se passeroit à l'égard du sieur *l'eftr'Allard*; mais la garde étoit tellement renforcée que les battoirs ont pu l'applaudir en toute liberté & sans contradiction. On jouoit *Chimene*; & comme on avoit ajouté *par ordre*, on s'étoit imaginé que la reine y viendroit. Mais c'étoit pour le prince *Henri*, frere du roi de *Prusse*, qui a été accueilli ainsi que le méritoit ce héros. On lui a trouvé avec peine l'air fatigué, usé, cassé.

21 *Août.* On a déjà parlé de l'explosion du docteur *Bertholet* de la faculté de médecine de Paris & de l'académie royale des sciences. Il a donné son avis sur le *Magnétisme animal* d'une façon non équivoque & très précise, par une déclaration datée du 2 mai & consignée dans la *Gazette de santé*, où il dit formellement, qu'après avoir fait plus de la moitié du cours de M. *Mesmer* du mois d'avril 1784, après avoir été admis dans les salles des traitements & des crises, où il s'est occupé à faire des observations & des expériences, il déclare *n'avoir pas reconnu l'existence de l'agent nommé par* M. *Mesmer : Magnétisme animal;* avoir jugé la doctrine qui lui a été enseignée durant le cours, *démentie par les vérités les mieux établies sur le sys-*

tême du monde & sur l'économie animale, & n'avoir
rien apperçu dans les convulsions, les spasmes &
les crises prétendus, produits par les procédés Ma-
gnétiques, qui ne dût être entièrement attribué à
l'imagination, à l'effet méchanique des frictions sur
des parties très-nerveuses..... Enfin il termine
par regarder la doctrine du Magnétisme animal, &
la pratique à laquelle elle sert de fondement, comme
parfaitement chimériques.

22 Août. Ceux qui sont curieux de connoître
par approximation la population du royaume,
pourront tirer des inductions du nombre des morts
& des baptêmes, la Corse comprise.

En 1780.		En 1781.	
Naissances.	989,306.	Naissances.	370,406.
Mariages.	241.138.	Mariages.	236,503.
Morts.	914,017.	Morts.	881,138.
Professions religieuses.	1,475.	Professions religieuses.	1,400.
Morts en religion.	2,067.	Morts en religion.	1,968.

On voit par là aussi que le nombre des profes-
sions religieuses, non-seulement n'est pas en proportion des morts, mais décroît sensiblement d'une
année à l'autre.

23 Août. Lorsqu'on a rendu compte de la premiere représentation des Danaïdes, & sur-tout du
poëme, on a cité l'avertissement de l'auteur des
paroles, où il dit s'être beaucoup aidé d'un poëme
manuscrit italien sur le même sujet, de M. Caffabigy, conseiller honoraire de S. M. impériale, royale
& apostolique. Celui-ci, piqué vraisemblablement

d'une mention auffi légere, a écrit au rédacteur du
mercure, une lettre datée de *Naples* le 2e juin
1784, où il fe plaint & fait toute l'hiftoire affez
curieufe, & de fon *Hypermneftre*, & de fes relations avec le chevalier *Gluck*: où il parle d'ailleurs
de l'art en homme très-inftruit & qui l'a médité
profondément.

A l'égard de la tragédie lyrique en queftion,
voici ce qu'il raconte: Ce fut en 1778, & après le
grand fuccès d'*Orphée* & d'*Alcefte*, dont les poëmes
viennent auffi originairement de M. *Caffabigy*,
que M. *Gluck* le follicita de lui adreffer une *Hypermneftre* dont il lui avoit parlé. Le chevalier
Gluck la reçut au mois de novembre de la même
année, & ce n'eft qu'après un filence de quatre
ans, & au mois de février dernier, que fon auteur
apprit que cette tragédie lyrique alloit être jouée
fur le théâtre de Paris, avec une mufique en
partie du chevalier *Gluck*, & en partie de monfieur *Salieri*, qui y avoit travaillé fous la direction de ce grand maître.

Dans l'intervalle le poëte avoit fait des changements à fa piece. Il la fit mettre en mufique
par M. *Millico*, non moins célebre chanteur que
compofiteur, & la fit exécuter avec fuccès à la
cour de Naples.

Comme on avoit difpofé de fa tragédie à fon
infçu, il craignit qu'on ne la fît imprimer de
même & fans les corrections; il fe détermina à la
publier au mois de février dernier.

M. de *Caffabigy* entre enfuite dans la difcuffion
des défauts reprochés par le rédacteur du *Mercure*,
aux *Danaïdes*, qui ne font autre chofe que fon
Hypermneftre, & il établit très-bien qu'il les a
fait difparoître dans la tragédie italienne, ou que

les défauts font du traducteur françois. C'eſt à
M. le bailli du *Rollet* à répondre & à ſe tirer
de - là.

23 *Août*. Le tribunal des maréchaux de France,
bien loin de prononcer de plus amples peines contre
le vicomte de *Noë*. pour ne s'être pas repréſenté après
le délai d'un mois accordé, n'a pas jugé la contu-
mace, & a arrêté un ſurſis.

On prétend, 1°. qu'il a eu peur du parlement ;
2°. que le roi étonné lui-même des coups multipliés & vigoureux que le tribunal frappoit contre
le maire de *Bordeaux*, a dit qu'il ne dérangeroit
pas déſormais ſi légérement l'ordre légal ; 3°. que
Monſieur a dit au maréchal de *Lévi*, ſon capitaine
des gardes, que le jugement du tribunal dans
cette affaire étoit un *jugement de Vandales*.

Quoi qu'il en ſoit, c'eſt à la dénonciation de
M. d'*Eprémeſnil* que le vicomte de *Noë* a véritable-
ment l'obligation d'avoir arrêté le tribunal, &
ſur-tout au ſoin qu'a eu ce magiſtrat de la répandre
dans Paris par la voie de l'impreſſion. Cet écrit a
tellement ſoulevé l'opinion publique, & éclairé ſur
l'atrocité de la ſentence & de la conduite du tribunal, qu'il a été effrayé lui-même, & que la cour
n'a oſé ſoutenir la ſuite de ſon entrepriſe.

23 *Août*. On parle depuis long - temps d'une
ſémiramis, dont M. *Salieri* a compoſé la muſique.
Il y a tout à parier encore que cette tragédie eſt
priſe de celle de M. de *Caſſabigy*, envoyée dès
1778 au chevalier *Gluck*, & que ce muſicien
l'avoit engagé de compoſer pour lui. Il l'approuva
beaucoup d'abord, & s'apperçut enſuite qu'elle ne
s'adaptoit point aux acteurs qui brilloient alors ſur
la ſcene lyrique.

23 *Août*. M. *de Seize* a continué au Châtelet ſa

première & fa feconde réplique avec le même fuccès. Vendredi dernier il a gagné fa caufe en totalité, &, ce qui eft fans exemple, le lieutenant-
civil lui a adreffé un compliment en pleine audience.

24 *Août*. M. de *Caffabigy*, après avoir défendu
fon *Hypermneftre*, attaque le chevalier *Gluck*
dans la partie la plus fenfible, car il prétend que
fi ce grand homme a été le créateur de la mufique dramatique, il ne l'a pas créée de rien ;
c'eft-à-dire, que c'eft M. de *Caffabigy* qui l'a rendu
ce qu'il eft. Il n'eft pas muficien, mais il a beaucoup étudié la déclamation. On lui accorde le
talent de fort bien réciter les vers, particuliérement les tragiques, & fur-tout les fiens. Il y a
vingt-cinq ans qu'il a penfé que la feule mufique
convenable à la poéfie dramatique, & fur-tout
pour le dialogue & pour les airs que les Italiens
appellent d'*azione* étoit celle qui approcheroit
davantage de la déclamation naturelle, animée,
énergique ; que la déclamation n'étoit en elle-
même qu'une mufique imparfaite ; qu'on pourroit
la noter, fi l'on avoit des fignes en affez grand
nombre, &c.

Plein de ces idées, M. de *Caffabigy* arriva à
Vienne en 1761. On lui propofa d'y faire jouer fon
Orphée, & on lui donna le chevalier *Gluck* pour
muficien. Celui-ci n'étoit pas alors compté parmi
les grands maîtres. Le poëte lui fit part de fes
idées ; il lui nota par des fignes les traits les plus
faillants, & fuppléa par des notes au furplus.
C'eft fur un pareil manufcrit que l'Allemand com-
pofa fa mufique... M. de *Caffabigy* en fit autant
depuis pour *Alcefte*.

24 *Août*. Le comte de *la Porte d'Anglefort*

dont on a eu occafion de parler plufieurs fois, & l'un des argonautes du ballon de Lyon, vient de périr d'une maniere finiftre. Il avoit accompagné le prince de *Naffau* à *Conftantinople*, où l'on fait qu'il eft allé. Le prince, en faifant ce voyage a voulu rechercher fi le *Niefter* étoit navigable depuis *Kaminick* jufques à la *mer Noire*. Le comte *d'Anglefort* l'accompagnoit : il étoit allé feul à la découverte, lorfqu'effrayé à la vue de Cofaques qu'on avoit envoyés pour le chercher, dans l'inquiétude où l'on étoit de lui : il les prit pour des *Haydamaques* ou bandits, voulut les éviter par la fuite & fe noya.

Il étoit, ce femble, deftiné à périr d'une maniere violente. A Cancale, il fauva une frégate du roi, & fut dans le plus grand danger. Il fe diftingua à l'attaque de *Jerfey*. A l'*Orient*, un foldat le perça de part en part d'un coup de bayonnette; ce qui fit courir le bruit anticipé de fa mort. Il étoit à Gibraltar fur l'une des batteries flottantes, & l'on peut fe rappeller quel danger il a couru à Lyon.

14 *Août*. Comme *Diderot* n'étoit d'aucun corps littéraire en France, fon panégyrique ne fera vraifemblablement prononcé dans aucune académie : il n'y a d'ailleurs plus de Nécrologe. Pour fuppléer à ce filence général, on va donner ici une courte notice des principaux traits de fa vie.

Il étoit né à *Langres*, en 1713, d'un coutelier aifé, & qui lui fit faire fes études aux jéfuites de cette ville. Ceux ci l'avoient déjà déterminé à entrer dans l'ordre & à partir pour le noviciat à l'infçu de fes parents. Son pere, averti la veille, le retira du college. Le jeune *Diderot* étoit auffi tonfuré, mais fon pere ne voulant pas le laiffer prendte même l'état eccléfiaftique , le deftinoit à exercer fa profeffion : l'enfant y répugna, & on l'envoya finir fes éudes à Paris. Enfuite , felon l'ufage , on le plaça chez un procureur. Il avoit encore moins d'attrait pour la chicane , & continuoit à s'occuper de littérature. Son pere l'apprit, ceffa de payer fa penfion , parut l'abandonner, & ne reçut fon fils en grace que dix ans après , à l'époque de fon mariage. *Diderot* fut forcé de vivre de fes ouvrages. Tout le monde les connoît, mais fur-tout l'*Encyclopédie* : ce monument , tout imparfait qu'il foit , eft celui de fa gloire. Trente mille exemplaires de ce livre , répandus dans les deux mondes, ne laifferont jamais périr la mémoire de fon principal éditeur.

Le *Syftéme de la Nature* , qui lui eft affez généralement attribué, lui donna beaucoup d'inquiétude , lors de fon explofion. Il fe tint à Langres, & avoit des émiffaires à Paris qui l'inftruifoient de ce qui fe paffoit. Au moindre mouvement contre lui, il étoit difpofé à gliffer en pays étranger.

Cet auteur joignoit deux qualités qu'on trouve rarement enfemble , parce qu'elles font oppofées & s'excluent le plus fonvent : le raifonnement & l'imagination. C'eft ce qui le rendoit également piopre à la philofophie , aux hautes fciences & aux lettres. Il étoit bien fupérieur en cette derniere partie à fon collegue d'*Alembert* , qui manquoit abfolument d'imagination. Il paroît décidé que l'un & l'autre font morts dans leur façon de penfer fur la religion , en quoi ils ont toujours été parfaitement d'accord.

25 *Août.* Relation de la féance pub'ique , tenue aujourd'hui , jour de *faint Louis* , par l'académie françoife pour la diftribution des prix.

L'arrivée d'un prince étranger , venu depuis peu dans cette capitale, & qui n'a pas voulu manquer cette occafion de voir l'académie françoife affemblée , eft un événement heureux, qui a donné encore beaucoup d'ardeur pour s'y trouver, & à rendre la féance très-brillante. Elle étoit déjà illuftrée par la préfence de Mad. la ducheffe de *Chartres*, prenant le plus vif intérêt à l'un des candidats couronnés , M. de *Florian*.

Le directeur & le vice-directeur étant abfents, c'eft M. *Marmontel*, le fecretaire, qui a rempli feul toutes ces fonctions. Il a d'abord annoncé que le prix de profe, remis il y a deux ans, étoit décerné cette année à M. *Garat*. *Le fujet étoit l'éloge de Fontenelle.*

Il eft d'ufage qu'un académicien faffe à l'affemblée la lecture de l'ouvrage couronné ; mais tous meffieurs préfents étant vieux , cacochymes, mauvais lecteurs, M. de *la Harpe* feul auroit pu la faire. Le *Lauréat*, déjà mécontent de la maniere dont cet académicien avoit rendu & annoncé un de fes écrits, anecdote dont on a parlé dans le temps, a demandé la permiffion de lire lui-même. L'académie a eu peine à fouffrir cette innovation. Enfin on lui a accordé la liberté qu'il follicitoit à *titre d'encouragement.*

Cet éloge de *Fontenelle* eft fi long qu'il auroit laffé les poumons les plus vigoureux ; mais le zele paternel a foutenu dans fon entreprife M. *Garat* qui, au furplus, a très-mal lu. Sa modeftie étoit cependant encouragée par de fréquents applaudiffements.

Le fujet du difcours étoit d'autant plus difficile à traiter, au gré de ceux qui l'ont bien examiné , qu'il le paroît peut-être moins au

premier coup d'œil ; qu'il a déjà été ébauché
en détail de mille manieres, & qu'il y a des
façons de penser très-oppofées entre les littéra-
teurs fur le compte du héros, qu'on s'accorde
pourtant à regarder comme un auteur original,
dont les ouvrages forment époque dans l'hiftoire littéraire.

Quantité de partifans de M. *Garat* ont jugé
fon difcours admirable. Ils y ont trouvé des
vues fines, des penfées brillantes, des expreffions tantôt neuves, tantôt fortes. Il a montré, fuivant eux, *Fontenelle* fous tous les afpeéts,
& manifefté, pour ainfi dire, tous les fecrets
de fon efprit & de fa philofophie. D'autres ont
été plus loin ; ils y ont découvert facilement ce
qui caraétérife tout ce qui eft forti de fa plume ;
un philofophe qui penfe avec jugement & qui
écrit avec imagination ; du bel efprit qui, par un
accord infiniment rare, ne nuit point à l'énergie ni à la profondeur des idées, & qui donne
de l'éclat à fon ftyle, fans rien ôter de la vérité
de l'expreffion. Si cet éloge a paru long à quelques-
uns, ce n'eft pas en appréciant l'effet qu'il a
produit, mais en mefurant la durée de la lecture.

Les critiques prétendent, au contraire, que les
applaudiffements n'ont été rien moins qu'unanimes ; que beaucoup d'auditeurs les ont dé-
mentis, à raifon de l'entortillage & du néolo-
gifme qu'ils ont remarqués en certains endroits.
Ils blâment fur-tout le morceau où le panégy-
rifte loue la naïveté & les graces des *Idylles de
Théocrite* & les *Bucoliques de Virgile*, pour exalter
enfuite les églogues métaphyfiques de *Fontenelle* ;
enfin, à les en croire, la maniere du peintre eft

pauvre, mesquine; il est stérile dans son abondance, petit dans sa gigantomachie, & très-mauvais singe du modele qu'il a voulu rendre; il manque enfin de ce goût qui fait se mesurer & s'arrêter. De-là les fréquents bâillements, qui mêloient leurs murmures peu sonores aux battements de mains des enthousiastes. Comme le discours est imprimé, chacun peut le prendre & juger entre ces deux avis.

La lecture de l'ouvrage de M. *Garat* avoit absorbé tant de temps, que M. *Marmontel* n'a fait qu'annoncer un autre *Eloge de Fontenelle* de M. *le Roi*, ancien commissaire de la marine, avec une mention honorable, mais sans *accessit*. On avoit flatté l'auteur qu'on liroit publiquement le morceau de son ouvrage, qui est le parallele de *Fontenelle* & de *Voltaire*, ce qui n'a pas eu lieu.

Le secretaire a dit ensuite que M. le chevalier de *Florian* avoit mérité le prix de poésie, dont le sujet avoit été laissé libre. Celui choisi par ce candidat est une églogue tirée de la bible, intitulée *Ruth & Booz*, invention assez bizarre, mais dont l'objet est facilement saisi par l'épilogue adressé à M. le duc de *Penthievre*.

Il regne dans l'ouvrage de M. de *Florian*, du sentiment, de l'ingénuité, & en général le ton du genre. Ce dernier vers de l'envoi au prince a été très-applaudi.

Vous n'épousez point *Ruth*, mais vous l'avez pour fille.

Quelque vrai que soit cet éloge, il a paru fade, étant prononcé devant Mad. la duchesse de *Chartres*, présente.

Après cette églogue, il a été lu des morceaux d'une autre qui, d'un aveu unanime, méritoit le

prix du génie, s'il y en avoit eu un à décerner.
Du reste elle peche contre les premieres regles de
la versification, ce qui est prouvé par des *hiatus*
& d'autres fautes pareilles qui ont rebuté les juges.
Le sujet est le *Laboureur parmi ses enfants*. Le
poëte destinoit aux pauvres l'argent du prix L'auditoire a vivement pressé le secretaire de déclarer
son nom. Il a montré le billet cacheté où il étoit
renfermé. On l'a prié de rompre le cachet. Il
étoit prêt à se rendre, lorsque ses confreres, plus
rigides & plus scrupuleux, lui ont représenté que
ce seroit enfreindre les loix de l'académie. Alors
M. *Marmontel* a seulement ajouté, qu'on croyoit
l'auteur mort.

Il a été fait mention d'un troisieme prix à décerner dans cette assemblée : *le prix de vertu*. Le
secretaire s'est contenté de dire qu'on l'avoit accordé à la dame *le Gros*, marchande merciere, qui
le méritoit d'autant plus qu'elle ne l'avoit ni pre-
tendu ni espéré. Malgré sa santé delicate & sa fortune médiocre, elle n'a cessé pendant trois ans de
se donner toutes sortes de soins pour venir au
secours d'un particulier, dont elle avoit appris par
hasard les longues infortunes. Tel est le récit suc-
cinct qu'a fait M. *Marmontel*, & qu'il auroit dû
étendre beaucoup plus.

Quoi qu'il en soit, la dame *le Gros* est venue
recevoir la médaille, aux acclamations de toute
l'assemblée. Ceux qui n'étoient pas présents, ne
manqueront point de demander : est-elle jolie ?
Et on leur répondra qu'elle est fort laide ; qu'ils
auroient dû s'en douter, la beauté & la vertu allant
rarement ensemble.

Le reste de la séance s'est passé en annonces.
1° L'éloge de *Louis XII, pere du peuple*, est

propofé pour le prix d'éloquence de l'année prochaine.

2° C'eft au premier janvier prochain qu'eft fixée
l'époque où les difcours deftinés à concourir au
prix pour *l'éloge de d'Alembert* doivent être remis.

3° En 1786, on décernera le prix deftiné au
meilleur ouvrage de *Morale élémentaire* & remis
encore une fois, afin de laiffer le temps aux candidats de traiter avec toute la maturité néceffaire
une matiere auffi importante. Ils pourront concourir jufqu'au premier mai de la même année.

26 *Août.* Comme l'ordre des avocats n'a point
de greffe, ni de regiftre, ni d'hiftorien; qu'il ne
conferve rien par écrit, il faut configner ici l'anecdote concernant le nouveau membre du barreau
de Paris, Me. *de Seize.*

Quand le lieutenant civil eut prononcé le jugement, il lui dit: *de Seize avez vous quelqu'autre caufe ?* Celui ci lui répondit que non. Le magiftrat reprit: *de Seize* (& il avoit alors fon
bonnet à la main, qu'il mit fur fa tête & s'affit)
puis il continua en ces termes: « La capitale eft
» le centre des lumieres & des talents, elle ac-
» cueille toujours avec plaifir dans fon fein les
» fujets qui fe font diftingués dans les provinces
» par des fuccès: c'eft vous témoigner, monfieur,
» avec quelle fatisfaction la cour vous a entendu,
» & combien elle défire vous voir fixé au bar-
» reau de Paris. »

Me. *de seize*, étonné de ce compliment fans
exemple, & étourdi, répondit qu'il ne pouvoit
reconnoître en ce moment une faveur auffi fignalée
de la cour, que par fon refpect & fon filence.

Il eft à obferver que ce mot de *cour*, qui eft
l'attribut diftinctif des tribunaux fouverains, par

un privilege spécial & unique , est aussi consacré pour le Châtelet. ;

Me. *de Seize* étant allé rendre ses devoirs au lieutenant-civil & le remercier , ce magistrat l'accueillit de la maniere la plus flatteuse , lui dit qu'il avoit hésité à lui faire son compliment, parce que ce n'étoit pas un homme comme lui qui avoit besoin d'encouragement ; mais qu'il avoit cru cependant que cela lui feroit plaisir.

26 *Août.* M. *Chabert* , le directeur actuel de l'école vétérinaire , n'oublie rien de ce qui peut illustrer de plus en plus un établissement aussi utile & unique en ce genre. Il a obtenu du gouvernement que le dimanche 5 septembre. on y ouvriroit un cours gratuit d'anatomie, des proportions & des allures des animaux , en faveur des jeunes gens qui se destinent aux arts d'imitation.

C'est M. *Vincent* , professeur - royal à l'école vétérinaire , pensionnaire de S. M. qui ouvrira le cours.

26 *Août.* Les comédiens italiens doivent jouer aujourd'hui pour la premiere fois *Memnon* , comédie nouvelle, en trois actes, mêlée d'ariettes. La musique est de M. *Raguter* , les paroles sont de M. *Guichard*. Cependant un autre auteur est venu mettre opposition à la représentation de cette comédie , sous prétexte que c'étoit un larcin que M. *Guichard* lui avoit fait. Les acteurs embarrassés l'ont prié de ne pas insister & de ne pas arrêter cette piece au moment où elle alloit être donnée , sauf à lui à faire ensuite toutes les réclamations qu'il voudroit. Comme cet auteur, qu'on nomme M. *Plaisant*, a une autre piece reçue , & qu'il a intérêt de ménager les comédiens , il s'en est tenu à sa déclaration.

27 *Août*. Avant-hier on a expofé, fuivant l'ufage, les fept tableaux des éleves de l'académie de peinture qui ont paru les plus dignes de concourir pour aller à *Rome*. Le fujet étoit pris de l'écriture fainte ; c'eft *la Cananéenne*. Quoique tous ces tableaux foient en général bien faits, un d'eux a paru l'emporter infiniment fur les autres, & être au-deffus de toute concurrence. Mais le directeur & les anciens s'y font oppofés. Ils font convenus que ce jeune peintre en hiftoire valoit déjà mieux qu'eux tous ; ils ont objecté feulement qu'il étoit à craindre qu'on ne fe prévalût de cet exemple pour accorder enfuite à la faveur, ce qui, cette fois, n'auroit été accordé qu'au mérite. Au furplus, il faut attendre jufqu'au 28 de ce mois, qui eft le jour du jugement définitif.

L'auteur de ce tableau fi vanté & fi digne de l'être, eft M. *Drouais*, le fils du fameux peintre de portraits & petit-fils auffi d'académicien. Mais ce jeune homme eft fait pour furpaffer fes aïeux. Il n'a que vingt ans, & jouit déjà de vingt mille livres de rente, & ce n'eft que par une paffion pour fon talent & par l'amour de la gloire qu'il travaille. Il ne peut qu'aller très-loin avec ce noble aiguillon & les heureufes difpofitions dont la nature l'a doué.

27 *Août*. Rien de fi mauvais que la piece de *Memnon*. Dès le fecond acte elle a été très-mal accueillie, & au troifieme, les auteurs dégoûtés avoient déjà levé le fiege de la table où ils étoient affis ; la toile alloit tomber, lorfque le public les a forcés de revenir.

La mufique n'eft point mal faite ; il y a des chofes agréables, mais point affez pour que le compofiteur n'ait pas été entraîné dans la chûte
de

du poëte. On a jugé que ce coup d'essai de monsieur
Raguier méritoit un meilleur poëme.

27 *Août.* Il y a déjà beaucoup de fermentation
dans l'ordre des avocats contre Me. *de seize*; cependant il s'y est pris de façon à désarmer l'envie,
si c'étoit possible. Le dernier jour de son triomphe
au châtelet, comme on l'entouroit, on le pressoit,
ou l'applaudissoit ; on vouloit savoir son nom,
son âge; on vouloit le voir: il s'est échappé de
cette foule d'admirateurs, & est allé trouver
son avocat adverse, Me. *Hardouin*, qui, seul en
un coin, gémissoit sur la perte de sa cause. Me. *de
seize* l'a embrassé & lui a dit qu'il seroit plus
heureux une autre fois, & qu'on devoit lui rendre
la justice, qu'il avoit défendu sa cause avec tout
le zele & tout le talent possible. « Pour vous, mon
» confrere, lui a répondu Me. *Hardouin*, vous
» n'aviez pas besoin de gagner la vôtre pour
» triompher. »

La maison de Mad. *Helvetius*, mere de madame la comtesse d'*Andlau*, qu'on sait être
un bureau de bel-esprit, retentit de toutes parts
des louanges de Me. *de seize*, & cette société
philosophique & littéraire désire déjà de l'initier
parmi elle.

28 *Août.* Le prince *Henri de Prusse* est ici sous
le nom de comte d'*Oëls.* En conséquence il ne
porte aucun ordre, aucun attribut distinctif. Il
accueille fort les gens de lettres & en a déjà eu
plusieurs à sa table, entr'autres M. *Baculard
d'Arnaud*, qui a résidé long-temps à Berlin. Ce
prince, en passant par Neuchâtel, a visité l'abbé
Raynal, qui y demeure actuellement & l'a eu à
dîner aussi. Les muses françoises ont dû le cé-

Tome XXVI.   H

lébrer par reconnoiſſance, & voici un madrigal du marquis de *Fubvy* :

Cette faveur ſi douce à recevoir
Dès long-temps par moi fut prédite :
Puiſque les dieux venoient nous voir ,
Mars nous devoit une viſite.

28 *Août.* Le mémoire juſtificatif de monſieur *Sauſſaye* , ſuivi d'une conſultation des 31 juillet & 4 août 1784, ſignée de dix des plus fameux juriſconſultes du palais, étoit prêt depuis ce temps. Il alloit paroître, lorſque les commiſſaires de la chambre des comptes ſe ſont tranſportés chez lui pour vérifier ſur ſes regiſtres tous les articles relatifs aux chefs d'accuſation intentée contre lui par ſon délateur. L'opération eſt finie ; tout s'eſt expliqué par les procédés qu'il a développés dans ſon mémoire ; il a répondu à tous les interrogats qui lui ont été faits ; il a repréſenté toutes les pieces demandées ; il a donné tous les éclairciſſements qu'on a déſirés, & les ſcellés ſont levés.

M. *Sauſſaye* qui avoit cru devoir différer juſqu'à ce moment pour rendre compte en même temps au public des ſuites de cette opération, publie aujourd'hui ſon mémoire, dont Me. de *Bonnieres* eſt effectivement l'auteur.

29 *Août.* L'académie de peinture aſſemblée hier, a couronné ſans difficulté & avec les plus grands éloges M. *Drouais*, mais n'a donné aucune ſuite à la délibération de l'admettre ſur le champ comme agréé. Les jeunes gens ſes camarades , plus enthouſiaſtes & moins ſuſceptibles des mouvements de la jalouſie , l'ont reporté en triomphe juſques

chez lui. Ils avoient préparé des flambeaux, &
ce cortege flatteur étoit le plus beau spectacle
qu'on pût voir, également honorable & pour le
héros & pour les éleves qui lui rendoient cet
hommage. Les Anglois nous envieront sans doute
une pareille scene.

*29 Août. Mémoire à consulter & consultation
pour le sieur Saussaye, receveur des impositions de
la ville de Paris, contre le sieur du Pasquier.* Tel
le titre du mémoire annoncé.

Il commence par un précis des faits qu'on y
restitue dans leur vérité. Non seulement le sieur
du Pasquier avoit donné une quittance défini-
tive de ses appointements, mais d'une gratification pour ouvrages extraordinaires. Tout cela
s'étoit passé en 1783, avant un voyage que ce
commis devoit faire pans son pays. A son retour
il a voulu rentrer dans les bureaux de M. *Saussaye*,
chez lequel il étoit remplacé, & c'est sur son
refus que le 18 juin dernier il l'a assigné en paiement d'une somme considérable.

M. *Saussaye* étant allé en campagne, après
avoir rejeté des prétentions aussi absurdes, le sieur
du Pasquier va trouver, au refus d'un premier
avocat, Me. *Martin de Marivaux*, contre lequel
M. *Saussaye* avoit été obligé de porter plainte
autrefois; ce qui avoit failli déjà le faire rayer
du tableau. Ce jurisconsulte enfante bientôt le libelle qui l'a fait proscrire par ses confreres, mais
non sans avoir fait plusieurs tentatives, afin d'effrayer la femme de M. *Saussaye* pendant son absence, en exigeant jusqu'à 50,000 liv. pour que
le prétendu mémoire ne se répande pas dans le
public. Rien de plus ignoble & de plus honteux
pour un avocat, que le détail des différentes gra-

H 2

dations de ce marché, fuivant lequel il **eft réduit** enfin à moins de deux mille écus.

Enfuite, M. *Sauffaye* difcutant article par article les plus petits détails intérieurs de fa vie privée, y répond modeftement & prouve que tout eft fauffeté ou exagération dans le récit faftueux de fon ennemi.

Il entre enfin dans la difcuffion des fix chefs d'accufation & les réfute complétement. Tout ce que l'on peut en inférer, c'eft que les formes de la comptabilité pourroient être perfectionnées, & que la chambre des comptes devroit peut-être foumettre à la fageffe du roi des obfervations fur l'infuffifance de ces formes.

Dans la confu'tation, les jurifconfultes établiffent parfaitement que l'accufation intentée contre le fieur *Sauffaye* a tous les caracteres de la calomnie, & que les tribunaux ne peuvent punir avec trop de févérité le fieur *du Pafquier*, fon auteur, qui, fans titre, fans raifon, méchamment & à deffein de nuire, s'eft érigé en inquifiteur de la conduite du fieur *Sauffaye*.

On s'eft étendu fur cette affaire particuliere plus qu'on n'auroit fait, fi elle n'étoit la matiere des entretiens de tout Paris, où un financier inculpé produit toujours une grande fenfation.

29 Août. Le *mercure de France*, qui fe tourmente fans ceffe pour s'améliorer, & qui, depuis fon exiftence, n'a pu encore parvenir, non-feulement à fe perfectionner, mais à fe faire fupporter à un certain point, quelque métamorphofe qu'il ait fubie, en prend encore une nouvelle aujourd'hui. Il s'érige en *cour d'amour*. Outre l'énigme & le *logogryphe*, fon apanage ordinaire, il propofera auffi de temps en temps des queftions d'amour,

qu'on pourra rendre en quatre, six ou huit vers.
Pour commencer, il en fait une très-neuve: « Le-
» quel de ces deux malheurs est le plus cruel
,, pour un amant, la mort ou l'infidélité de ce
,, qu'il aime? ,,

30 *Août*. Extrait d'une lettre de Vienne, du
15 août . . . . .

La liberté de conscience dans les états autrichiens
a fait espérer celle de la presse. Un observateur a
compté 1172 ouvrages sur ces matieres, publiés dans
cette ville depuis dix-huit mois. De ce nombre 879
lui ont paru mauvais, & 293 raisonnables.

30 *Août*. On ne cesse de parler de M. *Germain
Drouais*, qui n'a décidément que vingt ans & demi.
Il a d'abord été éleve de M. *Brenet*, sous lequel
il a appris la correction du dessin; mais ce professeur sage & froid s'accordoit mal avec l'enthousiasme du jeune artiste, qui est passé ensuite
à l'école de M. *David*, d'un genre plus analogue
au sien.

M. *Drouais* avoit concouru dès l'an passé, &
son tableau auroit été certainement couronné; mais
mécontent de son ouvrage, il ne voulut pas le
produire & le déchira. Heureusement on en a
retrouvé les morceaux, on les a recollés & l'on
assure que M. *d'Angiviller* les conserve comme
très précieux, sur-tout depuis le succès de son auteur.

31 *Août*. Jesus-Christ allant du côté de *Tyr*
& de *Sydon*, une femme Cananéenne vint se jeter
à ses pieds & le supplia d'avoir pitié de sa fille
qui étoit possédée du démon. Il ne lui répond rien.
Ses disciples touchés de la douleur de cette femme,
intercedent pour elle. Alors le Christ lui dit:
" On ne donne point le pain des hommes aux

H 3

,, chiens. Elle repart: Il eſt vrai, Seigneur, mais
,, on leur en laiſſe ramaſſer les miettes. Femme,
,, ajoute-t-il en ce moment, votre foi vous a ſauvée.
,, Levez-vous, allez vous-en, vous trouverez votre
,, fille guérie. ,,

Tel eſt le ſujet du tableau de M. DROUAIS tiré
du nouveau teſtament, *évangile ſelon ſaint Matthieu,*
chap. XV.

Le jeune artiſte a choiſi l'inſtant le plus inté-
reſſant de cette ſcene, le plus propre à développer
ſon génie par l'expreſſion des paſſions diverſes
dont les acteurs ſont agités.

Le Chriſt eſt au milieu du tableau debout &
dans ce calme profond qui caractériſe la divinité.
Il repouſſe de la main droite la Cananéenne, à
ſes pieds, à genoux, éplorée, & dans l'état du
plus grand déſeſpoir. Il a le viſage tourné vers ſes
diſciples, entre leſquels ſaint Pierre ſe remarque, l'in-
tercédant vivement en faveur de la ſuppliante. Derriere la Cananéenne, eſt un grouppe de ſes conci-
toyers ennemis naturels du peuple juif & indignés de
ſon action. Un grouppe du côté oppoſé termine
le tableau; il eſt dans l'éloignement, & l'on le
juge un aſſemblage de curieux. Le fond eſt enrichi de tous les acceſſoires les plus propres à le bien
garnir, & qui annoncent les approches d'une grande
ville.

Ainſi trois perſonnages éminents dans cette
ſuperbe compoſition & qui fixent principalement
l'attention du ſpectateur. *Jeſus Chriſt,* que le peintre a eu l'art d'annoblir, ce qui n'eſt pas commun.
La *Cananéenne,* infiniment intéreſſante par la
beauté de ſa figure, par ſa douleur & par ſon
attitude; enfin, le *ſaint Pierre,* vieillard véné-
rable, d'une nature on ne peut mieux choiſie,

& dont les inſtances auprès de ſon maître, pleines de confiance, ſont accompagnées du reſpect convenable, ſans rien perdre de leur force.

L'ordonnance répond à cette ſuperbe compoſition : elle eſt nette, facile & tout-à-fait bien entendue. Si l'on examine enſuite les figures du côté du deſſin, il eſt digne des maîtres les plus renommés ; c'eſt la pureté de *le Sueur* : les pieds & les mains ſur-tout ſont d'une correction rare. Les draperies ſont étonnantes : c'eſt un méchaniſme de l'art, &, communément le fruit d'un travail conſommé, & l'on ne peut concevoir que dès ſon premier ouvrage, l'artiſte ait acquis ce degré d'intelligence. Elle brille principalement dans les effets du clair obſcur, dont il poſſede déjà la magie. Il eſt enfin coloriſte, & rien d'eſſentiel ne manque à ce chef-d'œuvre, car la critique y a bien découvert quelques petits défauts dans pluſieurs points, mais on ſait que rien de ce qui ſort de la main des hommes ne peut être parfait. A vingt ans & demi, qui en pourroit faire autant ?

31 *Août*. Il paroît conſtaté que M. d'*Entrecaſteaux* a été arrêté à Lisbonne le 17 juillet, comme il y débarquoit d'un bâtiment où il s'étoit introduit ſous un nom étranger. Il a dû être ramené à Aix, de concert avec la cour de Portugal. Son projet étoit, dit on, de ſe ménager une occaſion de paſſer en Turquie & d'y prendre le turban. Malgré la vigilance avec laquelle on a exécuté l'ordre du roi pour réclamer par-tout ce fameux coupable, on prétend que le crédit l'emportera & qu'il ne ſera pas exécuté. On commence déjà par répandre le bruit qu'il n'y a pas contre lui de preuves ſuffiſantes, bruit qui ne s'accrédite pas ſans deſſein.

3 1 *Août.* Outre le Rapport dont on a parlé concernant le *Magnétisme animal*, on vient d'en imprimer un féparé, ayant pour titre : *Rapport des Commissaires de la société royale de médecine, nommés par le Roi pour faire l'examen du Magnétisme animal,* imprimé par ordre de fa majefté : ce qui paroît multiplier les êtres, mais eft la fuite de la divifion entre la faculté & la fociété royale, & du refus fans doute des membres de la premiere de communiquer avec ceux de la feconde.

Ce rapport-ci , daté du 16 août, imprimé à l'imprimerie royale aufli , n'a que 39 pages *in-*4°. Il eft du refte parfaitement d'accord avec le premier fur la néceflité de la profcription de la nouvelle doctrine.

1 *Septembre* 1784. M. *Tiffard*, jeune officier aux gardes, eft amateur des arts & des fciences ; il a des connoifiances & cherche avec ardeur à les augmenter. Il s'eft rendu difciple du docteur *Mefmer* & eft devenu enthoufiafte de fa doctrine, qu'il s'eft imaginé pofféder affez pour la pouvoir exercer. En conféquence dans une terre de la comteffe de *Rouvre*, fa mere, il magnétife & attire des malades de dix lieues à la ronde. Comme il n'auroit point de lieu affez vafte dans le château pour établir le bacquet myftérieux & contenir la foule, il a pris un grand arbre dans fon parc pour agent de fon influence; il a attaché aux branches une infinité de cordes & de ficelles fecondaires; chacun s'en adapte à l'endroit fouffrant, & ce fpectable feul eft propre à attirer une affluence de curieux ; c'eft la fcene des convulfions renouvellée : le tombeau de faint *Médard* n'opéra jamais plus de merveilles, ou ne caufa plus de folies. Parmi les malades qui accourent à l'arbre divin, il y a beau-

coup de pauvres & de mendiants. Ceux-ci font héber-
gés pendant tout le temps du traitement dans une
grange, où on leur donne du pain, de la foupe,
quelques légumes & quelquefois du vin. Ce qui
ne contribue pas peu à leur guérifon. On fournit
auffi des emplâtres aux bleffés, des médicaments
aux fébricitants : dans le nombre il en eft fur qui
ces fecours operent, & l'on attribue au Mefmérime
ce qui n'eft que la fuite de la bonne nourriture ou
des remedes ordinaires. Mais le gros public n'y regarde pas de fi près, il ne difcute rien & l'on crie
au miracle.

Le maréchal duc de *Biron*, enchanté d'avoir
dans fon régiment un jeune militaire auffi chari-
table, auffi inftruit & auffi merveilleux, en parle
& le vante à tout le monde. Il a excité l'empreffe-
ment de M. le comte d'Oëïs, & lundi dernier 30
août il l'a mené à Beaubourg, théâtre de fes pro-
diges, qui n'eft qu'à fix lieues de Paris environ.
Le docteur *Mefmer* n'a pas manqué de s'y trouver :
on a magnétifé le héros ; mais il n'a rien fenti.
Du refte, il ne s'eft point expliqué dans le canton
fur fa façon de penfer à cet égard ; feulement il n'a
point paru fort enchanté.

1 *Septembre.* Ce qui rend le triomphe de
M. *Drouais* plus brillant, c'eft qu'outre le premier
prix qu'il a remporté, l'académie dans fon affemblée du 18 a jugé fes concurrents prefque tous dignes de la couronne, & elle a multiplié fes récom-
penfes ; en forte qu'il y a eu deux premiers &
deux feconds prix.

Louis *Gauffier*, de Rochefort, âgé de 21 ans,
éleve de M. *Taraval*, a eu le premier prix, mis en
réferve en 1779.

H 5

Les deux seconds ont été accordés à Guillaume *le Thierre*, de la Guadeloupe , âgé de 24 ans , éleve de M. *Doyen* , & à Louis *Riviere* de Paris , éleve de M. *Suvée*.

Le sujet du prix de sculpture étoit *Joseph vendu par ses freres.* Il a été aussi traité supérieurement , au point que l'académie a également décerné un prix de plus en ce genre.

Le premier a été remporté par M. *Chaudet* de Paris , âgé de 21 ans , éleve de M. *Gois*. Comme il est pauvre , son maître en parlant de son mérite au comte de *Vaudreuil* , engageoit ce seigneur à solliciter auprè de M. d'*Angiviller* un supplément de pension pour ce jeune homme. « Qu'est-il besoin » d'en parler au directeur, a répondu M. de *Vau-* » *dreuil*: ne puis-je pas le faire moi même. » Et en même temps il est convenu d'accorder de sa bourse 200 livres de pension à M. *Chaudet* pour chacun des quatre ans qu'il doit rester à Rome. Il en a sur le champ remis les fonds à M. *Gois*.

Les deux seconds prix de sculpture ont été décernés , l'un à Henri Victor *Regnier* de Besançon , âgé de 16 ans , éleve de M. *Boizot* , & l'autre à Jean-Jacques *Oger* , âgé de 22 ans , éleve de M *Pajou*.

2 *Septembre*. Le neveu de M. *Taraval* , après avoir remporté en 1782 le premier prix de peinture à 16 ans & demi , vient de mourir en Italie dans les efforts d'une croissance extraordinaire. Quelqu'un , à ce sujet, disoit à M. *Gauffier*, qui a cette année obtenu le second premier prix dans le même genre : « Vous êtes délicat, menagez vous, n'al- » lez pas mourir aux lieux où vient de périr votre » camarade ! — *Ah! n'importe,* dit il, *il est beau de* » *mourir à Rome.* Il faut se rappeller que ce voyage est une suite du prix.

1 *septembre*. Il paroît que d'abord le gouvernement, pour l'examen du magnétisme animal, n'avoit nommé le 12 mars dernier que quatre médecins de la faculté de Paris ; les docteurs *Borie*, (qui étant mort dès le commencement des séances, a été remplacé par M. *Majault*) *Sallin*, *d'Arcet* & *Guillotin* ; que ceux-ci ont demandé d'associer à leurs travaux cinq membres de l'académie des sciences, & qu'on leur a donné messieurs *le Roy*, *Bailly*, *de Bori*, *Lavoisier*, & *Franklin*, dont ils ont fait leur président. Quant aux membres de la société royale, on a vu qu'ils avoient fait bande à part. Cette commission a duré plusieurs mois & n'a fini que le 11 août dernier.

La question à décider rouloit sur l'existence & l'utilité du magnétisme animal.

Le rapport commence par une courte exposition de la doctrine du magnétisme animal, extraite des ouvrages imprimés de M. *Mesmer*. Après la théorie déduite, on en trouve l'application à l'économie animale, telle que l'a fait le docteur *Deslon*, qui s'étoit engagé à en prouver l'existence & l'utilité. Non-seulement il ne l'a pas fait au gré des commissaires, mais ces messieurs, dans un comité tenu chez M. *Franklin* le 19 juin, l'ont amené à reconnoître l'imagination pour un grand agent du magnétisme animal, & le seul suivant les commissaires, qui par des expériences multipliées, regardent comme démontré que l'imagination sans magnétisme produit des convulsions ; & que le magnétisme prétendu sans l'imagination ne produit rien. Ils ont par conséquent conclu d'une voix unanime, que rien ne prouve l'existence du fluide du magnétisme animal, encore moins son utilité ; *que les crises dont ils ont été témoins, ne sont dues*

H 6

qu'à des caufes étrangeres ; ils finiffent par déclae
rer que les attouchements , l'action répétée de
l'imagination pour produire des crifes peuvent êtr
nuifibles ; que le fpectacle de fes crifes eft également
ment dangereux à caufe de l'imitation dont la nature femble nous avoir fait une loi ; & que , ulté-
rieurement & par une fuite de cette loi , tout traitement public où les moyens du magnétifme feront
employés , ne péut avoir à la longue que des effets
funeftes.

Tel eft le réfultat du rapport des commiffaires
qui , malgré fa longueur de 86 pages in-4°. fe lit
avec intérêt , à caufe de l'importance de la matiere,
& avec plaifir à raifon des faits curieux qu'il contient. Il eft d'ailleurs compofé avec beaucoup de
méthode & d'ordre , & écrit avec clarté , fimplicité , nobleffe & élégance.

3 Septembre. Les états-généraux de Bourgogne
ont arrêté dans leur affemblée du vendredi 6 août
que : « fur ce qu'il a été obfervé aux trois ordres
„ des états-généraux que le chevalier de *Charitte*,
„ capitaine des vaiffeaux du roi, pendant la der-
„ niere campagne de guerre en Amérique, avoit
„ commandé le vaiffeau *la Bourgogne* avec la plus
„ grande diftinction : que pendant la journée du
„ 12 avril 1782, il avoit déployé la plus haute
„ valeur, les manœuvres les plus favantes & les
„ plus hardies, ayant conftamment couvert de
„ fon feu plufieurs des vaiffeaux du roi, &
„ n'ayant quitté le combat qu'à la nuit, & que
„ fa conduite avoit infpiré tant d'eftime & d'admi-
„ ration aux généraux Anglois, les lords *Rodnay*
„ & *Hood*, & à tous les officiers de l'armée enne-
„ mie , qu'ils avoient expreffément chargé un
„ officier françois fait prifonnier dans cette jour-

„ née, d'aller porter leurs compliments au ca-
„ pitaine du *Vaisseau noir*, ne connoissant encore
„ que la bonne conduite du chevalier de *Charitte*,
„ & ignorant son nom & celui de son vaisseau:
„ que ces compliments flatteurs lui avoient été
„ faits au Cap-François, chez le sieur de *Belle-*
„ *combe*, gouverneur de Saint-Domingue, en
„ présence des officiers de terre & de mer des
„ armées françoise & espagnole; que cet hom-
„ mage honorable & le suffrage de l'armée an-
„ gloise avoient été consignés dans la gazette de la
„ Jamaïque en date du mois de mai suivant. „ Les
états ont décrété de charger les élus de leurs
remerciements au chevalier de *Charitte*, pour la
gloire que le vaisseau *la Bourgogne* a acquise sous
ses ord: es.

3 Septembre. La description du traitement par
le magnétisme animal est sans doute un des
articles les plus curieux de l'ouvrage des commissaires.

Ils ont vu au milieu d'une grande salle, une
caisse circulaire, faite de bois de chêne & élevée
d'un pied ou d'un pied & demi, que l'on nomme
le *baquet*; ce qui fait le dessus de cette caisse,
est percé d'un nombre de trous, d'où sortent des
branches de fer coudées & mobiles. Les malades
sont placés à plusieurs rangs autour du baquet & à
sa branche de fer, laquelle, au moyen du coude,
peut être appliquée directement sur la partie malade: une corde passée autour de leurs corps, les
unit les uns aux autres; quelquefois on forme
une seconde chaîne en se communiquant par les
mains, c'est-à-dire, en appliquant le pouce
entre le pouce & l'index de son voisin: alors on
presse le pouce qu'on tient ainsi; l'impression reçue

à la gauche, fe rend par la droite, & elle circule à la ronde.

Un *piano forte* eft placé dans un coin de la falle, & l'on y joue différents airs fur des mouvements variés; on y joint quelquefois la voix & le chant. Il eft à obferver que le docteur *Mefmer* fe fert d'un *harmonica*, inftrument compofé de verres remplis plus ou moins d'eau, dont le fon eft infiniment doux, & même affadiffant.

Tous ceux qui magnétifent, ont à la main une baguette de fer, longue de dix à douze pouces.

C'eft par tous ces inftrumens ou moyens, conducteurs du magnétifme, qu'on opere & produit les crifes diverfes. Les uns touffent, crachent, fentent quelque légere douleur, une chaleur locale, ou une chaleur univerfelle, & ont des fueurs: d'autres font agités & tourmentés par des convulfions, dont le nombre, la duree & la force font également extraordinaires: après on tombe le plus fouvent dans l'affoupiffement.

Il y a une falle matelaffée & deftinée aux malades tourmentés des convulfions, où l'on les jette: on l'appelle *la falle des crifes*.

Pendant ces convulfions il s'établit des fympathies. On voit des malades fe chercher exclufivement, & en fe précipitant l'un vers l'autre, fe fourire, fe parler avec affection, & adoucir mutuellement leurs crifes. Tous font foumis à celui qui magnétife; ils ont beau être dans une ftupeur apparente, fa voix, un regard, un figne les en retire. On ne peut s'empêcher de reconnoître, à ces effets conftants, une grande puiffance qui agite les malades, les maîtrife, & dont celui qui magnétife, femble être le dépofitaire.

Il y a cependant des malades qui font calmes, tranquilles & n'éprouvent rien.

Les commiſſaires terminent leur mémoire par une note fort longue, où ils préviennent l'objection que leur concluſion porte ſur le magnétiſme animal en général, au lieu de porter ſeulement ſur le magnétiſme pratiqué par M. *Deſlon*.

Ils répondent également à celle que pourroit faire M. *Meſmer*, que n'ayant ſuivi & connu que la doctrine & la méthode de M. *Deſlon* qu'il a déjà renié pour ſon diſciple, leur proſcription ne peut embraſſer les ſiennes.

1°. Les principes de M. *Deſlon* ſont les mêmes que ceux renfermés dans les vingt-ſept propoſitions que M. *Meſmer* a rendues publiques par la voie de l'impreſſion en 1779.

2°. M. *Deſlon* a été pendant pluſieurs années diſciple de M. *Meſmer*. Il a vu conſtamment pendant ce temps employer les pratiques du magnétiſme animal, & les moyens de l'exciter & le diriger. M. *Deſlon* a lui-même traité des malades devant M. *Meſmer* : éloigné, il a opéré les mêmes effets que M. *Meſmer* Enſuite rapprochés l'un & l'autre, ont réuni leurs malades, & par conſéquent en ſuivant les mêmes procédés, la méthode que ſuit aujourd'hui M. *Deſlon* ne peut donc être que celle de M. *Meſmer*.

5 *Septembre*. La faculté de médecine de Paris, par un décret du 24 août qu'elle a publié, s'eſt hâtée d'adopter le rapport de ſes membres dont on a rendu compte : elle les qualifie d'*illuſtres* ; & ceux de l'académie des ſciences de *doctes* ; elle donne d'une voix unanime, & avec une vive ſatisfaction les plus grands éloges à leur travail, à leur ſagacité & à leur doctrine qui fut toujours la ſienne, qu'elle n'a ceſſé d'enſeigner & de recommander, toutes les fois qu'il a été queſtion de

cette méthode, que plufieurs particuliers défignent fous la dénomination auffi fauffe que ridicule de *Magnétifme animal*, & qu'ils avoient commencé de venter & de mettre en ufage. La conclufion prononcée au nom de la faculté eft fignée du doyen *Pourfour du Petit*, & de fix autres docteurs.

5 *Septembre*. Il s'étoit répandu que des coups de vent furieux avoient détruit les caiffes coniques, coulées à Cherbourg, ainfi que celles encore fur la greve. Ce bruit étoit fort exagéré ; la mer a eu effet endommagé le cône prêt à être coulé ; mais il fera facile de le raccommoder. Quant à ceux déjà placés, celui qui n'étoit rempli qu'aux deux tiers, a été jeté fur le côté, mais l'autre eft refté inébranlable. Cet accident ne dérangera rien à la fuite des travaux.

6 *septembre*. Extrait d'une lettre de Befançon, du 28 août.... Tandis que notre parlement crie mifere, nous le laiffons murmurer, & nous béniffons notre ancien commiffaire départi, qui a vu terminer enfin une falle de fpectacle dont il avoit vouhu embellir cette ville. Il l'avoit fait ordonner par arrêt du confeil en 1776, & elle a été exécutée fous fes ordres, fur les deffins & la conduite du fameux *le Doux*, dont le nom feul fait l'éloge. Elle eft d'un genre abfolument neuf, bâtie en pierres, fculptée, dorée en or fin, & cependant d'un enfemble plus harmonieux, plus élégant que riche & fuperbe, tel qu'il convient à la province. Quoique l'artifte paffe en général pour ne point épargner la dépenfe, il s'eft piqué d'économie en cette occafion, elle ne coûte, tout compris, que 160,000 livres.

L'ouverture de cette falle, dont je laiffe la defcription technique aux architectes, a été ménagée jufques au moment où le prince de *Condé* a honoré cette ville de fa préfence ; ce feroit peut-être le cas de vous donner ici un journal des fêtes exécutées pour fon alteffe ; mais je hais les longs détails & d'ailleurs on en a adreffé un au mercure de douze pages in-folio. Je vous y renvoie.

6 Septembre. Le fieur *Mefmer* ne fe regarde pas comme battu, malgré les deux rapports faits & la foule d'ouvrages où fa doctrine eft combattue & profcrite. Il a préfenté au parlement une requête qu'on dit fort bien faite, où il fe plaint que les commiffaires ont jugé de fa doctrine par celle du fieur *Deflon*, qui ne connoît que très-imparfaitement fa maniere d'opérer ; il demande que devant tels commiffaires que la cour voudra nommer, il foit procédé à l'examen du *mefmérifme*.

7 Septembre. L'académie royale des fciences a eu le bonheur de voir le famedi, 4 de ce mois, M. le comte d'*Oëls* venir affifter à fa féance, où M. le marquis de *Condorcet* l'a complimenté au nom de la compagnie par un difcours d'apparat d'une éloquence ferme & noble : il y a eu en outre une lecture de neuf mémoires, dont le feul curieux étoit celui de M. *Bailly* ; il contenoit des *Réflexions fur le Magnétifme animal*, matiere à la mode, ce qui la rend plus piquante. Celui de M. *le Roi* fur *l'Electricité* a pu encore intéreffer l'illuftre étranger.

7 Septembre. Les commiffaires de la fociété royale de médecine pour l'examen du magnétifme animal, étoient les docteurs *Poiffonnier*, *Caille*, *Mauduyt* & *Andry* : leur rapport n'eft ni auffi bien écrit, ni auffi détaillé, ni auffi clair que celui des premiers commiffaires ; il eft plus difcuté en gens de l'art.

:: Du reſte, la ſociété dans la ſéance du 24. août a adopté les concluſions du rapport en entier, & a arrêté que ſa délibération à cet égard ſeroit adreſſée à tous les corps de médecins, & à tous ſes aſſociés & correſpondants.

8 *ſeptembre*. La nouvelle encyclopédie trouve déjà des adverſaires, & tombe dans des erreurs ſi palpables, que le zele des critiques s'enflâmme. C'eſt ainſi que l'article *Eſpagne* a excité celui d'un ſujet de ce royaume. C'eſt un certain abbé *Cavanilles* qui, étranger juſques alors à la littérature, ou du moins à l'art d'écrire, dans une indignation patriotique, a pris la plume & repouſſe l'inſulte faite à la nation Eſpagnole, qu'on repréſente comme une nation moralement paralyſée. Pour mieux réfuter l'ignorant hiſtorien, il offre le tableau des richeſſes de l'Eſpagne dans la littérature, les ſciences & les arts, & donne une nomenclature très-étendue, très-précieuſe, & très-neuve à cet égard. Il convient que l'article auroit été bon à l'égard des Eſpagnols du XVIIe. ſiecle. On ne peut que louer la vivacité qu'il met dans cette querelle, où il venge ſa patrie.

Cette réfutation excite l'empreſſement du public pour connoître l'auteur de l'article.

9 *Septembre*. Les freres *Robert* ne ſe découragent point : ils annoncent que vers le milieu de ce mois ils feront à Paris une nouvelle tentative pour s'élever & ſe diriger dans leur aéroſtat de Saint-Cloud. Sans doute M. le comte d'*Oëls* eſt l'objet de cette nouvelle fête, & quelque penſion en ſera la récompenſe.

9 *Septembre*. L'académie françoiſe ſe conformant à l'intention de l'auteur de l'églogue du *Patriarche*, ou *le vieux laboureur*, a ſouſcrit au vœu

du sieur *Demonville*, son imprimeur, qui lui a proposé de rendre public l'extrait de cet ouvrage lu dans son assemblée, & d'en laisser le bénéfice aux pauvres.

Cette compagnie, dans son assemblée du 30 août, a prolongé jusques au premier juin 1785, l'époque où les discours destinés à concourir au prix de l'éloge de d'*Alembert* doivent être remis.

9 Septembre. Un *précis historique de la vie de madame la comtesse Dubarri*, avec *son portrait*, imprimé dès 1774, ne nous tombe que dans le moment sous la main : ce bavardage n'est pas tout-à-fait aussi mauvais que les mémoires de la comtesse *Dubarri* dont on a parlé dans le temps : il y a quelques faits, la plupart défigurés, il est vrai, & noyés dans une foule de réflexions insipides. Le pamphlet est d'ailleurs très-écourté, n'ayant pas en tout soixante-treize pages. Ce précis est sur-tout tiré des papiers anglois, & Dieu sait combien de coq-à-l'âne il en doit résulter ! Il devient absolument nul depuis *les Anecdotes sur la comtesse Dubarri*; il ne contient rien d'exact qui ne soit dans celui-ci. Le portrait de l'héroïne qu'on voit à la tête, est ce qu'il y a de mieux. Il est parfaitement ressemblant.

10 Septembre. Extrait d'une lettre de Constantinople, du 10 août...... On aura bien de la peine à civiliser les Turcs, & à leur donner le goût du savoir & de la lecture; tout cela est trop opposé au despotisme : voici une anecdote récente, qui vous prouvera combien le gouvernement cherche au contraire à entretenir ici les peuples dans l'ignorance.

Il se faisoit à Vienne une gazette en langue grecque, pour l'usage des particuliers de cette

nation , réfidants dans les provinces voifines ;
c'étoit une tournure adroite prife pour y faire
pénétrer infenfiblement quelques lumieres. Elle
avoit paffé jufques à Conftantinople & les Turcs
commençoient à la lire, lorfqu'un ordre du grand-
feigneur en a prohibé l'entrée.

10 *septembre*. Le difcours prononcé par M. le
marquis de *Condorcet* , fecretaire de l'académie
royale des fciences , à l'ouverture de la féance du
4 de ce mois, eft imprimé. Il foutient à la lecture l'opinion qu'on en a conçue : c'eft un éloge
peut - être un peu trop emphatique de la philofophie & des philofophes. A en croire l'orateur ,
ce font ceux - ci qui guident même les fouverains
aujourd'hui & réfolvent les grandes queftions intéreffant le bonheur public ; il n'eft pas jufqu'à
l'art de la guerre qui ne leur foit foumis , &
dont ils ne dirigent les opérations du fond de
leur cabinet : de-là les grandes liaifons des héros
avec les fages.

M. de *Condorcet* , après avoir fait voir les obli-
gations infinies que les maîtres de la terre ont
aux philofophes , difculpe ceux - ci des accufations
intentées contre eux , fur - tout du reproche qu'on
leur fait de méconnoître les diftinctions établies
dans la fociété , & de réferver uniquement leurs
hommages aux talents & aux vertus.

Tout cela étoit préparé pour amener l'éloge du
roi de Pruffe & du héros préfent, dans lequel il
admire la réunion fi rare d'une activité qui ne
laiffe ni perdre un inftant , ni échapper une
occafion , avec une fageffe confommée , qui dans
la conduite d'une guerre entiere n'offre pas même
l'apparence de la plus légere faute.

Le motif ultérieur du fecretaire étoit de payer

encore un tribut de reconnoiſſance à ſon maître & ſon bienfaiteur d'*Alembert* , qui comblé des bontés du prince aſſiſtant à l'aſſemblée, honoré de ſa familiarité eût ſervi mieux que lui d'interprete à l'académie, que l'illuſtre étranger cherche en vain dans cette foule de philoſophes raſſemblés & dont il ne trouve plus que les monuments de ſes vertus & de ſon génie.

10 *ſeptembe.* On a donné mardi ſur le théâtre lyrique pour la premiere fois un ouvrage annoncé depuis long-temps ; c'eſt un opéra en trois actes, ayant pour titre *Diane & Endymion*. Les paroles ſont de M. le chevalier de *Liroux* , grand amateur de muſique , & que perſonne juſqu'à préſent ne ſoupçonnoit être pëete. Quant à la muſique , elle eſt du fameux *Piccini*. M. de *Liroux* a totalement interverti la fable connue , & n'a pas réuſſi pour ſa part. Le muſicien n'a pas eu non plus ſon ſuccès ordinaire , & ſauf un air applaudi avec tranſport , tout le reſte a paru froid comme le ſujet. Il y a beaucoup de ballets , qui ſont honneur à leur chorégraphe , le ſieur *Gardel*.

11 *Septembre.* Le docteur *Meſmer* trouvant de tous côtés les accès des journaux de France fermés pour lui , a cru devoir faire imprimer ſourdement ſa requête pour l'envoyer à ſes adeptes , avec une eſpece de lettre circulaire datée de Paris le 31 août 1784 , où il ſe plaint de cette dénégation de juſtice qu'il éprouve de toutes parts ; ſous le titre de *Lettre de M. Meſmer à M. le comte de C ✱ ✱ ✱* , qu'on croit être M. le comte de *Chatelux* , de l'académie françoiſe , & l'un des plus ardents enthouſiaſtes du meſmériſme.

11 *ſeptembre.* Les comédiens italiens ont joué pour la premiere fois mardi dernier , *Fanfan & Colas* , comédie en un acte & en proſe

tirée d'une fable de l'abbé *Aubert*, du petit nombre
de celles qu'on dit excellentes. Quoi qu'il en soit,
soit à raison du fond heureux, soit à raison des
changements, la piece a eu un succès étonnant &
fort rare à ce théâtre. On en sera moins surpris
cependant, lorsqu'on saura qu'elle est de madame
de *Beaunoir* & à cet enthousiasme on reconnoîtra
la galanterie françoise.

11 *Septembre.* L'académie royale des sciences vient
de perdre un de ses membres les plus distingués en
la personne de M. de *Caffiny de Thury*, maître des
comptes, & directeur de l'observatoire. Il avoit
trouvé dans son zele le moyen de faire jouir, avant
sa mort, la nation de la carte géographique du
royaume : ouvrage important, à la perfection duquel un demi-siecle paroissoit devoir à peine suf-
fire ; il l'avoit exécuté en moins de trente années.
Il venoit de paroître sous le titre de *Description géo-
métrique de la France.* MM. *Perronet*, *Camus*,
de *Montigny*, &c. avoient été ses coopérateurs.

12 *Septembre.* Le docteur *Mesmer* dans sa re-
*quête à nosseigneurs, nosseigneurs de parlement, en
sa grand'chambre,* se plaint que les commissaires
nommés pour aller constater chez le sieur *Deslon*
les effets d'une découverte & d'une méthode dont
il est l'inventeur, ait osé déclarer généralement
que cette méthode n'existe pas, & que la méthode,
employée pour en faire usage est dangereuse. Cependant, depuis que le sieur *Deslon* s'est déclaré
possesseur de la doctrine du magnétisme animal,
il n'a cessé de protester contre l'usage ou l'abus
que ce mauvais singe pourroit en faire, notamment en trois occasions :

1°. Au mois d'octobre 1781, lorsque le sieur
Deslon, pendant que le sieur *Mesmer* étoit absent,

déclara dans une assemblée de sa faculté, qu'il opéroit sur les malades, d'après les principes du magnétisme animal, & produisant quelques guérisons qu'il disoit avoir faites en usant des procédés qui résultent de ces principes, demanda des commissaires pour vérifier ces guérisons ; le sieur *Mesmer* écrivit le 4 octobre 1782 une lettre imprimée depuis, au docteur *Philip*, alors doyen de la faculté, pour désavouer le sieur *Deslon*, comme son élève.

2°. Le 13 *Décembre* 1782, à l'occasion des lettres insérées au journal de Paris où l'on s'efforçoit d'assimiler le sieur *Deslon* à son maître, il écrivit & fit insérer dans le même journal une lettre où il s'attache à tracer une ligne de démarcation si invariablement déterminée, qu'il ne fût plus possible désormais de les confondre.

3°. Ayant appris que, sans égard pour les loix protectrices de la propriété, sur la demande du sieur *Deslon*, solemnellement inculpé par lui, il avoit été nommé des commissaires pour aller examiner dans les traitements de ce disciple ignorant les avantages & les désavantages de la doctrine du magnétisme animal, il écrivit au mois de juin à M. *Francklin*, premier commissaire, & lui représenta dans les termes les plus énergiques combien il étoit non-seulement injuste, mais absurde d'aller former chez un sectateur qu'il désavouoit, l'opinion qu'il falloit avoir d'une doctrine dont il est l'auteur.

M. *Mesmer* a en même temps envoyé à M. le baron de *Breteuil* une copie de sa lettre à monsieur *Francklin*, afin de donner à sa réclamation toute la force & toute l'authenticité dont elle pourroit être susceptible.

En conséquence de ces proteftations réitérées
que le fieur *Deflon* ne connoît qu'imparfaitement
fa doctrine, & qu'il eft hors d'état de l'enfei-
gner, le fieur *Mefmer* en demande acte, & attendu l'importance de fa doctrine, il fupplie la
cour de nommer tels meffieurs qu'il lui plaira de
choifir, pardevant lefquels il fera autorifé de fe
retirer, à l'effet de foumettre à leur examen
un plan qui renfermera les feuls moyens poffibles
de conftater infailliblement l'exiftence & l'utilité
de fa découverte, pour, ledit plan remis à M. le
procureur - général, & communiqué à la cour,
être par M. le procureur - général pris les conclufions qu'il jugera convenables, & par la cour ordonné ce qu'il appartiendra.

1 2 *Septembre.* Après des audiences folemnelles,
où même a affifté en partie M. le comte d'*Oëls*,
qui a été complimenté par Me. *Treilhard*, qui
plaidoit pour le tuteur des enfants de madame la
princeffe de *Guimené* contre le viconte de *Choifeul* ;
ce grand procès a été jugé le 7 de ce mois fur
les conclufions de M. l'avocat - général *Seguier*
& le teftament de la ducheffe de *Praflin* a été
annullé.

1 2 *Septembre.* Il paffe pour conftant que la
grand'chambre avant de fe féparer a eu égard à
la requête de M. *Mefmer*, & a nommé des commiffaires afin de fuivre fes traitements.

1 3 *Septembre.* Par la requête du docteur *Mefmer*
il paroîtroit qu'en 1781 le roi auroit déjà nommé
M. *Bochard de Saron*, préfident du parlement,
M. le comte d'*Angiviller*, les fieurs de *Montigny*
& d'*Aubenton*, de l'académie des fciences, pour
fuivre avec les fieurs *Berger Grandclas*, *Lorry* &
Mauduit, médecins, le traitement des malades
qui

qui feroient foumis au magnétifme animal. Il
n'ajoute pas , pourquoi cette commiffion n'a pas
eu lieu.

13 *septembre*. Vers le commencement de mars
dernier , on a trouvé à quelque diftance de Caen,
un jeune homme âgé d'environ dix - fept ans, parlant un idiôme qui n'a encore été ni reconnu , ni
compris par aucun de ceux qui ont vu ce jeune
étranger. M. *Feyeau de Brou* , intendant de Caen,
crut devoir faire part de cette découverte au gouvernement , & le fit partir pour Paris le 23 du
même mois, d'après les ordres qu'il reçut.

Le fieur *Larive*, comédien françois , ayant eu
connoiffance de ce jeune infortuné , en parla à
fa troupe : elle faifit l'occafion d'un acte de bienfaifance, & lui affura, par une délibération unanime , une penfion de 63 livres par mois.

Cet enfant devenu célebre, a depuis été préfenté fucceffivement à tous les miniftres. Madame la ducheffe de *Bourbon* a demandé qu'on le
lui amenât ; c'eft aujourd'hui la merveille qu'on
va voir.

L'abbé *Aubert* a répandu dans fa feuille du 8
une notice très-détaillée en plus de quatre pages,
petit caractere , où il entre dans les plus grands
détails fur cet étranger myftérieux.

En difcutant bien les faits , les notions qu'il
donne fur lui-même , & les contradictions qu'im-
pliquent les idées qu'on en conçoit d'après fes
fignes ; bien des gens qui réfléchiffent & combi-
nent, le foupçonnent un impofteur, qui e joue
du public & du gouvernement. Le temps éclair-
cira cette conjecture.

On le voit actuellement chez la dame *Billard* ;

marchande de galons , rue Saint-Honoré , au coin de la rue du Roule.

13 *Septembre*. M. de *Fleury*, l'ex-miniftre des finances , qui vivoit depuis long temps avec Mad. de *Fontpertuis* , femme d'un confeiller au parlement , fort mauvais fujet , étant devenu libre par la mort de celui-ci de fatisfaire le vœu de fon cœur , l'a époufée depuis quelque-temps avec toute la folemnité requife.

14 *Septembre*. Les commiffaires nommés par le parlement pour examiner le remede du docteur *Mefmer* , font les docteurs *Bouvard* , *Maloët* , *Cofnier* & *Thierry* , tous de la faculté de médecine ; MM. *Tenon* & *Maret* , chirurgiens , & MM. *le Sage* & *Cadet* , chymiftes. On prétend déjà que ces meffieurs ne veulent pas accepter.

14 *Septembre*. A peine parle-t-on des remontrances du parlement , dans l'affaire de M. de *Noë* , quoiqu'e les foient déjà préfentées. Le roi a promis de s'occuper de cette affaire. On affure feulement que ces remontrances font très-bien faites.

Sa majefté a enfin répondu auffi à l'égard du grand-aumônier & de l'affaire des Quinze-vingts : on fe flattoit que les remontrances vigoureufes de la compagnie à ce fujet auroient un meilleur fort que les précédentes ; mais le roi a approuvé la conduite du cardinal de *Rohan* , & a défendu au parlement de fe mêler en rien de cette querelle.

14 *Septembre*. C'eft au dimanche 19 que les freres *Robert* ont fixé leur expérience , qu'ils annoncent avec une confiance extrême dans leurs moyens de direction qui confiftent dans des rames. Ils parlent de leur aéroftat comme modelé fur celui de Saint-Cloud , mais n'étant pas le même , & amélioré

encore dans sa configuration plus favorable à leur projet.

15 *septembre*. Le sujet du prix d'architecture pour cette année étoit un Lazareth composé de plusieurs corps de bâtiments destinés à recevoir les personnes qui arrivent à différentes époques, à loger celles qui paroissent en santé, isolées de celles suspectées de maladies.

Il devoit y avoir des édifices pour la garnison, l'état-major, l'infirmerie & la chapelle ; des logements pour les ecclésiastiques, médecins & chirurgiens, pour la pharmacie ; les cuisines & le service ; enfin de vastes magasins pour le dépôt de différentes marchandises.

Les édifices principaux devoient contenir des salles, des promenoirs à couvert, plusieurs dortoirs communs, & quelques logements pour des personnes distinguées.

L'espace donné étoit de 200 toises sur 200 toises.

Pour composer ce projet en esquisse exactement arrêté, les éleves surveillés, comme on l'a déjà observé l'an passé, n'ont que douze heures. Ils n'ont d'autre préparation que la dictée, sans autre instruction & conseil que ceux donnés par le programme, & il ne leur est pas permis d'y hasarder aucune espece de changement.

C'est dans la séance du lundi 30 août, que l'académie a procédé au jugement des prix. Le premier a été donné au sieur Auguste *Hebert*, éleve de M. *Peyre* le jeune, & le second au sieur Jean-Charles-Alexandre *Moreau*, éleve de M. *Trouard*.

Il est peu d'exemples d'une pareille supériorité dans les productions des éleves d'architecture ; & les trois arts peuvent également se glorifier d'exxellents sujets dans chaque genre. Auffi a-t-on fait les mêmes folies pour le fieur *Hebert* qu'on avoit faites pour le fieur *Drouais* & le fieur *Chaudet*. Les camarades de celui-ci, à leur tour, l'ont porté en triomphe dans la falle d'architecture. Ils l'ont enfuite couronné de lauriers, promené dans les diverfes places de nos rois, puis chez MM. *Vien* & *Peyre* le jeune, qui ont été fucceffivement fes maîtres, & enfin l'ont dépofé au fein de fa famille.

. 15 *Septembre*. Il s'eft tenu le 7 de ce mois une affemblée des actionnaires de l'entreprife des eaux de Paris *par les machines* à feu, dans laquelle les adminiftrateurs ont rendu compte des preuves fignalées de la protection que le roi vient d'accorder à cette entreprife, & des moyens d'encouragement que M. le contrôleur-général a obtenus des bontés de fa majefté en faveur d'un établiffement fi utile aux befoins & à la falubrité de cette capitale.

Le bureau de la compagnie eft chez MM. *Perier*. Du refte, il a été lu dans la féance publique de la fociété royale de médecine du 31 août, le jugement porté par la compagnie, d'après l'examen & le rapport de fes commiffaires, fur la nature des eaux fournies par ces machines, qu'elle a déclarées très-falubres.

Les directeurs de cette machine viennent déjà d'établir dans l'un des quartiers de cette ville plufieurs bouches de regards d'eau qui s'ouvrent tous les jours, à l'effet de fournir le volume d'eau néceffaire pour former un courant rapide, qui rendra les rues plus propres & l'air plus falubre.

En conféquence ordonnance de police du 24 août, qui détermine les préparatifs néceffaires de balaiement & de déblaiement, pour laisser jaillir en liberté ces eaux & en recueillir le fruit.

15 *Septembre.* La bibliotheque du roi a été enrichie depuis peu de cinq manuscrits orientaux très-rares, provenant de la bibliotheque d'un M *le Grand*, interprete du roi dans le levant pendant environ 38 ans, & mort vers le milieu de juillet. Ce don étoit d'avance consigné dans une lettre à M. *Bejot*, garde des manuscrits du roi, en date du 17 août 1779, où le défunt annonçoit ses intentions.

M. *le Grand*, du reste, étoit un savant homme, mais modeste, qui n'a fait imprimer de son vivant qu'une traduction de l'arabe, ayant pour titre: *Controverse sur la religion chrétienne & celle des mahométans.* Elle est dialoguée à la maniere de *Socrate*, raisonnant avec des sophistes.

L'original arabe, manuscrit très-rare, n'étoit point compris dans ceux légués, & a été acheté à la vente des livres de M. *le Grand*, pour la bibliotheque du roi.

16 *Septembre.* Extrait d'une lettre de Bordeaux, du 11 septembre.... Ce n'est que dans ce moment que je puis vous tenir une parole en vous envoyant l'arrêté que vous désirez, il est du 23 juillet.

" Ce jour, toutes les chambres assemblées,
,, pour procéder à la réception de Me. de *Cazaux*,
,, en la charge de conseiller-lai en sa cour; un
,, de messieurs a dit que le sieur *Dudon* fils étoit
,, dans la séance pour remplir les fonctions de
,, procureur-général; que c'étoit la premiere fois
,, qu'il paroissoit aux chambres assemblées; que
,, si l'on l'y laissoit sans faire un acte conserva-
,, toire, on pourroit en induire que la cour ap-

I 3

„ prouve sa réception ; que dans ces circonstances
„ il lui paroît indispensable de renouveller les
„ protestations contre l'illégalité de la réception
„ du sieur *Dudon*, & notamment contre sa pré-
„ sence ; que ce parti est d'autant plus néces-
„ saire qu'il servira à détruire *de fausses assertions*
„ *qu'on a cherché à répandre & qu'on a eu l'in-*
„ *décence de faire consigner dans les papiers pu-*
„ *blics.* „

M. le premier président, ainsi que les autres
messieurs qui ne connoissent pas des affaires du
sieur *Dudon*, s'étant retirés, il y a eu délibération.

" La cour a renouvellé ses protestations contre
„ la réception du sieur *Dudon*, & notamment
„ contre sa présence en la cour, & néanmoins
„ par les mêmes motifs qui ont porté la cour à
„ statuer sur les conclusions par écrit du sieur
„ *Dudon*, & espérant toujours de la justice &
„ de la bonté du seigneur roi qu'il répondra fa-
„ vorablement aux remontrances que le parlement
„ a eu l'honneur de lui adresser à ce sujet, &
„ sans entendre nullement reconnoître la récep-
„ tion dudit sieur *Dudon*, il a été décidé qu'il
„ sera tout de suite procédé à la réception de
„ M. de *Cazaux*, sur les conclusions du sieur
„ *Dudon fils.* „

Je sais qu'on a fait passer à M. *Luzac*, qui
dirige si judicieusement la gazette de Leyde,
cet acte conservatoire & fait pour le venger, en
lui prouvant que les remontrances, sinon unanimes, avoient, suivant l'usage, passé à la plura-
lité, & par conséquent étoient le vœu de la compagnie.....

. 16 *septembre.* On assure que les remontrances
dans l'affaire de M. de *Noë*, sont de la plus

grande force ; on les dit imprimées, mais très-rares.

On veut que les remontrances concernant l'affaire des Quinze-vingts en amenent de plus vives; que tout cela soit concerté pour éclairer la religion du roi & sur-tout de la reine, qui protege, dit-on, le cardinal, & qu'au fond il soit joué.

On ne regarde pas non plus comme finie l'affaire des bénédictins: outre que le parlement persiste à vouloir juger l'appel comme d'abus, c'est que le conseil lui-même est fort embarrassé sur la maniere de la terminer, ou de replâtrer du moins toutes les sottises qu'il a fait faire, & le nouveau régime, si cela ne se peut autrement, tôt ou tard sera sacrifié.

17 *Septembre.* On sait aujourd'hui que l'auteur de la piece du *vieux Laboureur,* qui a si fort intéressé le public à la séance de l'académie françoise le jour de la saint Louis, est dom *Gerard,* religieux de l'abbaye des Trois-Fontaines, ordre de Cîteaux. Il étoit bibliothécaire de sa maison, & en effet est mort. Il cultivoit avec succès les mathématiques, la physique, l'astronomie; il avoit des connoissances très-étendues dans l'histoire & la géographie. Il a laissé un poëme manuscrit en sept ou huit chants sur *l'humanité.* On assure que cette piece est remplie de beautés & de fautes, comme la premiere. Il étoit d'une santé misérable; le sommeil lui étoit à-peu-près inconnu depuis vingt ans. Il se promenoit presque toutes les nuits dans un vaste corridor & composoit au milieu de ses souffrances. Quoique né d'une famille honnête du Barrois, il n'avoit été élevé qu'au milieu des forêts, & s'étoit formé lui-même. Ceux qui le connoissoient, disent un

bien infini de fon caractere ; ils exaltent fa modeftie, fa douceur, fa bienfaifance. Ils font regretter infiniment de n'avoir pas connu cet homme de lettres, ce favant, ce philofophe, dont le cœur valoit encore mieux que l'efprit.

17 *Septembre.* Les arts viennent de perdre monfieur *l'Epicié*, peintre du roi, profeffeur en fon académie de peinture & de fculpture, dont nôus avons plufieurs fois entretenu le public, & le fieur *Caprou*, ancien premier violon du concert fpirituel qui y brilloit autrefois, & avoit époufé la niece de *Piron*.

17 *Septembre.* Le nouveau prévôt des marchands paroît avoir le défir de fe fignaler dès le commencement de fon adminiftration municipale : il a déterminé M. le baron de *Breteuil*, comme fecretaire d'état au département de Paris, & M. de *Calonne*, contrôleur · général, comme difpenfateur des fonds, à vifiter avec lui les halles aux grains & aux farines, celles aux fruits & légumes, celle au poiffon, celle aux draps & toiles, & la nouvelle qu'on conftruit dans l'ancien emplacement de la comédie italienne, deftinée aux dépôt & vente des cuirs. Ils étoient accompagnés de tous les gens de l'art néceffaires, & l'on s'eft occupé des moyens de procurer plus de falubrité & d'air dans le quartier où font réunies toutes ces halles, le plus peuplé en même temps & le plus fréquenté de Paris, dont il occupe le centre.

17 *Septembre.* Une piece intitulée le *Bienfait anonyme*, jouée l'année derniere avec un fuccès très-équivoque, ou plutôt abfolument tombée, a reparu depuis avec des changements qui lui ont réconcilié le public. Quoiqu'elle ne foit encore que très - médiocre, elle alloit comme tant d'autres.

On a dit alors qu'elle rouloit fur un des beaux traits
de la vie de *Montefquieu* , ignoré de fa propre famille , & que le hafard fit découvrir il y a quelque temps.

Les comédiens françois informés que M. le
baron de *Secondat*, le fils de ce grand homme ,
étoit à Paris, députerent la femaine derniere deux
acteurs de leur troupe pour l'inviter à affifter à
la feptieme repréfentation indiquée au famedi 12
de ce mois.

Sa préfence réveilla merveilleufement & les acteurs qui jouerent avec une chaleur prodigieufe,
& le public, dont l'enthoufiafme s'exalta au plus
haut degré. Cette petite charlatanerie fit monter
la piece aux nues, & dans ce moment d'effervef-
cence elle peut être pouffée fort loin.

18 *feptembre.* La piece de *Fanfan & Colas* eft
dans le genre bourgeois, ce que *la comteffe de
Givry* eft dans le genre héroïque ; mais uniquement confacrée à l'excellente moralité qui en doit
réfulter pour la correction d'un enfant gâté ; elle
offre une fuite continue de tableaux naïfs &
touchants, de fcenes pathétiques qui attachent &
attendriffent jufqu'aux larmes le grand nombre
des fpectateurs. Deux jeunes garçons en font les
principaux héros, & en forment les contraftes
charmants: ces rôles font remplis par deux ac-
trices, Mlle. *Carline* & Mad. *Raymond*. La premiere a plu fingaliérement par l'aimable gaucherie
qu'elle a mife dans le rôle de *Colas*, & la feconde
par les nuances fines de celui de *Fanfan*. On conçoit que ce dernier eft l'enfant gâté ; au moment
de fa réfipifcence elle s'eft trouvée mal réellement
hier à la quatrieme repréfentation. Il a fallu l'emporter du théâtre , ce qui a fait connoître au

I 5

public que ce n'étoit plus un jeu. Il a attendu patiemment qu'elle fût en état de reprendre ; mais on est venu annoncer que cela ne sera pas possible : le parterre cependant n'a pas voulu sortir qu'il n'eût eu de meilleures nouvelles ; & ce n'est que lorsqu'on lui a appris que Mad. *Raymond* étoit en état d'être transportée chez elle, qu'il a vuidé la salle sans murmure, quoique la comédie n'ait pu être finie.

18 *Septembre*. Depuis long-temps on parloit d'une parodie du *Mariage de Figaro* à jouer par les Italiens. Il paroît qu'en effet il leur en a été présentée une, sous le titre de *La folle Soirée*, le 14 juillet dernier ; mais les personnalités dont elle est remplie, en ont fait proscrire la représentation. On assure que c'est un cadre piquant, où l'auteur, qu'on ne nomme point encore, a fait mouvoir tout ce qu'il a trouvé de répréhensible dans l'ouvrage critiqué.

18 *Septembre*. Il a débuté hier à l'opéra une Dlle. *Dozon*, dans le rôle de *Chimene* : c'est le premier sujet sorti de la nouvelle école, qu'a instituée pour le théâtre lyrique M. le baron de *Breteuil*. Elle a été formée au chant par le sieur *Laïs* & à la déclamation par le sieur *Molé* : à en juger sur un tel essai, cette école sera d'une grande utilité. A une excellente prononciation Mlle. *Dozon* joint déjà beaucoup de méthode, du goût & une sensibilité rare... Elle a eu le plus grand succès, & depuis Mlle. *Arnoux* & Mad. *Cohendé*, on n'en a point vu d'aussi brillant. Il est à remarquer qu'elle n'avoit encore joué nulle part ; ce qui augmente l'admiration.

19 *Septembre*. Extrait d'une lettre de Montreuil sur mer, du 14 septembre.... Puisque les charades

font si à la mode dans votre capitale, ce que je juge par les journaux qui en font remplis, vous te devez pas être étonné qu'on s'en amuse en province. En voici une charmante & très-juste d'une petite demoiselle, fille de M. de *Boisrobert*, chevalier de Saint-Louis, qui, faisant lui-même très-bien des vers, en a inspiré le goût à la jeune personne :

De mon premier crains le dommage,
Et cache mon second le plus qu'il se pourra ;
Et si mon tout est ton partage,
Je plains l'objet qui t'aimera.

Vous trouverez mon éloge placé, quand vous saurez le mot qui est *volage*.

19 *septembre*. On confirme que le coup de vent éprouvé à Cherbourg vers le 15 d'août si violent qu'on ne se ressouvient pas d'en avoir ressenti de semblable, même aux équinoxes, n'a fait qu'endommager un peu la seconde caisse coulée, non encore entièrement achevée, & encore plus la troisième qui étoit sur le rivage, mais sans nuire en rien à la première totalement remplie ; ce qui confirme l'excellence du projet. M. le maréchal de *Castries* qui, en sa qualité de ministre de la marine, a visité les travaux de ce port, en a été extrêmement satisfait.

Cette grande entreprise sera certainement continuée : on ne coulera plus de caisses cette année, & on ne fera que préparer dans différents endroits celles qu'on voudra placer le printemps & l'été prochain. Quand il y en aura dix à douze de coulées, on est bien assuré qu'elles seront capables de résister à tous les efforts.

I 6

On travaille auffi avec la même ardeur à rétablir tous le mouillages de la Manche, fur les côtes de Normandie & de Picardie. Plus de fept mille hommes font occupés au port du Havre, qui dans deux ans fera en état de recevoir des vaiffeaux de cinquante canons. A Honfleur & à Dieppe, il en entrera d'un tonnage plus grand que ceux qui y font arrivés jufques à préfent.

19 *Septembre.* L'expérience des freres *Robert* a eu lieu aujourd'hui dans le jardin des Tuileries, où il n'y avoit pas à beaucoup près la foule qu'on y vit l'an paffé le premier décembre à celle de M. *Charles.* Le public laffé d'être dupe & fachant qu'on voit auffi bien en dehors qu'en dedans, s'étoit répandu dans les environs du jardin.

Le fieur *Valet* avoit rempli le famedi la *Caroline* avec un appareil fort ingénieux & de la plus grande fimplicité, de maniere que l'opération n'avoit duré que trois heures.

Après les fignaux donnés, le ballon a été conduit de la grande allée à l'Eftrade, conftruite fur le baffin qui fait face au château. Les quatre cordes ont été tenues par le maréchal de *Richelieu*, le maréchal de *Biron*, le bailli de *Suffren* & le duc de *Chaulnes.*

Meffieurs *Robert* freres font montés dans leur char à midi, avec le fieur *Colin-hullin*, leur beau-frere & le troifieme voyageur.

Du refte, on ne fait où ils ont été defcendre; mais ils n'ont paru tenir aucunes des promeffes qu'ils avoient faites fur leur maniere de fe diriger, ils avoient bien des ailes en forme de parafol qui ont fervi à les faire pirouetter fur eux-mêmes, fans qu'ils aient jamais pu fe fouftraire à la direction du vent.

20 *Septembre*. L'empereur vient de défendre les contrefactions de livres imprimés dans ses états ; il permet, au contraire, celle de livres étrangers.

20 *Septembre*. L'affaire de madame la marquise de *Cabris* la jeune, contre la dame de *Lombard*, marquise douairiere de *Cabris*, occasionne toujours de nouveaux mémoires. On en compte déjà trois de celle - ci. Il en paroît un récent de la premiere en réponse au dernier, suivi d'une consultation de Me. de *Beau - séjour*, son avocat, en date du 26 juillet. Ce *factum* n'est précieux que par des éclaircissements plus amples qu'il contient sur son frere le comte de *Mirabeau*, à l'égard de qui tout intéresse.

20 *Septembre*. Extrait d'une lettre de Francfort, du 3 septembre.... L'ex-jésuite *Frank*, confesseur de l'électeur Palatin, vient de prêcher publiquement à Munich contre les franc-maçons, dont il y a plusieurs branches ou systêmes dans cette ville. Dans le sermon ils étoient désignés sous le nom de *Judas d'aujourd'hui*, & la division de ce morceau d'éloquence étoit *Judas le traitre*, *Judas le pendu*, *Judas le damné*. Vous voyez que la philosophie & le bon goût n'ont pas encore fait de grands progrès dans ces contrées.....

21 *Septembre*. L'ordre des avocats, avant de se séparer, a prononcé définitivement sur le sort de Me. *Prévôt de Saint-Lucien*. Comme il est venu à résipiscence, qu'il a avoué sa faute & imploré l'indulgence de ses confreres, on en a usé à son égard, & il n'a été interdit que pour trois mois ; punition qui devient nulle, puisqu'elle commence précisément au temps des vacances.

Au contraire, Me. *Martin de Marivaux*,

quoiqu'il ait déclaré ne plus vouloir exercer la profession d'avocat, a affecté d'adresser depuis cette déclaration à tous ses confreres deux nouveaux mémoires signés de lui, très-violents contre M. *Saussaye*, dans la même affaire, objet de la dénonciation faite à l'ordre contre ce membre calomniateur.

21 *Septembre*. La composition de la thériaque dite d'*Andromaque*, nom de son inventeur, médecin de *Néron*, qui en a le premier administré à cet empereur, est un spectacle curieux pour les amateurs d'histoire naturelle & de chymie, d'autant plus qu'il est rare & ne se renouvelle que tous les six ou sept ans. Il a lieu au college de pharmacie, où se rassemblent tous les apothicaires de Paris. L'ouverture s'en fait avec beaucoup d'appareil.

Le lundi 13 de ce mois, M. le lieutenant-général de police, M. le procureur du roi, des députés de la faculté de médecine au nombre de dix, s'y sont rendus pour assister à l'ouverture, qui est précédée, accompagnée, & suivie de discours.

Sur plusieurs tables longues l'on voit sous des bocaux les soixante cinq drogues entrant dans la composition de ce remede, dont quelques-unes très-cheres. Pendant quinze jours de suite que dure cette élaboration, on recommence la démonstration qui est publique autant de fois.

C'est de-là que tous les apothicaires de Paris & de France tirent la *Thériaque* dont ils font le débit; & quand elle est sur le point de finir, on recommence la même opération, avec la même pompe.

22 *Septembre*. M. le baron de *Breteuil* voulant absolument que l'opéra ne soit plus à charge au roi, a imaginé de rendre ses tributaires les autres spectacles, ou plutôt d'augmenter le tribut qu'il

lui payoient déjà. La comédie italienne qui ne lui donnoit que 30,000 livres, en donnera 40,000 livres. Les *Variétés amusantes*, & l'*Ambigu comique*, n'ayant pas voulu consentir à l'arrangement nouveau, leurs directeurs sont dépossédés, & ces deux spectacles sont réunis dans la main de deux nouveaux, qui offrent ensemble 65,000 liv. Les autres spectacles & même ceux de province seront taxés à proportion.

22 *Septembre*. M. l'Abbé *Baudeau*, intrigant avide de faire parler de lui, a imaginé, on ne sait trop pourquoi, d'exciter le zele de quelques bons citoyens, & s'est fait décharger de recevoir leur argent pour une souscription dont l'objet est d'élever un cénotaphe à tous les braves militaires qui n'ont eu, dans la derniere guerre, que les flots pour sépulture. Il doit faire les démarches auprès du ministre pour obtenir son agrément, demander & rassembler les projets & les devis des artistes, entre lesquels il sera établi un concours, soit pour la beauté du dessin, soit pour le rabais du prix.

Il s'agit au fond d'une grande table de bronze, qui contiendra les noms, surnoms, qualités & grades militaires des officiers tués à la mer, accompagnés d'accessoires en marbre qui doivent caractériser ce monument.

22 *Septembre*. On lisoit aujourd'hui place des Victoires, sur la porte de MM. *Robert* dont on étoit fort inquiet, le bulletin suivant.

" Les freres Robert sont arrivés le même jour
" de leur départ au château de Beuvry, près Bethume, chez M. le prince de *Chistelles*, à 6 heures
" 40 minutes de l'après midi, à 50 lieues environ de Paris. Ils sont descendus très-doucement

'', & fans accident. ,, Au bas l'on avoit ajouté ces deux mauvais vers :

A préfent on peut croire à Médée , à Jafon ,
Graces aux deux *Robert* étonnant la raifon.

22 *Septembre*. La faculté de médecine de Paris , depuis les deux rapports authentiques concernant le magnétifme animal , ceffant d'ufer d'indulgence envers le docteur *Deflon* , a prononcé irrévocablement fur le fort de ce membre réfractaire, & a rendu le troifieme & dernier décret de radiation contre lui.

23 *Septembre*. Meffieurs *Robert* avec leur beaufrere font arrivés hier à Paris, & ont rapporté le procès-verbal de leur defcente parfaitement conforme à ce qu'on en a dit.

Par un concours de circonftances fingulieres, M. le prince de *Chiftelles* , qui vraifemblablement eft auffi un peu phyficien , venoit de donner le dimanche 19 le fpectacle d'un aéroftat à fes vaffaux, lorfqu'ils ont vu paroître la *Robertine* : c'eft ainfi qu'on nomme la machine de MM. *Robert* d'une configuration nouvelle. On les a invités de defcendre : l'approche d'un moulin ayant paru les gêner, ils ont fait agir des machines en forme de rames & ont décrit un quart de cercle pour tomber au milieu de la plaine. L'embarras de leur machine les a obligés de la vuider pour entrer au château.

23 *Septembre*. L'académie royale des fciences vient de perdre encore un de fes membres en la perfonne du comte de *Milly*. Il étoit premier lieutenant honoraire des Suiffes de la garde de *Monfieur* frere du roi, meftre-de-camp de dragons & che-

valier de l'ordre royal & militaire de Saint-Louis.
Du refte, c'étoit un médiocre favant & un pauvre
homme.

23 *Septembre*. Dans l'extrait du regiftre des fcel-
lés appofés dans la ville, fauxbourgs & banlieue
de Paris, après décès, on a été furpris de trouver
au Journal de Paris du lundi 20 :" Le 17, révo-
,, cation de procuration donnée par M. *Pierre-Au-*
,, *guftin Caron de Beaumarchais*, au fieur *Claude-*
,, *Vincent Cantini*, chef de fes Bureaux & fon
,, Caiffier.,,

Beaucoup de gens ont regardé feulement cette
annonce comme l'effet d'une petite gloriole de
ce parvenu, bien aife de faire voir qu'il avoit
un chef de bureaux : mais des gens plus fins foupçonnent que c'eft un préliminaire pour ne pas tenir
fon engagement de fournir fans autre délai cette
automne à fes foufcripteurs les Œuvres de *Voltaire*, dont, indépendamment des belles éditions
annoncées en 1780, il a depuis répandu les *profpectus* de huit autres éditions de tout prix, toute
efpece, tout format ; ce qui lui a fait toucher encore beaucoup d'argent Harcelé de différents côtés,
on dit qu'il répand déjà le bruit que ce caiffier
l'a volé & a mangé l'argent des foufcripteurs.

24 *Septembre*. En vertu des projets de falubrité,
de propreté & d'embelliffement de Paris, fur lefquels fe font conciliés M. le Baron de *Breteuil*,
le lieutenant de police & le nouveau prévôt des
marchands, il a été dreffé des lettres-patentes du
roi, données à Verfailles le 21 août & enrégiftrées
au parlement le 3 feptembre, dont l'objet eft de
conftruire une autre *Halle à la marée & à la faline*,
fur le terrain appellé *la Cour des Miracles*, *aux petits Carreaux & environs*.

En conféquence la halle actuelle de cette efpece, avec les bâtiments, les échoppes & autres accef- foires en dépendants, feront fupprimés & dé- molis; elle fervira de halle à la vente en gros des denrées & comeftibles, qui fe vendoient rue de la Feronnerie & aux environs, & génoient & in- fectoient tout ce canton; & la halle au bled an- cienne fervira à la vente en détail.

Au milieu de celle-ci, il fera conftruit une fontaine.

24 *Septembre*. On a imprimé l'*Expofé des expé- riences qui ont été faites pour l'examen du magné- tifme animal*, lu à l'académie des fciences, (en préfence de M. le comte d'Oëls) par M. *Bailly*, en fon nom & au nom de MM. *Franklin, le Roi, de Borry, Lavoifier*, le 4 feptembre 1784.

Ce mémoire, dans lequel l'auteur expofe avec beaucoup de clarté & de méthode les vues qui ont dirigé les recherches des examinateurs & les réfultats que leurs travaux ont produits, eft en outre un morceau d'éloquence remarquable, où il peint avec la plus vive énergie le pouvoir de l'imagination; on y retrouve un favant écrivain, digne, en même temps, d'être membre de l'aca- démie françoife, qui a amené fort adroitement l'éloge du prince devant lequel il parloit.

25 *Septembre*. On continue de vifiter le *donjon de Vincennes*, cette prifon royale qui depuis fix cents ans qu'elle exifte, voit pour la premiere fois une foule de curieux la parcourir en liberté. Elle ne défemplit point de monde. Lors de la fête du lieu, un fpéculateur en finance offrit à celui qui la montre deux cents écus des petits bénéfices que lui vaudroit la générofité du public ce jour-là feul: celui-ci refufa le marché.

On y remarque d'abord les chambres des prisonniers, sauf les cachots où l'on ne pénetre point, au nombre de dix - huit ; elles deviendroient amusantes ou du moins intéressantes, si les murailles pouvoient y parler, c'est - à - dire, si l'on y pouvoit lire tout ce que les prisonniers ont écrit en différents temps ; mais tout cela est biffé & effacé. On y trouve cependant encore des noms étrangers, qui annoncent que ces chambres n'ont pas toujours été occupées par des François.

Dans ces chambres ne sont point comprises les pieces du milieu, servant de passage pour aller au quatre tours qui flanquent le corps de logis principal, & de promenade aux prisonniers alternativement.

De ces vastes pieces ou galetas, l'une étoit la cuisine autrefois, la seconde paroît avoir été la chambre de la question. On y voit encore à côté de la cheminée un siege de pierre, où le prisonnier étoit assis, & deux anneaux de fer scellés dans la muraille & servant à l'attacher au besoin. Une autre est renommée comme ayant recelé dans son sein le grand *Condé*.

De la cuisine on passe dans une espece de cachot à rez-de-chaussée, qui fait frémir : à la lueur du jour qui y pénetre foiblement, on découvre contre la muraille un lit de pierre creusé, où l'on jetoit un peu de paille, sur laquelle couchoit la malheureuse victime qu'il renfermoit. Des anneaux de fer se correspondant en dessus & en dessous, indiquent que leur usage devoit être de le garrotter. A ses pieds, & de suite se voit une lunette pour ses besoins, le seul endroit de ce cachot où ses liens lui permettoient de s'étendre.

Le donjon proprement dit , espece de lanterne très - étroite au sommet de la tour , est encore remarquable par la chaleur brûlante & le froid rigoureux qu'y devoit éprouver tour - à - tour celui qui l'habitoit.

Du reste, la plupart des chambres sont moins grandes que celles de la Bastille , mais plus gaies , presque toutes jouissant du soleil & d'une vue plus agréable , à mesure qu'elles sont plus élevées.

Une chapelle étoit essentielle en pareil lieu : on y pénetre par trois cellules , toutes fermées d'une double porte , dans chacune desquelles se plaçoit un prisonnier. La chambre même de l'aumônier inspire la tristesse On lit au - dessus *Carcer Sacerdotis.* Ce qui paroîtroit annoncer que tant qu'il exerçoit cette fonction , il ne pouvoit communiquer au dehors.

L'escalier à noyau , fort étroit, composé de marches hautes , & à chaque étage intercepté par des portes très - rigoureusement fermées, a deux cents soixante - cinq marches. Il conduit à une plate - forme d'un travail superbe par sa propreté & par sa solidité , où l'on jouit d'une vue immense & d'une variété délicieuse , qui fait oublier toutes les horreurs par où l'on a passé.

25 Septembre. Le *Barbier de Seville* a été traduit en italien & ajusté en opéra comique , de façon que le fameux *Paesiello* y a adapté une musique de sa composition. M. *Framery ,* en possession d'enrichir la comédie italienne de ces ouvrages étrangers, a de nouveau parodié celui - ci en françois , de façon à nous faire jouir de la musique. C'est dans cet état qu'il a été joué à la cour , mais avec un succès médiocre ; en sorte que les Italiens en sont peu engoués : d'ailleurs les co-

médiens françois s'oppofent à la repréfentation
d'un ouvrage qui leur appartient , où il y a peu
de changements , & où le parodifte a fouvent
confervé le texte original.

26 *Septembre.* La chambre des vacations , dès
le 10 feptembre , s'eft hâtée de rendre un arrêt qui
fupprime *Très - humbles & très - refpectueufes Remontrances du Parlement de Paris à l'occafion de
la procédure fuivie & des jugements rendus par
les Maréchaux de France , contre le vicomte de
Noë , Maire de Bordeaux.*

Cet arrêt , fuivant le but du dénonciateur , a
appris au public que ces remontrances étoient imprimées , & elles en deviennent très - recherchées.

26 *Septembre.* Vers le milieu du mois d'août
les fieurs *Defennes* , libraires au Palais · Royal , &
Jobard , marchand de livres , furent arrêtés comme
aceufés d'avoir vendu *le Diable dans un bénitier.*
D'après les perquifitions faites chez eux par les
commiffaires *Chenon* pere & fils , le 17 août , ils
ont été convaincus d'avoir fait le commerce de
livres prohibés : en conféquence un arrêt du confeil , du 4 août , interdit le premier dans fes
fonctions de libraire à Paris , & déclare le fecond
incapable de les exercer nulle part dans le royaume
& d'être reçu libraire. Tous deux font en même
temps condamnés à une amende de 1000 livres
chacun. Quoique leur ordre de liberté foit expé-
dié aujourd'hui , ils font écroué à l'hôtel de la
Force pour cette amende , & ne pourront fortir
qu'ils n'y aient fatisfait.

26 *Septembre.* Le fieur *Racot Grandval* , ancien acteur de la comédie françoife , qui avoit eu
dans fon temps beaucoup de réputation , vient de
mourir âgé d'environ foixante-treize à foixante-
quatorze ans.

27 *Septembre*. Dans ce renouvellement de fureur pour les ballons, on eſt ſans doute ſurpris de ne point voir figurer M. *Charles* & de n'en plus entendre parler. On en donnoit pour raiſon qu'il étoit devenu fou, & malheureuſement ce bruit qui court depuis pluſieurs mois n'eſt que trop vrai. On ne déſeſpere pourtant pas de ſa guériſon.

Cet accident a ſans doute rallenti le projet qu'on avoit annoncé de lui élever un monument ſur le baſſin des Tuileries. L'amour-propre de ce navigateur aérien y avoit d'abord mis un obſtacle par la difficulté qu'il avoit élevée au ſujet de M. de *Montgolfier*, dont le nom étoit inſcrit ſur l'eſquiſſe avant le ſien. Dans l'intervalle on a fait rougir le gouvernement de la puérilité d'un pareil trophée, & il n'en eſt plus du tout queſtion.

27 *Septembre*. Le lundi 13 ſeptembre, il s'eſt préſenté à l'aſſemblée de la comédie françoiſe quatre concurrents, tous quatre ayant compoſé une piece pour célébrer la centenaire de *Corneille*, mort en 1684. On parle d'une de ces pieces d'un jeune homme de vingt ans, qui a été reçue par acclamation & avec tranſport. Pluſieurs des membres du comité comique ont préſumé que le jeune homme de vingt ans n'étoit que le prête-nom du ſieur de *la Harpe*, tant ils ont trouvé de beaux vers dans l'ouvrage; mais on ſait qu'il faut ſe défier du jugement de ces hiſtrions.

27 *Septembre*. M. l'abbé *Mical* continue à montrer au public ſes deux têtes parlantes : mais comme il n'eſt point intrigant, qu'il eſt iſolé, ſans parti formé, ſans cabale, qu'il n'a point ſoudoyé de prôneurs, qu'il n'a point capté la bienveillance des journaliſtes, on parle peu

dé cette méchanique , l'admiration générale des
physiciens. En effet , quelqu'imparfaite que soit
encore sa machine, celui-ci a résolu le problème
que depuis *Archimede* jusques à *Vaucanjon* l'on
avoit jugé insoluble.

Ces deux têtes sont de grandeur naturelle ,
très-bien faites ; elles sont dorées , ce qui est de
mauvais goût. On les voit à côté l'une de l'autre
sur une espece de petit théâtre, au bas duquel est
à découvert le buffet de tous les ressorts qui les
font mouvoir au moyen d'une manivelle. Dans
les quatre phrases qu'elles articulent successivement & en imitant à l'extérieur le mouvement des
levres , il est des mots qu'elles ne prononcent pas
parfaitement, des lettres qu'elles mangent en entier; leur son de voix est rauque , leur articulation lente ; & malgré tous ces défauts , elles en
disent assez pour qu'on ne puisse se refuser à leur
accorder le don de la parole.

Le pourtour de la scene, qui se passe sous un
riche baldaquin supporté par quatre colonnes ,
est très-décoré.

C'est M. l'abbé *Mical* qui a travaillé de ses
mains tous les détails de son superbe ouvrage. Il
avoit autrefois composé deux figures d'*Annette* &
Lubin jouant de la flûte & pouvant exécuter pendant 24 heures de suite des morceaux de musique
toujours variés. On lui a fait un scrupule de ces
figures nues, &, contre l'ordinaire , ce savant méchanicien a brisé son ouvrage , objet de scandale.
On en voit encore des débris au pied de son nouveau spectacle.

On ne conçoit pas comment M. le comte de
Haga , pendant son séjour dans cette capitale, n'a
pas daigné visiter M. l'abbé *Mical* & son cabinet;

ce spectacle étoit bien digne d'attirer la curiosité d'un prince aussi instruit, aussi ami des arts & aussi avide de voir & de connoître.

L'académie des sciences fait un si grand cas de M. l'abbé *Mical*, que le 19 septembre de l'année derniere, jour de l'expérience de la mongolfiere lancée en présence du roi à Versailles, cette compagnie ayant été invitée de s'y trouver par députation, les six députés voulurent avoir avec eux cet abbé, l'introduisirent au milieu d'eux dans le cabinet du roi, & sa majesté ayant demandé quel il étoit, on lui dit que c'étoit l'auteur des têtes parlantes.

28 septembre. Le sieur de *Beaumarchais* accoutumé à mystifier le public, avoit poussé l'audace jusques à s'ériger en bienfaiteur de l'humanité & proposé une institution patriotique en faveur des pauvres meres nourrices dont il se faisoit le chef. Il devoit y employer tout son *Figaro*. La lettre contenant ses idées, très-obscure comme tout ce qu'il compose, inserée au Journal de Paris du 15 août, n'avoit pas produit tout l'enthousiasme qu'il espéroit, & encore moins l'argent des soupcripteurs dont il s'offroit d'être le banquier. On en avoit ri dans le public, & son plan de bienfaisance prétendue étoit oublié. Il ne lâche pas volontiers prise. Il annonce aujourd'hui que, sur l'invitation faite aux comédiens françois par l'auteur du *Mariage de Figaro* & accepté par eux avec empressement, la cinquantieme représentation de cette piece sera donnée le samedi 2 octobre au profit des pauvres meres qui nourrissent suivant le projet annoncé. Du reste, il promet aux personnes généreuses qui voudront bien se faire connoître en réunissant leurs bienfaits au prix rigoureux du spectacle fpectacle , qu'elles feront infcrites au nombre des bienfaiteurs de fon affociation.

On conçoit facilement que le but du fieur de *Beaumarchais*, qui au fond s'embarraffe fort peu des pauvres meres nourrices, de leur marmots & de l'humanité fouffrante entiere , a regardé ce moyen comme un véhicule pour ramener le public à fa piece qui commence à foiblir un peu du côté de la recette. Beaucoup de gens s'imaginent qu'il, y joindra quelque fcene , au moins quelques couplets relatifs à la nouvelle circonftance, & la fureur recommence en effet pour retenir des loges.

28 *septembre* Le docteur *Mittié* , membre de la faculté de médecine de Paris, ayant oui chanter une gouvernante dont il venoit de faire l'acquifi-tion , fut fi émerveillé de fa voix , qu'il voulut la faire entendre des gens de l'art & inftruire de façon à pouvoir entrer à l'opéra : elle s'y refufe, fous prétexte qu'elle eft trop âgée ; mais lui an-nonce qu'elle a une fœur beaucoup plus jeune & dont l'organe eft encore plus beau. Elle lui pro-pofe de la faire venir de fon village. Le docteur y confent, & ce fujet rare en effet eft Mlle. *Dozon* , qui en quinze mois a appris à parler, à marcher, à déclamer , à chanter & fait l'étonnement des connoiffeurs, quoiqu'elle ne foit pas auffi mer-veilleufe qu'on l'avoit annoncée ; elle eft maigre, petite, laide, noire , mais ne manque point de phyfionomie fur la fcene, & a d'ailleurs une intelli-gence , une fenfibilité qui doit la rendre bientôt la premiere actrice du théâtre lyrique , d'autant plus qu'elle eft fort jeune , puifqu'elle n'a que dix-fept ans. Elle a déjà par-deffus madame *St. Hu-berty*, qui prononce fort mal , une articulation nette , de maniere qu'on ne perd pas un mot de

ce qu'elle chante : elle a beaucoup de mémoire &
apprend actuellement des rôles dans sept opéra
différents. Ce qui lui doit promettre des succès
soutenus, c'est qu'elle aime beaucoup son talent
& jusques à présent s'y livre toute entiere. Elle
a continué dimanche pour la seconde fois son début, retardé par une indisposition légere.

39 *Septembre.* Messieurs les chevaliers de *Seine* &
de *Forges* , dont on ne parloit plus depuis leur
espece de capitulation, suivant laquelle ils avoient
été soustraits au supplice qu'ils s'étoient mis dans
le cas de subir ; reviennent de nouveau sur la
scene, & ont donné cette nuit une alarme plus
vive que la premiere fois.

Par une indulgence extrême, ces deux gendarmes transférés à la prison de la conciergerie, y
jouissoient de la même liberté qu'à l'abbaye, y
voyoient des filles, y donnoient des repas. Hier
au soir après avoir bien fêtoyé leurs amis & même
les guichetiers, ils se sont présentés, armés de
nouveaux pistolets d'arçon, pour se faire ouvrir
les portes de la prison, ont tué un premier guichetier, ont grièvement blessé le second & par le
même moyen alloient passer le troisieme guichet,
lorsqu'on a appellé du secours. Ils se sont ainsi
trouvés enfermés entre deux guichets, & pour
éviter qu'ils ne fissent usage des armes qu'ils
avoient, on a imaginé de faire établir une pompe
par en haut, qui a joué si fortement qu'en peu de
temps ils se sont vus submergés & ont demandé
grace : on leur a mis les fers aux pieds & aux
mains & leur procès s'instruit au bailliage du palais.

29 *septembre. Grandval* est mort le 24 septembre. Contemporain de *Baron* , il avoit conservé la
tradition de son jeu & étoit devenu lui-même un

excellent acteur, particuliérement dans le haut comique & dans les rôles de petit maître. Il avoit débuté en 1729, ayant au plus 19 ans & avoit été reçu à la fin de la même année : après avoir quitté le théâtre il y étoit remonté en 1764, mais sans succès ; en sorte qu'il s'étoit retiré de nouveau promptement. Il vivoit depuis ce temps-là dans la retraite avec Mlle. *Dumesnil.* Cette union duroit depuis 45 ans, & l'on peut juger combien elle a dû être douloureuse pour celle qui survit. Leur fortune étoit médiocre & bien peu proportionnée à leur talent. Le sieur *Grandval* ne jouissoit que d'une pension de la comédie de 1500 livres & d'une autre du roi de 1000 livres. On dit que celle-ci est déjà donnée au sieur *la Rive.*

Le sieur *Grandval* étoit fils de *Nicolas Racot Grandval*, musicien organiste, auteur du poëme de *Cartouche* & de plusieurs pieces représentées en province ; il avoit lui-même composé quelques petits ouvrages dans le genre dramatique.

30 septembre. C'étoit demain premier octobre, jour de la mort du grand *corneille*, que *corneille, aux Champs-Elysées* (c'est ainsi qu'on appelle la nouvelle piece composée pour sa centénaire) devoit avoir lieu ; mais il y a tant de décorations & d'habillements qu'on n'a pu les préparer & que la représentation est renvoyé à la semaine prochaine.

30 septembre. M. *Quesnay de Saint-Germain*, conseiller de la cour des aides de Paris, & membre du *musée*, prononça le 9 juin dernier dans une assemblée publique de ce *Club* littéraire, où il y avoit grand nombre de dames, l'éloge de M. *Court de Gebelin*, dont on a dans le temps

K 2

annoncé la mort. Comme il laisse une famille mal
à l'aise, l'auteur a fait imprimer son ouvrage au
profit de cette famille, & chacun paroît vouloir
concourir à la bonne œuvre, car l'imprimeur n'exige
que ses débourfés, & les libraires chez qui la vente
est annoncée renoncent aux bénéfices d'usage. Du
reste, cet éloge est imprimé, par égard pour les
fouscripteurs, dans le format du *Monde primitif*;
il est en outre enrichi du portrait de l'auteur. Il
est fâcheux que le panégyrique ne réponde pas
aux efforts de l'écrivain, que l'on n'y trouve que
très peu de faits concernant le héros, qu'une esquisse imparfaite du *Monde primitif*, & que le
style n'ait ni énergie, ni chaleur, ni correction.

   30 *Septembre.* On assure que M. le duc de
Chartres a obtenu des lettres patentes enrégistrées
au parlement, suivant lesquelles il lui est permis
de vendre & aliéner les maisons construites
sur les terrains du Palais-Royal.

   Du reste la police s'est déjà emparée des rues
nouvelles, & du derriere de ces maisons, qui
étant toutes ouvertes en cette partie, lui deviennent
de fait soumises en totalité.

   30 *Septembre.* La révolte arrivée dans l'université, lors de la composition pour les prix, a mérité l'attention du parlement qui, en conséquence,
a rendu le 7 de ce mois un arrêt, portant réglement à ce sujet.

   Comme les vétérans semblent avoir été les chefs
d'émeute, il est ordonné qu'ils feront féparés des
autres écoliers en rhétorique, & qu'il sera établi
dans chaque faculté deux prix pour eux seuls,
auxquels ils pourront concourir, quelque âge
qu'ils aient.

   Que du reste nul étudiant ne sera dorénavant

admis à la composition pour les prix de l'université, qu'à la charge de n'avoir point au 23
juin de chaque année; savoir, en sixieme douze
ans, en cinquieme 13 ans, en quatrieme 14 ans,
en troisieme 15 ans, en seconde 16 ans, en rhétorique 17 ans.

1 *Octobre* 1784. Comme l'opéra de *Diane &*
Endymion est tombé, ou du moins retiré après
quelques représentations, il est inutile d'entrer
dans aucun détail sur cet ouvrage réprouvé du
public, à moins qu'on ne le reprenne.

1 *Octobre*. Un M. *Campmas*, qui se dit ingénieur privilégié du roi, & leurte le public depuis près d'un an d'expériences qu'il doit faire en
machines aérostatiques, annonce enfin que la sienne
aura lieu dans le courant de ce mois. Il l'appelle
diligence aérienne, & prétend qu'elle a été vérifiée
par des personnes célebres & éclairées, qui ont été
chargées de l'examiner.

Cette voiture a la forme d'une tour qui a 60
pieds de hauteur: elle est accompagnée de moyens
de direction, & doit être montée de six personnes.

Comme le principal objet est d'avoir de l'argent,
il annonce d'avance différents bureaux de recette
où l'on pourra prendre des billets.

2 *Octobre*. Extrait d'une lettre d'Evreux, du 25
septembre... Je ne sais pourquoi les papiers pu-
blics n'ont pas fait mention de la fête que notre
évêque a eu l'honneur de donner à mesdames *Adé-*
laïde & Victoire dans sa maison de plaisance qu'on
appelle *Condé*. C'est à la fin d'août qu'elle a eu
lieu: le prétexte en a été le mariage de huit
filles, dont les dots ont été fournies en par-

tie par mesdames , en partie par l'évêque &
autres protecteurs bienfaisants. Le prélat avoit
rassemblé tous les parents prochains & éloignés
de ces filles au nombre de cent, qu'il a régalés
tous dans son parc ; ce qui faisoit un coup d'œil
charmant, dont mesdames ne pouvoient pas s'arracher. Il y a eu des chansons très spirituelles,
dont le refrein étoit en l'honneur de mesdames
& qui répétées, dans l'éloignement, produisoit un
effet très heureux.

Mesdames ont été si satisfaites de ces fêtes qui
ont duré trois jours , qu'elles veulent y revenir,
& le prélat évalue qu'il lui en a coûté pendant
ces trois jours 60,000 livres au moins. On ne
doute pas qu'une bonne abbaye, tirée du porte-
feuille de M. d'*Autun* ne dédommage notre évêque de cette dépense. Vous savez qu'il est *Narbonne-*
Lara en son nom, & il doit l'honneur qu'il a
reçu au crédit qu'a la duchesse de Narbonne sur
l'esprit de Mad. *Adélaïde.* Le singulier, c'est que
ni M. le duc de *Narbonne*, ni l'abbé de *Narbonne*
n'étoient à ces fêtes.

2 *Octobre.* On apprend qu'en Normandie le
bois est si rare, qu'on y construit à la hâte un
canal pour le transport de cette denrée, & qu'il
doit être navigable à la toussaint , époque où
Rouen est menacé de manquer de bois. Il est très-
vrai que l'hiver dernier on y a coupé par nécessité
les arbres du cours, superbe promenade qu'il a fallu
sacrifier au besoin du moment.

3 *Octobre.* Hier il s'est trouvé à la cinquantieme représentation du *Mariage de Figaro* pres-
qu'autant de monde qu'à la première. L'auteur y
avoit ajouté en effet quelques couplets relatifs

à la circonftance, d'une grande platitude: ce qui n'a pas empêché qu'on ne les applaudît avec tranf-port & qu'on ne criât *bis*.

3 *Octobre*. Depuis que le parlement a ceffé fes dé-marches à l'occafion de M. de *Mions*, le courroux du monarque s'eft calmé, la lettre de cachet a été levée, & l'exilé a eu permiffion de revenir à Paris, où il s'eft rendu il y a déjà quelque temps. Du refte, aucune fatisfaction fur le fond, & cet événement ne fert qu'à confolider un impôt illégal & vexatoire, que les magiftrats, par leur pufil-lanimité & leur filence, malgré fon défaut d'en-régiftrement, ont femblé reconnoître d'une façon indirecte & tacite.

3 *Octobre*. M. de *la Tour*, ce peintre de por-traits au paftel, fi renommé autrefois, & qui emploie aujourd'hui à des actes de bienfaifance le fruit de fes travaux, ne fe borne pas à fa patrie feule ; il a fondé un prix pour l'école de Paris ; c'eft une demi-figure à peindre d'après le mo-dele, au moins de grandeur naturelle.

L'académie royale de peinture & de fculpture, dans fon affemblée du 2 de ce mois, c'eft-à-dire hier, fatisfaite des efforts de fes éleves, a cru devoir partager ce prix. Le fieur *Riviere*, qui a obtenu cette année un des feconds prix de pein-ture, a été nommé par le premier fcrutin, & le fieur *Duvivier* par le fecond. Ils font tous deux éleves de M. *Suvée*.

4 *Octobre*. Comme tout ce qui a rapport au fieur de *Beaumarchais* devient piquant, il faut conferver, malgré leur platitude, les trois cou-plets dont on a parlé hier, & qui fervent de preuve combien ce poëte au cœur aride, aux entrailles feches,

K 4

est incapable d'exprimer le moindre sentiment.
Après le premier couplet chanté du vaudeville
ordinaire, *suzanne* & le sieur *Figaro* se sont fait des
mines, & la première a commencé sur le même
air, en s'adressant au public :

> Pour les jeux de notre scene
> Ce beau jour n'est point fêté,
> Le motif qui vous ramene
> C'est la douce humanité,
> Mais quand notre cinquantaine
> Au bienfait sert de moyen,
> Le plaisir n'y gâte rien.

Ensuite *Figaro* a chanté :

> Nous heureux cinquanténaires
> D'un hymen si fortuné,
> Rapprochons du sein des meres
> L'enfant presque abandonné ;
> Faut-il un exemple aux peres !
> Tout autant qu'il m'en naîtra,
> Ma *Suzon* les nourrira.

Suzanne a repris :

> Mon ami, je ne sais guere
> Quel devoir sera plus doux,
> Comme épouse & comme mere,
> Mon cœur les remplira tous.
> Entre l'enfant & le pere
> Je partagerai l'amour ;
> Et chacun aura son tour.

... Enfin l'on a invité *Bridoifon* à donner du fien ; il a fait plufieurs charges, puis a bien voulu déclarer fon avis en cette maniere :

> Que d'plaifir on trouve à rire
> Quand on n'voit du mal à rien !
> Que d'bonheur on trouve à s'dire :
> L'on m'amufe & j'fais du bien !
> Que d'bel'chofes on peut écrire
> Contre tant d'joyeux ébats !
> Nos criti ..... iques n'y manq'ront pas.

4 Octobre. Le procès concernant la rebellion & le meurtre arrivés à la conciergerie, s'eft inftruit pardevant le lieutenant - général du bailliage du palais ; il s'eft trouvé un troifieme acteur impliqué dans l'aventure. C'eft un nommé *Jaquin.* Il étoit ce qu'on appelle dans les prifons *Servante* des guichetiers. C'eft un prifonnier moins coupable & le plus fufceptible de fortir bientôt, que ceux-ci s'attachent & auquel ils donnent une certaine confiance pour les aider dans leurs fonctions. Les fieurs *Defaignes* & de *Forges* l'avoient gagné, & il étoit convenu de les feconder ; ce que le rôle qu'il jouoit lui donnoit la faculté de faire mieux qu'un autre. Voici maintenant ce qui eft conftaté juridiquement.

Ils ont été tous trois duement atteints & convaincus d'avoir formé le complot de s'évader à mains armées de la conciergerie, & à cet effet le fieur *Defaignes* de s'être procuré par une perfonne, qu'il a dit lui être inconnue, cinq piftolets de demi-arçons, trois quarterons de poudre à tirer

& vingt-deux balles ; de les avoir distribués ;
savoir, deux pistolets au sieur *Desforges*, avec les
munitions nécessaires ; & un seul de même au
nommé *Jaquin* ; & d'avoir gardé pour lui les
deux autres pistolets ; & le restant de la poudre &
des balles : tous trois, pour l'exécution de leur
complot, le mardi 28 septembre vers les neuf heures du soir ont voulu forcer les portes ; ont tiré
plusieurs coups de pistolet, dont un a porté sur
un guichetier, & l'a grièvement blessé : un autre,
quoique dirigé sur le guichetier, a porté sur *Jaquin*, l'un des accusés, & un autre sur un second
guichetier mort de la blessure le lendemain
matin.

Le bruit général est ce soir, qu'ils ont été
condamnés tous trois par le bailliage le premier
octobre, à être rompus vifs, & que la chambre
des vacations vient de confirmer le jugement.

4 *Octobre*. On a cité dans le temps l'inscription
latine imaginée par l'abbé *Boscovitz* pour être
mise sur la pompe à feu, & tout le monde a
jugé ce distique par son élégance & sa précision,
digne de le disputer aux inscriptions de Santeuil :
un M. *Guidi*, censeur royal, & spécialement le
censeur du journal de Paris, a traduit ainsi le distique de l'abbé *Boscovitz* :

Ici par un accord nouveau
Entre l'onde & le feu la paix est rétablie ;
Du citoyen l'espérance est remplie,
Et c'est le feu qui donne l'eau.

Quiconque rapprochera ces deux inscriptions,
jugera sans peine combien la françoise est inférieure

à la latine. C'est une nouvelle preuve que notre langue est infiniment moins propre que l'autre a a style lapidaire.

5 *Octobre.* Si la piece de *Corneille aux Champs-Elysées* en un acte & en vers libres, exécutée hier aux François, a été jugée la meilleure de celles présentées à l'aréopage comique, il faut que les autres soient bien mauvaises. On ne conçoit pas que les comédiens aient pu soupçonner un instant de M. de *la Harpe*, cet ouvrage d'écolier également défectueux & dans le plan, & dans la marche, & dans la versification. Quand on auroit voulu tourner en ridicule le pere de la tragédie en France, on n'auroit pû s'y prendre mieux ; sauf le sieur *molé* qui, chargé du rôle de *Voltaire*, a eu l'art d'en faire une véritable caricature.

Les comédiens étoient si fort engoués de cette piece, que sur le manuscrit envoyé à la police ; ils avoient mis une espece de note de recommandation, où ils disoient que l'ouvrage étoit l'essai d'un candidat tout jeune, sur lequel ils fondoient les plus hautes espérances, & qu'on ne pouvoit trop encourager. Voilà les juges du théâtre.

5 *Octobre.* M. l'abbé *Raynal* avoit fait entrer un de ses neveux dans la marine marchande ; ce jeune homme a eu occasion d'aller dans l'Inde, où il s'est poussé & distingué d'une maniere à se faire estimer de M. de *Suffren*. Blessé dangereusement dans un combat, ce général l'a vu en cet état, & a reçu en quelque sorte son testament de mort. Ce brave homme lui a demandé en grace d'interposer ses bons offices auprès du roi pour que son oncle revînt dans sa patrie, & l'on assure que M. de *Suffren* a si bien tenu sa parole que l'abbé *Raynal* est déjà rentré dans le royaume.

K 6

6 Octobre. L'arrêt contre les malheureux condamnés à la roue, dont on a parlé, portoit que *Defaignes*, l'un d'eux, regardé comme le chef & le conducteur du complot, seroit préalablement appliqué à la question ordinaire & extraordinaire, pour avoir par sa bouche la révélation de ses complices & la vérité d'aucuns des faits résultants du procès relativement à la personne qui avoit fourni les pistolets & les munitions.

Defaignes effrayé de l'appareil seul de la question, hier matin a déclaré que c'étoit la maîtresse de milord *Maffaréenne*, l'un des prisonniers de la conciergerie, qui lui avoit passé les armes, la poudre & les balles : que les pistolets lui étoient parvenus dans de grands & longs pains : on est allé chercher cette courtisane ; elle a, dit-on, tout avoué, & a été décrétée sur le champ de prise-de-corps.

Tous trois ont subi leur supplice avec une affluence de spectateurs, telle qu'on n'en a point vu depuis *Damiens*. Montés à l'hôtel-de-ville, ils se sont plaints qu'on n'ait point voulu leur accorder leur grace, tandis que la justice avoit fermé les yeux sur le crime de *la Touche* & de *Loquin*, auquel le leur n'étoit point comparable, puisque le meurtre qu'ils avoient commis ne l'avoit été que pour défendre leur liberté, n'avoit rien d'atroce, de déshonorant & de dangereux en soi pour la société.

Il est certain que des personnes de la plus haute considération s'étoient intéressées pour eux, & que la reine même avoit demandé leur grace ; que le roi étoit assez disposé à la clémence ; mais que c'est M. de *Vergennes* & M. de *Castries* qui ont fait envisager à sa majesté la nécessité de faire un exemple en pareil cas, fans quoi il n'y auroit plus de fûreté dans les prifons.

Desforges a envoyé chercher une fille nommée *Saint-Ange*, qu'il aimoit & qui est arrivée fort effrayée. Il l'a raffurée & lui a dit qu'il n'avoit pu réfister au défir de la voir pour la derniere fois, & il a en même temps demandé au juge la permiffion de lui donner une bague qu'il avoit au doigt. Dès le foir même, cette courtifane, afin de diffiper fans doute l'impreffion qu'auroit pu donner contre elle dans le public la nouvelle bientôt divulguée de fon *mandat* à l'hôtel-de-ville, s'est rendue au Palais-Royal, & s'y est promenée fous les galeries.

Du reste, *Defaignes* & *Desforges* n'ont point voulu écouter les confeffeurs; ils se sont tournés vers les bourreaux & leur ont dit : « c'est à vous à qui nous avons affaire ». Ils maudiffoient un Dieu qui les laiffoit périr, lorfqu'il laiffoit échapper au fupplice de vrais fcélérats, des hommes couverts d'opprobre & d'infamie, le fléau & l'exécration de la fociété.

Quant à *Jaquin* déjà bleffé grièvement, il étoit prefque mort, & l'on a pris pour réfipifcence fon anéantiffement total.

Les fpectateurs plaignoient fur-tout *Desforges*, dont l'extrême jeuneffe avoit été abufée par *Defaignes*, qui d'ailleurs, lorfqu'il vit l'impoffibilité de s'échapper, auroit voulu se brûler la cervelle & en avoit été détourné par son camarade comptant fur les reffources. Outre cette premiere lâcheté, on reproche à *Defaignes* d'y avoir joint celle plus grande de trahir la perfonne qui lui avoit fourni les armes.

Tel est le récit qui occupe Paris en cet inftant.

6 *Octobre.* C'est à Saint-Geniez, assez-grand lieu dans le Rouergue, près Rhodes, qu'est l'abbé Raynal, dans une sorte d'exil. Il ne peut, dit-on, s'en écarter, & le roi a mis pour autre condition qu'il s'y tiendroit tranquille, qu'il n'écriroit point ou du moins ne feroit rien imprimer.

Du reste, on lui a donné cet endroit pour séjour, parce que c'est le lieu de sa naissance & qu'il y a sa famille.

6 *Octobre.* C'est par un arrêt du 6 septembre que le parlement avoit ordonné qu'il seroit nommé des commissaires pour suivre la méthode curative du sieur *Mesmer* & en rendre compte à la cour.

Ce ne sont plus ceux qu'on a nommés d'abord, soit qu'ils n'aient été que désignés, soit qu'ils aient refusé comme on l'a dit. Voici ceux fixés par arrêt de la chambre des vacations, du 11 septembre.

Quatre médecins : MM. *Thierry, Gosnier, Pauht* & *Montabour.*

Deux chirurgiens : *Veret* & *de Bassac.*

Deux apothicaires : *Follope* & *de la Cour.*

7 *Octobre.* Depuis long-temps on parloit d'un projet donné par les fermiers-généraux pour empêcher la contrebande énorme qui se fait dans Paris : il consistoit à former autour de cette capitale une muraille qui l'enfermeroit en entier & où il n'y auroit d'entrées que par des grilles sur les grands chemins. On en plaisantoit, on en rioit comme d'une absurdité, comme d'une folie. Ce projet, sans doute, n'a pas paru tel au gouvernement & sur-tout à M. de *Calonne* qui, ayant fort à cœur de faire un excellent bail, accorde à ces traitants tout ce qu'ils estiment pouvoir favoriser leur entreprise.

En conséquence, dès le mois de mai, on a vu décharger sur les boulevards neufs, du côté de l'hôpital, vingt mille voitures de pierres & de moëllons, & l'on a su que le projet étoit passé au conseil & alloit s'exécuter pour essai depuis la rivière jusques aux Invalides. Il s'est alors élevé des murmures considérables ; de grands seigneurs ayant des hôtels & des maisons de plaisance en cette partie, ont formé des oppositions à l'exé-cution. Depuis ce temps elle étoit restée en sus-pens & l'on se flattoit qu'elle n'auroit peut-être pas lieu. Mais il y a environ trois semaines qu'on y a mis des ouvriers & les travaux sont com-mencés. C'est un sieur *Pecoul*, architecte, maître maçon entrepreneur, qui est à la tête.

7 *Octobre.* Une perte récente encore que les sciences viennent de faire, c'est celle de M. *de Bernières*. Quoiqu'il ne fût pas de l'académie, il méritoit bien d'en être. Il s'étoit distingué en dernier lieu par ses bateaux insubmersibles.

7 *Octobre.* Quoique le tribunal des maréchaux de France ait suspendu ses poursuites contre le vicomte de *Noë*, l'affaire n'est point finie, & même tout récemment son frere, l'évêque de l'Escar, vient d'être exilé dans son diocese pour avoir mis trop de chaleur dans ses discours & dans ses démarches, & avoir défendu son frere plus que *fraternellement*, suivant l'expression d'une lettre du ministre à ce prélat.

8 *Octobre.* Depuis quelque temps les fermiers-généraux, pour gagner davantage sans doute & faire passer plus impunément tout le mauvais tabac que la difficulté d'en avoir leur a fait pren-dre durant la guerre, ont imaginé de le faire raper exclusivement à l'hôtel & dans leurs autres

manufactures, & de l'envoyer en poudre non-
seulement aux débitants de Paris, mais dans les
provinces les plus éloignées.

Déjà en 1782 le parlement de Grenoble avoit
fait brûler du tabac de cette espece comme gâté
& pernicieux : dans le même temps le parlement
d'aix en avoit fait autant. Le fermier général
Augeard y avoit été envoyé & n'avoit pu discon-
venir du fait, mais avoit vérifié que la fraude
provenoit des débitants & même des entreposeurs.
Les mêmes plaintes viennent de se renouveller en
Bretagne & le parlement de Rennes a rendu un
arrêt en conséquence. Mais le gouvernement qui
ne veut pas que les parlements s'immiscent dans
les affaires ministérielles, a cassé par arrêt du
conseil celui de cette compagnie.

C'est un M. *de la Haute*, fermier-général à la
tête de cette partie, qui s'obstine à soutenir le
système du tabac rapé, quoique les chymistes
conviennent qu'il est impossible que sans les plus
grandes précautions il puisse se conserver agréable
& sain, long-temps enfermé dans cet état.

8 *Octobre*. Extrait d'une lettre de Lille, du
30 Septembre..... Vous avez été bien surpris,
dites-vous, de voir le matérialisme, le déisme
& l'athéisme percer jusques dans ce pays-ci, jadis
le siege de la bigoterie & de la superstition, &
non moins étonné de la modération du parlement de Douai qui, par arrêt du 16 juillet, s'est
contenté de faire lacérer & brûler par l'exécuteur
de la haute justice un écrit où le procureur-général dans son réquisitoire se plaint de retrouver
les principes impies & absurdes des auteurs du
livre de *l'Esprit* & celui de *la Nature*. La sagesse
des magistrats excite votre curiosité, & vous me

demandez ce que c'est que le pamphlet dont il s'agit & quel est le sujet. Voici l'anecdote.

Le 31 janvier dernier il a été exécuté à Marchiennes le nommé *Lacqueman*, du village de Beuvry, comme coupable de parricide. Un anonyme, grand enthousiaste, sans doute, de la philosophie moderne, a voulu se distinguer & a envoyé aux petites affiches de Lille, connues sous le nom de *Feuilles de Flandres*, une lettre datée du 21 février, adressée à M. *Desessarts*, membre de plusieurs académies, auteur du *Journal des Causes célebres*, par M. * * * avocat de la résidence de Douai ; où rendant compte de la cause intéressante de *Lacqueman*, il glisse la doctrine abominable dont le résultat est que « c'est à la seule organisation, à la constitution physique & particuliere de chaque être qu'il faut rapporter la cause des grands vices, comme des grandes vertus ; que le tempérament est le principe créateur des facultés morales, qu'ainsi l'homme est enchaîné dans tout ce qu'il fait, par des loix auxquelles il ne peut se soustraire..... » Le rédacteur des *Feuilles de Flandres* a eu la facilité ou la bêtise d'insérer cette lettre en forme de Supplément au Nº. LXX. du 30 mars. Quoique le plus coupable en quelque sorte, il paroît qu'il n'éprouvera pas les poursuites qu'il devroit craindre & qu'il n'y aura aucune recherche ultérieure afin de découvrir l'anonyme que désavoue hautement M. *Desessarts* : & sans doute, il y a quelques années, nos magistrats n'auroient pas été si tolérants.

9 *Octobre*. M. le bailli du *Rollet*, dans une lettre du 3 septembre adressée au mercure de France, n'a pas manqué de répondre à celle de M. *Cassabigy*

dont on a rendu compte, & non-seulement de se défendre, mais encore le chevalier *Gluck* & M. *Salieri*. Toute cette querelle consiste dans des dits & redits fort ennuyeux & qu'il est inutile de répéter. Il suffit d'observer que malgré les plaisanteries le poëte françois ne renverse pas bien victorieusement les assertions du poëte italien, & qu'il reste toujours beaucoup de louche sur ce procès peu intéressant au fond.

9 *Octobre.* Comme tout ce qui concerne les ouvrages de M. de *Beaumarchais* devient intéressant, voici de plus amples éclaircissements sur son *Barbier de Seville*, composé en musique, dont on n'a dit qu'un mot.

M. *Paesiello* a mis en effet en musique à Pétersbourg cette comédie traduite en italien. La partition en parvint en France l'année dernière, & M. *Framery* fut chargé d'en parodier les morceaux de musique pour les unir au dialogue de M. de *Beaumarchais*. L'ouvrage fut fini au mois d'août, mais ne fut pas exécuté à Fontainebleau suivant sa destination. Quelque temps après M. *Moline* traduisit cette même pièce en vers lyriques avec du récitatif; il destinoit son ouvrage au grand opéra où il n'a pas été joué non plus.

Depuis on a demandé à M. *Framery* sa parodie telle qu'il l'avoit arrangée, pour le théâtre de la reine à *Trianon*. Les comédiens italiens l'ont apprise sous les yeux de M. de *Beaumarchais*, qui les a exercés au dialogue, tandis que le parodiste leur faisoit répéter la musique. Enfin la pièce a été jouée le 15 septembre, & ce qui en confirme le peu de succès, c'est que M. *Framery* avoue que sa partition n'est point gravée, & que l'incertitude du nombre des amateurs l'a empêché de s'en occuper.

10 *Octobre*. Le *Diable dans un Bénitier* & la métamorphose du gazetier cuirassé en mouche ; ou tentative du sieur Receveur, inspecteur de la police de Paris, chevalier de Saint-Louis, pour établir à Londres une police à l'instar de celle de Paris.

Dédié à M. le marquis de *Castries*, ministre & secretaire d'état au département de la marine, &c.

Revu, corrigé & augmenté par M. l'abbé *Aubert*, censeur royal, par Pierre le Roux, ingénieur des grands chemins.

Tel est le titre déjà très-obscur du libelle annoncé & qui perce depuis quelque temps dans cette capitale, quoiqu'avec beaucoup de peine. Il est précédé d'une caricature fort singuliere, & n'a que 158 à 159 pages.

10 *Octobre*. Me. *Linguet* a encore été obligé de changer de correspondant ; ce qu'il annonce dans son dernier N°. Celui qui avoit succédé au sieur le *Quesne*, anonyme, & dont le sieut de *Montbines* n'étoit que le prête-nom, s'étoit encore rendu coupable, non de vol aussi considérable que le prédécesseur, mais il grapilloit (c'est l'expression de l'annaliste) ; en conservant le même agent oné-raire, il s'est donné pour substitut honoraire un M. l'abbé *Tabouet*, qui se qualifie d'avocat.

Au reste, ce journaliste est toujours tracassé par son censeur ; son N°. 85 a tardé trois mois à paroître. On exigeoit des cartons que Me. *Linguet* s'obstinoit à ne pas mettre ; & il l'a emporté ; on dit même que M. de *Vergennes* a donné des ordres pour qu'on ne fût pas difficile à son égard. Toutes ces tracasseries l'arrierent ; & il n'en est encore qu'au N°. 86 qui vient de paroître.

10 *Octobre*. Voici une chanson adressée à une

jeune demoiselle que son *Jaloux* tient dans un es-
clavage, qui sans doute a excité, l'indignation
du poëte. Comme elle est sur l'*air du vaudeville
de Figaro*, elle est fort à la mode ; elle est d'ailleurs très-ingénieuse & très-bien faite : on la
dit d'un M. *Antoine*, sculpteur en bâtiments.

Je voudrois venir moi-même,
Vous rendre hommage en ce jour :
Mais un monsieur qui vous aime ,
Vous enferme à double tour.
Hélas ! dans ma peine extrême
Que du moins mon billet doux
Puisse arriver jusques à vous !

En vain l'on cache une fille
Aux regards des damoiseaux ,
Pour peu qu'elle soit gentille
De quoi servent les barreaux !
L'Amour à travers la grille
Vole au gré de son désir ,
Subtil comme le zéphir.

Est-il de retraite sûre
Contre cet enfant ailé !
Il veut faire sa capture
De celle qu'on tient sous clé :
Oui , l'Amour dans la serrure,
Habile à commettre un vol ,
Introduit le rossignol.

11 *Octobre*. *Le diable dans un bénitier* roule sur
une tentative prétendue du ministere de France

pour établir à Londres une police à *l'inſtar de* celle de Paris. Il eſt diviſé en chapitres ou paragraphes au nombre de onze, précédés d'une introduction.

Dans celle-ci, le libelliſte commence pas établir le ſyſtême de notre gouvernement, fâché de voir ſur la terre quelque pays libre, parvenu à corrompre, à aſſervir tous les autres, ſauf celui d'Angleterre. Ce n'eſt pas qu'il n'ait fait pluſieurs fois de nouveaux eſſais pour cela, entr'autres en dernier lieu; mais ils n'ont jamais réuſſi.

Le premier paragraphe contient la miſſion d'un nommé d'*Anouilh*, eſpion envoyé à Londres par le marquis de *Caſtries* pour veiller ſur les ſiens qu'il ſuſpectoit de trahiſon durant la guerre & de faire avorter tous ſes projets. Ce d'*Anouilh*, auſſi infidele que les autres, mange l'argent qui lui avoit été confié, & revient ſans avoir rien fait. Le miniſtre mécontent ſe plaint au ſieur *Receveur*, inſpecteur de police, chevalier de Saint-Louis, qu'il charge de l'arrêter & d'examiner ſa conduite. Détention de d'*Anouilh*; il s'obſtine à ne rien avouer. *Receveur* envoie à Londres *Barbier*, ſon commis, qui s'abouche avec le ſieur *Morande*, auteur *du Gazetier cuiraſſé*. Tout cela ſe paſſoit vers Noël 1782. *Barbier*, conjointement avec cet acolyte, découvre la trahiſon & la friponnerie de d'*Anouilh*, obligé de rendre gorge.

Au ſecond paragraphe *Receveur*, dont on eſt fort content, eſt chargé de la miſſion plus délicate & plus importante qu'on développe aujourd'hui. Elle remonte à l'hiſtoire de *Jaquet*. On en a parlé dans le temps; il faut ſe la rappeler. Le libelliſte veut que ce ſoit *Receveur* qui, envoyé en Hollande vers le mois de juillet ou d'août 1781, ait découvert les imprimeurs du petit roman de *Jaquet*, en ait tiré les noms des auteurs & colporteurs, soit venu en enlever à Bruxelles une partie, puis, de retour à Paris, y ait arrêté le chevalier de *Launay* & *Jaquet*. Il certifie que le premier a été étranglé à la Bastille; il ignore le sort du second; mais le bruit de sa mort répandu par méprise a donné lieu à l'anecdote, sujet de la brochure.

Un inspecteur de la police, nommé *Goupil*, arrêté il y a quelques années pour prévarication dans son métier, & enfermé au donjon de Vincennes, désespérant d'en sortir, s'étoit jeté dans un puits. On attribue cette aventure à *Jaquet*. Un ami de celui-ci, dépositaire du manuscrit de ses pamphlets, qui avoit toujours menacé de les faire imprimer, si on lui ôtoit la vie, crut le moment venu de venger sa mort. Il va trouver le sieur *Boissiere*, libraire de Londres, imprimeur connu de ces sortes d'ouvrages : cela fit bruit, la cour de Versailles s'alarma & désira faire retirer les manuscrits avant qu'ils fussent imprimés. De-là la seconde & plus importante mission de *Receveur*, sous le nom du baron de *Livermont*.

Portrait & histoire du comte *du Moustier*, ministre plénipotentiaire à Londres lors du traité entamé par M. *Gerard de Reynneval*. Ils occupent tout le troisieme paragraphe, & ce membre du corps diplomatique est peint sous les couleurs les plus ignobles & les plus odieuses.

Dans le quatrieme paragraphe, l'auteur du *Gazetier cuirassé*, sur lequel on a jeté les yeux pour en faire un suppôt de police, est admis & reçu. Un certain *Godar*, auteur de *l'Espion chinois*, de *l'Espion françois à Londres*, & donné

à *Receveur* pour adjoint & pour interprete, joue
fon rôle dans cette burlefque & affreufe cérémonie.

Au cinquieme, il eft queftion du *New Daily
Advertifer* du 27 mars 1783, où l'on donne avis
de l'arrivée des efpions françois, mais en dé-
payfant le public fur leur compte. Un M. de *la
F....* y va plus franchement & répand un pamphlet intitulé *le Tocfin*, ou avis à toutes les perfonnes
& fur tout aux étrangers que *Receveur* & fa bande
font arrivés de Paris pour enlever les auteurs des trois
brochures, *les Paffetemps d'Antoinette*; *les Amours
du Vifir V. s.*; *les petits Soupers de l'hôtel de Bouillon.*
Démarches du comte *du Mouftier* & de *Receveur*
auprès de *Boiffiere*, libraire de Saint-James-Street:
ils ne réuffiffent pas.

On trouve dans le fixieme paragraphe la gradation de la fortune de *Receveur*, aujourd'hui
chevalier de Saint-Louis, ayant le brevet de colonel.

Le feptieme contient les fuites des négociations
de *Receveur*, qui n'eurent pas plus de fuccès. Il
fait conjointement avec M. *du Mouftier* un plan
de police qu'ils préfentent à milord *Shelburne*,
dont l'objet étoit de détruire fur-tout la liberté
de la preffe. Excellent mémoire en réponfe à cette
réquifition de la cour de France.

Les paragraphes huit & neuf ne font qu'une
fuite du même fujet, enrichie du récit des turpi-
tudes de *Morande*, de *Godard* & autres fubalternes.

Des bavardages & un dîner de *Philidor*, rem-
pliffent le dixieme, peu intéreffant & affez plat.

Enfin au onzieme & dernier arrive M. le comte

d'*Adhémar* , ambaffadeur du roi à Londres, qui, fentant la dignité de fa place , ne veut pas fe compromettre par de honteufes relations , & renvoie toute cette canaille en France.

12 *Octobre*. Extrait d'une lettre de Touloufe , du 4 octobre 1784.... Un Arrêt du confeil , fans que le bled foit venu dans les marchés au taux fixé par la loi qui eft de 15 liv. le fetier , qui n'eft encore qu'à dix , pour défendre l'exportation, a jugé à propos de le faire. Le parlement, confervateur des loix & fur-tout fait pour veiller aux intérêts & à la police de la province, a fuppofé que la religion du roi avoit été furprife , & en conféquence a défendu qu'on s'oppofât à l'exportation, fous les peines les plus rigoureufes , jufqu'à ce que fa majefté eût été inftruite & fe fût expliquée; en même temps il a écrit au roi pour lui rendre compte de fa conduite & des motifs de fa réfiftance. Nouvel arrêt du confeil plus foudroyant que le premier, qui caffe celui du parlement. Cette compagnie a prévu tout & arrêté qu'au cas qu'il arriveroit quelque chofe d'intéreffant relativement à fon arrêt, les chambres feroient affemblées , malgré le temps de vacations. C'eft au 8 que la féance eft indiquée , & nous attendons avec impatience ce qu'ordonneront nos magiftrats.

12 *Octobre*. M. de *Beaumarchais* n'a pas fortement excité la commifération des fpectateurs, en forte que la représentation de la *Cinquantaine* n'a pas rendu beaucoup au-delà d'une chambrée complete, qui eft de 5,400 livres environ; celle-ci n'a monté qu'à 6,200 livres, dont le comte d'Oëls feul, a donné 300 liv. Quoi qu'il en foit , cette repréfentation a valu à l'auteur l'épigramme fuivante, d'autant plus cruelle qu'en paroiffant ne porte

porter que fur la morale de la piece , elle rappelle des anecdotes affreufes qu'on lui reproche :

> Rien de bon ne vient des méchants,
> Leurs bienfaits font imaginaires :
> Tel *Beaumarchais* à nos dépens
> Fait des charités meurtrieres ;
> Il paie du lait aux enfants
> Et donne du poifon aux meres.

12 *Octobre.* Les remontrances du parlement au
fujet du vicomte de *Noë* , arrêtées les chambres
affemblées le mardi 31 août, établiffent d'abord
& circonfcrivent les deux genres d'autorité très-
diftincte qu'exercent les maréchaux de France ;
l'un à la connétablie où ils ont un tribunal, où
l'on voit des gradués, un miniftere public , un
greffe , des audiences ; & l'autre chez leur doyen,
où ils ne tiennent qu'une affemblée , où aucun des
caracteres extérieurs d'un tribunal ne fe rencontre
& auquel les loix refufent ce nom. C'eft cependant
cette affemblée qui a jugé , condamné , cité
enfuite un des fujets du roi, pour fubir ce jugement rendu fans compétence & fans inftruction.

Le parlement , fuivant les errements de la dénonciation de M. *d'Eprémefnil*, établit l'hiftorique
de l'affaire , juftifie l'accufé & dans le fond &
dans la forme , & développe dans la plus grande
étendue toutes les monftruofités de la conduite
des maréchaux de France , qu'il ménage cependant
perfonnellement, & dont il loue le zele , en plai-
gnant & éclairant leur aveuglement. Les pa-
patriotes trouvent ces remontrances trop foibles,
fur-tout contre le doyen , le maréchal de *Richelieu,*
juge & partie.

13 *Octobre*. *La Brouette du Vinaigrier*, comédie de M. *Mercier* en trois actes & en prose, étoit imprimée depuis long-temps. Les comédiens italiens qui cherchent à se faire un fonds en ce genre, avec l'agrément de l'auteur sans doute, se sont emparés de l'ouvrage, & l'ont joué hier pour la premiere fois. Il a produit beaucoup plus d'effet qu'on ne s'en seroit douté à la lecture. Il faut l'attribuer en partie au talent nouveau du sieur *Perigny*, qui, par son jeu soutenu, naturel, plein d'onction, a singuliérement anobli le rôle du vinaigrier, & l'a rendu intéressant d'un bout à l'autre.

Ce drame est marqué au coin de l'originalité de tous ceux de M. *Mercier*, qui les tire de la foule ordinaire : ils rendent son théâtre unique : il y regne aussi ce manque de goût, qui en produit tous les défauts : tels que des bizarreries, des longueurs, des trivialités, de la morale déplacée: s'il n'est pas le poëte des gens de la cour & du grand monde, il est celui des bonnes mœurs, de l'honnêteté & des partisans de la vertu rigide.

Une qualité précieuse de cette comédie, c'est qu'elle est gaie en beaucoup d'endroits ; qu'il y a du vrai comique de situation, & qu'elle prête également à celui du jeu des acteurs & sur-tout du principal.

A la fin on a demandé l'auteur suivant l'usage : le sieur *Perigny* est venu & après des applaudissements infinis, témoignage du contentement du parterre, il a annoncé que la piece étoit de M. *Mercier*, absent depuis quelques années de Paris & résidant à *Lausan*. On prétend qu'un conte qui se trouve dans le recueil intitulé, *le Gage touché*, a fourni le fonds de la piece.

15 *Octobre*. Depuis qu'on a appris la détention de M. d'*Entrecasteaux* à Lisbonne , on ne dit pas qu'il soit encore revenu en France. On assure même que la translation souffre des difficultés ; que la reine de Portugal, avant de le livrer, veut qu'on lui soumette les pieces originales du procès, afin qu'elle puisse juger par elle même, ou faire juger par son conseil, si l'accusé est dans le cas d'être réclamé. On conçoit que cette formalité qui blesse la dignité de la cour de France , doit souffrir des difficultés , & l'on ne doute pas que la famille du coupable n'agisse puissamment pour les rendre interminables.

13 *Octobre*. Samedi 9 les comédiens italiens devoient jouer trois pieces : *Les deux Jumeaux de Bergame, les Femmes & le Secret* , & *la Colonie*. Ils commencerent par supprimer la premiere ; à la seconde ils substituerent *la fausse Magie* , & pour la troisieme ils vinrent annoncer que ce seroit Mlle. *Lescot* qui remplaceroit Mlle. *Colombe*, indisposée. Le parterre déjà très-mécontent entra dans une fermentation violente, & déclara qu'il ne vouloit point Mlle. *Lescot* , qu'il vouloit Mlle. *Burette*. L'acteur qui avoit annoncé , répondit que celle-ci n'y étoit pas, & sans s'embarrasser des clameurs , on commença *la Colonie*. Alors le parterre furieux fit un tel bruit que jamais on ne put continuer: on fit entrer des alguasils dans son sein, on en arrêta plusieurs & l'on conduisit sept personnes au corps-de-garde. Cette rigueur n'ayant point appaisé le tumulte qui croissoit, les comédiens céderent enfin ; ils demanderent au public quelle piece il vouloit, & jouerent *l'Epreuve Villageoise* désirée. On est fâché que le parterre qui s'étoit bien montré jusques-là, ait eu la lâcheté

de laisser joüer avant qu'on lui eût rendu les camarades enlevés , & qui ne furent relâchés qu'après
le spectacle.

14 Octobre. On connoît actuellement sans aucun
doute deux des concurrents pour la Centénaire de
Corneille , outre l'anonyme auteur de celle qui a
été jouée. L'un est M. Artaud , auteur déjà de la
Centenaire de Moliere, & l'autre M. le chevalier
de Cubieres, qui est allé à Rouen faire exécuter son
ouvrage. On sait que cette ville est la patrie de
Corneille , ce qui pouvoit y rendre la piece plus
intéressante : aussi paroît-il qu'elle y a eu du
succès.

14 Octobre. Hier 13 , on devoit jouer aux
François la tragédie d'Oreste de Voltaire; quand le
parquet a vu le sieur Saint-Prix se présenter pour
faire ce rôle , il s'est écrié qu'il ne vouloit point
de cet acteur , que Larive eût à le faire. Saint-Prix
ne s'est point décontenancé ; il a harangué le public , & a dit qu'il remplissoit cet emploi , parce
que le sieur Larive étoit malade , lorsqu'il avoit
été question de remettre cette tragédie : le parquet
satisfait de cette explication, l'a laissé continuer.

14 Octobre. En blâmant fort l'auteur du Diable
dans un bénitier , de la licence extrême avec laquelle il injurie & décrie plusieurs ministres
anciens ou nouveaux & autres gens en place, on
ne peut s'empêcher de lui reconnoître quelque
talent. Il a de la gaieté , de la tournure , du sar-
casme , & plusieurs morceaux de son ouvrage,
s'il est entiérement de lui , sont très-bien faits,
tels que le mémoire en réponse à la réquisition
prétendue de la cour de France. Il paroît plus
instruit que ses confreres : sa diatribe a plus de
suite & d'ensemble que n'en ont communément ces

fortes de rapfodies. Il l'a nourrie de beaucoup de détails curieux , de faits, d'anecdotes. Malheureufement le peu de vrai qu'elle contient ; y eft étouffé fous un monceau de calomnies. On juge par quelques exemples combien il eft peu exact à vérifier ce qu'il apprend. Il appelle préfident du parlement *Maupeou* , M. de *Goezman*; qui n'a jamais été que confeiller ; il place en Bourgogne, la famille de *Jaquet* qui eft en Franche-Comté ; il fait enfermer *Goupil* pour un libelle contre la princeffe de *Guimené* , que perfonne ne connoît ; il ne veut pas que cette princeffe & fon mari aient fait banqueroute, &c. Toutes ces erreurs qu'il étoit aifé d'éclaircir , font fufpecter fa véracité à l'égard d'anecdotes plus difficiles à approfondir.

C'eft fur-tout contre M. de *Vergennes* & monfieur *le Noir* que la paffion du libellifte fe manifefte d'une maniere fi effrénée & fi abfurde, qu'il ne conferve aucune vraifemblance dans fes récits & dans fes affertions. M. de *Sartines* , M. le maréchal de *Caftries* , M. *Amelot* ne font pas mieux traités.

15 *Octobre*. Le tabac, objet de luxe dans fon principe, fut apporté en France en 1560. Il eft devenu par habitude une efpece de befoin de premiere néceffité, pour le plus grand nombre des citoyens.

Cette plante commença à fixer l'attention du gouvernement fous *Louis* XIII en 1626 ; mais en payant les droits auxquels elle étoit affujettie par le tarif, on pouvoit en faire le commerce librement. Une loi qui intervint au mois de feptembre 1674, interdit ce commerce aux particuliers, & en réferva au roi la vente exclufive. Cette loi rigoureufe inflige la peine des galeres aux malheureux furpris en contravention, qui ne peuvent payer une amende de 1000 liv. Les femmes font condamnées au fouet.

Cette denrée forme aujourd'hui une branche confidérable des revenus de l'état. La ferme du tabac fut, en 1680, réunie aux autres fermes du roi, & comprife dans le bail qui en fut paffé à *Claude Boutet*; ce fut durant ce bail que *Louis* XIV fit, par fon ordonnance des fermes du 22 juillet 1681, un réglement fur le tabac.

Depuis long - temps les fermiers généraux ne débitoient en France que du tabac de Virginie; c'eft le meilleur. Il y avoit à cet effet un traité avec l'Angleterre, qui nous le fourniffoit en temps de guerre, comme en temps de paix. Depuis la révolution de l'Amérique ce traité a été annullé; les Américains, eux-mêmes, occupés de la guerre dont le théâtre étoit fpécialement dans cette province, n'ont pu y fuppléer, & malgré la paix, ce pays eft encore trop dévafté pour fubvenir à nos befoins. Le Mariland qui produit du tabac inférieur, a partagé notre approvifionnement avec la Virginie. On a eu recours à des mixtions pour l'améliorer; de-là des réfultats fouvent funeftes, & les plaintes arrivées dans les différents temps dont on a parlé. Celles de Bretagne font très-férieufes, elles ont néceffité une ordonnance de police du 11 feptembre dernier, & un arrêt du parlement en vacation le 15 du même mois, objet de la caffation annoncée.

- 15 *Octobre*. Extrait d'une lettre de Rouen, du 12 octobre.... C'eft le premier octobre qu'on a exécuté ici le *Centénaire* du chevalier de *Cubieres* en l'honneur de Corneille, notre compatriote. Il y a peu d'action; elle confifte en trois mufes,

Melpomene, *Thalie* & *Polymnie*, qui, conduites
par *Apollon*, posent chacune une couronne sur la
tête de ce grand poëte. L'intermede est terminé
par des couplets que chaque personnage chante à
son tour. On flagorne ici comme ailleurs le parterre qui n'y est pas moins sensible; il a fait répéter en conséquence le couplet suivant, dans la
bouche d'*Apollon* lui-même :

> Trois divinités du Parnasse
> Pour l'hommage le plus brillant,
> Viennent à l'envi sur ma trace
> De récompenser le talent :
> C'est peu d'avoir un diadème,
> Ces trois couronnes sur le front :
> J'en réclame une quatrieme
> Que vos suffrages donneront.

On a trouvé du reste la piece bien écrite; on
en jugera mieux à la lecture, car elle n'est point
encore imprimée. L'auteur étoit à la premiere représentation : il a été demandé vivement & à
plusieurs reprises; mais il n'a point daigné se
montrer. Il est parti de cette ville après la quatrieme, lorsque son succès a été bien constaté.

16 *Octobre*. C'est ordinairement vers ce temps-ci,
c'est-à-dire vers la fin de l'année, que la cupidité
des folliculaires s'évertue, & qu'ils imaginent
des titres bizarres pour exciter la curiosité des
amateurs. C'est ainsi qu'il s'annonce en ce moment
un nouveau journal sous le titre de *Calypso*, ou
les *Babillards*, par une société de gens du monde
& gens de lettres. D'après le *prospectus* raisonné

de cet ouvrage, d'un genre abſolument rare, il ſera tout à la fois politique, moral, littéraire, ſérieux, comique; il traitera à fond du commerce; il n'aura nul rapport avec tous les journaux connus, & il ſera rédigé par un *club*, dont les divers membres connoiſſent toutes les langues de l'Europe.

17 *Octobre*. Ce qui ſe paſſe au quatrieme paragraphe du *Diable dans un bénitier*, eſt le ſujet de l'eſtampe relative à ce titre allégorique. On y voit le plénipotentiaire de France aſſis dans un fauteuil, préſidant à la cérémonie de l'initiation de l'auteur du *Gazetier cuiraſſé* aux myſteres de la police. Il s'agenouille & fait ſon abjuration entre ſes mains. Il prête le ſerment de trahiſon, d'eſpionnage, & donne ſa foi de Boheme. *Receveur* le montre à *Godard* & à ſes autres ſuppôts, comme leur digne camarade. On apporte en conſéquence le collier de l'ordre: une roue ſuſpendue à une corde de chanvre de ſix lignes de diametre; une croix de Saint-André, ſur laquelle un malheureux ſemble prêt à expirer; une croix de Saint-Louis attachée à une chaîne; deux bagues en forme de menottes: tels ſont les attributs de l'ordre dont *Receveur* eſt grand-maître. Il lui applique à l'inſtant ſur la nuque un grand coup de pincette; *Godard* lui paſſe la corde au cou, un autre lui met les menottes, &c. Ces dernieres circonſtances ne ſont qu'indiquées dans l'explication. Le reſte de l'eſtampe eſt parſemé de pamphlets dont on lit les tittes......

Tout cela donne parfaitement l'explication du titre, *le Diable dans un bénitier*; c'eſt le ſieur *Morande*, auteur de libelles, forcé au ſilence par cette agrégation & même à la pourſuite de ſes conftreres.

17 *Octobre*. On continue à s'entretenir de made-
moiselle *Dozon*, plus étonnante à mesure qu'on
entre dans les détails de son éducation. Ce n'est
que vers le milieu du mois de juin dernier que,
préparée & disposée par le sieur *Laïs*, qui le
premier a connu les dispositions de ce rare sujet,
elle a été présentée à l'école du chant; & l'on
va voir avec quel soin on y travaille les éleves,
& la foule des maîtres qu'on y trouve.

Le sieur *Deshayes* lui donnoit des leçons de
danse.

Le sieur *Donnadieu*, fameux maître d'armes,
formoit son corps à des mouvements plus libres,
plus faciles, plus assortis à la scene.

Le sieur *Molé* lui enseignoit les principes de la
déclamation & de l'action théâtrale

Les sieurs *la Suze* & *Pillot*, enfin, lui dévoiloient
l'art d'associer le chant à l'action théâtrale.

Le merveilleux, sans doute, c'est qu'en aussi
peu de temps Mlle. *Dozon* ait su profiter de ces
différentes leçons, sans les confondre & faire des
progrès dans chaque genre.

18 *Octobre*. Extrait d'une lettre de Rennes, du
10 octobre ... Nos nez sont à la veille de jeûner,
& un arrêt du conseil veut absolument qu'ils trouvent bon du tabac qui est détestable & funeste.
Il prétend que le parlement, qui n'a pas le nez
si fin que la cour, ne doit pas s'y connoître.

C'est ainsi qu'on a cassé l'arrêt de notre chambre des vacations, confirmant une ordonnance de
police concernant la distribution du tabac pour
toute la province, & qui enjoint aux juges de
faire des descentes dans les entrepôts, magasins
& manufactures de tabac.

Sur les procès-verbaux du tabac saisi, il a été

L 5

conftaté que c'eft *une maffe compacte , femblable à des morceaux de terre glaife qu'on tire d'une carriere , fufceptible de fe paîtrir entre les doigts , tant le tabac dont elle eft formée a été mouillé par l'eau falée , ou l'eau de mer & l'apprêt , & preffé dans des barrils , ayant une odeur aigre & défagréable , produite par la fermentation.*

De pareils abus n'auroient point lieu fi le tabac étoit envoyé en carottes ; mais l'adjudicataire-général n'y trouveroit pas un fi grand profit : le tabac en carottes n'eft pas fufceptible d'une auffi grande quantité d'eau que celui débité en poudre , qui provient le plus ordinairement des faifies faites fur les fraudeurs.

C'eft un M. de *Saint- Hilaire* , fermier-général de tournée , je crois , qui a porté le feu dans cette affaire. Au lieu de fe concilier avec les magiftrats pour examiner d'où venoit l'abus , comme avoit fait en 1782 , à Aix & à Grenoble , fon confrere *Augeard* , qui avoit eu cette miffion , il a mis en jeu l'autorité miniftérielle & provoqué l'arrêt du confeil de caffation , auffi abfurde que ridicule.

19 *Octobre.* Dans la feuille du 24 feptembre les journaliftes de Paris s'expriment ainfi au fujet de la courfe de MM. *Robert* : « Nous donnerons, » fous peu de jours le détail du plus beau voyage » aérien qui ait encore eu lieu jufqu'à préfent , » & que les obfervations des voyageurs doivent » rendre le plus intéreffant »

Depuis ce temps , il n'a rien paru fur cet objet ; il n'a nulle part été queftion des freres *Robert* , on ne les a vus en aucun endroit. Le marquis de *Chiftelles* , frere du prince de *Chiftelles* , chez lequel ils font defcendus & dont ils ont été fi bien accueillis, à Paris depuis quelques jours, eft allé pour les voir; il n'a pu y parvenir: il leur a écrit; ils ne lui ont point répondu.

D'après ces circonftances, on craint qu'ils ne foient devenus fous comme M. *charles*, & qu'on ne foit occupé à les traiter.

19 *Octobre*. Les fieurs *Alban* & *Vallet*, directeurs de la manufacture du gaz inflammable établie à Javel, qui ont perfectionné l'art de le former & de remplir les aéroftats, de quelque grandeur qu'ils foient, dans tel délai qu'on peut défirer, ont aussi fait leur fpéculation de bénéfice fur la nouvelle découverte, & ce fera vraifemblablement la plus utile.

Ils ont conftruit une machine aéroftatique fous les aufpices du comte d'*Artois*, dont, avec la permission de fon alteffe royale, elle porte le nom, les armes & la livrée, & ils font encouragés par la bienveillance du baron de *Breteuil* & de M. de *Colonne*. Cet aéroftat eft une *Charlotte* ou *Robertine* de trente-huit pieds de diametre; on y a adapté une gondole en ofier folidement établie. Elle contiendra quatre perfonnes, indépendamment des deux conducteurs, qui feront l'un à la proue, l'autre à la poupe. Deux cordes attachées à l'équateur du ballon recouvert d'un fi et, retenues & guidées à terre, mettront les voyageurs dans le cas de n'aller qu'à la hauteur où ils voudront, de defcendre & de remonter à volonté. Cet aéroftat fera fous une remife couverte, toujours prêt à partir au gré de ceux qui fe préfenteront. Ce joujou efpece de roue de fortune pour ceux, qui ne chercheront qu'à s'amufer, fera un obfervatoire ambulant pour les favants, les géographes, les deffinateurs, les

phyficiens, les aftronomes qui défireront faire
des expériences ou des découvertes.

Du refte, ces artiftes fe flattent que les cordes
mêmes feront bientôt inutiles ; ils difent avoir
trouvé une manœuvre dont ils ont fait l'expérience
fur un bateau , avec laquelle on aura un moyen
d'aller en avant & en arriere, de monter & de
defcendre fans perdre de gaz.

16 Octobre. On confirme que le roi achete Saint-
Cloud pour la reine, qui commence à fe dégoûter
du petit Trianon. On en fixe toujours le premier
achat à 6 millions, & l'on y ajoute 100,000 francs
d'épingles pour Mad. la duchefle de *Chartres*.

Par une bizarrerie fort finguliere, cette maifon
royale n'eft qu'une maifon de plaifance fous la
directe & feigneurie de l'archevêque de Paris, appellé duc de Saint-Cloud. On parle de transférer
cet duché-pairie laïque fur Conflans, maifon
de campagne de ce prélat.

10 Octobre. Le public s'empreffe de voir &
d'acheter aujourd'hui une eftampe nouvelle, re-
préfentant un monftre, dont voici l'hiftoire.

" Ce monftre a été trouvé au royaume de Santa-
„ Fé, au Pérou, dans la province du Chily, dans
„ le lac de Fagna, qui eft dans les terres de
„ Profper-Vofton : il en fortoit la nuit pour dévorer
„ les cochons, les vaches & les taureaux des en-
„ virons. Sa longueur eft de onze pieds, la face
„ eft à-peu-près celle d'un homme : la bouche eft
„ auffi large que la face : elle eft garnie de dents
„ de deux pouces de longueur. Il a deux cornes
„ de vingt-quatre pouces de long, qui reff mblent
„ à celles d'un taureau: les cheveux pendent jufqu'à
„ terre; les oreilles ont quatre pouces, & font

„ femblables à celles d'un âne. Il a deux ailes „
„ comme celles de chauve-fouris; les cuifles &
„ les jambes ont vingt cinq pouces: il a deux
„ queues, l'une très-flexible, dont il fe fert pour
„ faifir fa proie: l'autre qui fe termine en fleche „
„ lui fert à tuer: tout fon corps eft couvert d'é-
„ cailles. Ce monftre a été pris par une quan-
„ tité d'hommes qui lui avoient tendu des pieges
„ dans lefquels il tomba: il fut environné de
„ filets, & conduit vivant au vice-roi, qui par-
„ vint à le nourrir avec un bœuf, vache ou tau-
„ reau par jour, qu'on lui donna avec trois ou
„ quatre cochons, dont on dit qu'il eft friand. Le
„ vice-roi a déjà envoyé des ordres fur toute la
„ route par terre, pour qu'on ait l'attention de
„ pourvoir au befoin de ce précieux monftre,
„ en le faifant marcher par étape jufqu'au golfe
„ de Honduras, où il fera embarqué pour la
„ Havane, de-là aux Bermudes, de-là aux Açores:
„ en trois femaines il débarquera à Cadix, d'où
„ on l'amenera petit à petit à la famille royale.
„ On compte prendre la femelle pour en perpétuer
„ l'efpece en Europe: elle paroit être celle des
„ Harpies, qu'on avoit regardée jufqu'ici comme
„ un animal fabuleux. „

20 *Octobre.* Extrait d'une lettre de Bordeaux, du
16 octobre..... Il fe répand ici la copie d'une
lettre adreffée aux habitants de cette ville par le
pere *Hervier,* bibliothécaire des grands Auguftins,
à Paris. Elle eft datée de Bordeaux le 30 feptembre,
chez madame la préfidente de *Vertamont.*

A l'en croire, venu pour prêcher l'évangile dans
cette capitale, on l'a forcé d'être médecin en faifant valoir la fublime découverte du *magnétifme*
animal. Il a eu les fuccès les plus heureux. De-là

des honneurs & des perfécutions infinis : il s'attendoit à ces dernieres. Les bienféances de fon état ont obligé ce thaumaturge d'écarter la foule qui fe précipitoit fur ces pas avec trop d'impétuofité, & de n'opérer fes merveilles qu'à la campagne.

Dès que le pere *Hervier* a fu que des docteurs inftruits par fon maître *Mefiner* pouvoient le remplacer & fonder une école à Bordeaux, il a fongé à fe retirer & à reprendre les fonctions de fon état. Sur les follicitations de perfonnes diftinguées, il a cependant été obligé de les accompagner aux eaux de Bagnieres ; mais il fonge très-férieufement à retourner dans la folitude & fans retour.

De tous les reproches qu'on lui a faits dans les lettres anonymes, libelles & chanfons, il n'eft fenfible qu'à un : c'eft le feul qu'il veut réfuter. On l'accufe d'avoir fait une fortune immenfe. Il a prefque toujours refufé un falaire honnéte, & fi quelqu'un regrette fon argent, il eft prêt à le lui rendre. Il n'a même accepté de rétribution que pour rouler plus promptement en carroffe au fecours des malades & fubvenir aux befoins des pauvres. Il leur donnera tout ce qui lui refte, fi l'on *ne réclame dans la huitaine*. Il rentrera dans fon cloître fes mains pures & nettes.

Tels font les adieux que nous fait ce double charlatan . . . .

21 *Octobre*. Les états de Provence ont remis à M. le bailli de *Suffren* la médaille qu'ils lui avoient décernée.

On y voit d'un côté fon portrait avec ces mots : *pierre-André de Suffren faint-Tropès, Chevalier des Ordres du Roi, Grand' Croix de l'Ordre de Saint Jean de Jerufalem, Vice-Amiral de France.*

Au revers, une couronne de lauriers fermée,

avec les armes de la province , contenant cette inf
cription :

Le Cap protégé ;
Trinquemale pris ;
Goudelour délivré ;
L'Inde défendue ;
Six combats glorieux.
Les états de Provence
Ont décerné
Cette médaille.
M. DCC. LXXXIV.

21 *Octobre* Les plaintes élevées dans différentes
provinces du royaume sur les qualités des tabacs
pulvérifés dans les manufactures , ont été fi violen-
tes qu'il a été décidé d'y remédier & fans défendre
à l'adjudicataire des fermes de continuer d'appro-
vifionner de tabacs rapés & préparés dans les manufactures les différents bureaux & débitants par
lui établis & commis, d'y mettre plufieurs conditions :

1º De veiller avec le plus grand foin à ce que
les tabacs choifis de la meilleure qualité reçoivent dans les manufactures toutes les prépara-
tions néceffaires , pour qu'ils puiffent être vendus
au public par les débitants, fans mélange ni ad-
dition quelconque

2º. De multiplier fes atteliers de rapage autant
qu'il fera néceffaire , & de maniere que les tranf-
ports ne fe faffent jamais à plus de trente lieues de
diftance ; comme auffi d'apporter le plus grand
foin dans le choix de fes prépofés.

3º. De tenir tous les entrepôts fuffifamment ap-

provifionnés de tabac en carotte de la meilleure
qualité, pour que les confommateurs qui voudroient
en acheter & le faire raper chez eux , puiffent fe
fatisfaire à cet égard & aient la liberté du choix.

Tel eft l'objet d'un arrêt du conseil qu'on annonce.

22 *Octobre*. Depuis plufieurs années on parloit
d'un opéra comique à grande prétention, que
MM. *Sedaine* & *Gretry* devoient faire jouer fur le
théâtre italien , ayant pour titre *Richard Cœur de
Lion* : enfin cet ouvrage tant attendu eft parvenu
à fon degré de maturité, & a été exécuté hier fous
la défignation d'une comédie en trois actes , en
profe , mêlée d'ariettes. C'eft le pendant d'*Aucaf-
fin* & *Nicolette* ; en voici le fujet.

Richard Cœur de Lion , roi d'Angleterre , revenu vainqueur des Sarrafins en 1192 , & faifant alors la guerre au duc d'Autriche , s'enga-
gea imprudemment dans un voyage d'Allemagne.
Malgré la précaution qu'il avoit prife de fe tra-
veftir , il fut reconnu & arrêté par fon ennemi
qui le fit enfermer. Sa détention refta ignorée
de toute l'Angleterre. Le royaume étoit dans la
plus grande confternation , lorfque *Blondel* , poëte
françois & ami de *Richard* entreprit de retrouver ce roi malheureux. Ce jongleur emploie toutes les reffources de fon efprit & de fon talent
pour gagner ceux qui peuvent lui donner quelques renfeignements fur l'objet de fes recherches ,
ou de le fervir dans fes projets, & parvient enfin
à réuffir.

Les deux premiers actes ont été fort applaudis ;
ils font remplis d'intérêt : le troifieme eft plus que
médiocre & le dénouement fur tout ne répond
pas à l'intrigue. Quand cet ouvrage aura fubi les

changements qu'il mérite, on en parlera plus au long.

Le fieur *philippe* qui fait le rôle du roi *Richard*, dès qu'il a paru fur la fcene n'a pu déployer fon organe ordinaire à caufe d'un enrouement qui lui eft furvenu tout-à-coup. Le parterre commençoit à témoigner fon mécontentement & à le huer, lorfque cet acteur a pris le parti de le haranguer, de lui rendre compte de fon accident, de protefter de fa bonne volonté & de réclamer fon indulgence : malgré fon organe rauque il a été applaudi à tout rompre, durant le refte du fpectacle. Cet accident a privé le public d'un air fuperbe, qui eft, dit-on, très-bien chanté par cet acteur.

22 *octobre.* Il y a plus d'un mois qu'on n'entendoit plus parler du fieur *Blanchard* qui fe propofoit de paffer la mer pour venir en France au plus tard vers le 20 feptembre. Depuis ce temps il s'eft ravifé & voici l'annonce de Londres, du 12 octobre...... « Samedi prochain, 16 du courant, le fieur *Blanchard*, accompagné de M. *Sheldon*, démonftrateur d'anatomie, doit s'élever dans fon *bateau volant*, auquel il a adapté des ailes faites fur un nouveau principe ; fes obfervations l'ayant mis à portée de perfectionner les moyens de direction qu'il a imaginés. Le fieur *Blanchard* fe propofe, fi le vent n'eft pas trop fort, de faire des évolutions fur la ville de Londres avant de s'en éloigner. »

Les places font fixées à Londres à une demi-guinée pour les chambres de l'hôtel d'où il partira, & à cinq fchellings pour la cour ; ce qui fait environ 12 livres & 6 livres de notre monnoie. On voit que MM. les Anglois font magnifiques en tout.

13 *Octobre.* Extrait d'une lettre de Versailles, du 20 octobre. . . . . . . Rien n'est plus vrai : M. *Bourdon*, premier lieutenant des gardes de la porte, a été fait depuis peu chevalier de Saint-Louis, & c'est le premier officier du corps qui ait eu cet honneur depuis qu'on l'a institué sur un pied militaire. Aussi a-t-il fêté cette cérémonie avec beaucoup d'éclat & invité à un repas d'apparat tous les chevaliers de Saint-Louis, de son espece, qui se sont trouvés dans cette ville. On assure qu'il y en avoit jusques à soixante.

23 *Octobre.* Quoique l'on assure que des officiers françois venant de la Havane disent avoir vu le monstre annoncé & qu'on ajoute qu'on le croit déja arrivé en Espagne, son existence n'est rien moins que constatée, & il est plus certain encore que les papiers espagnols n'en font aucune mention. Aussi n'a-t-on rapporté la relation de ce monstre, relation péchant également contre la géographie, la physique & le bon sens, que pour faire voir à quel point on se joue de la crédulité publique, à quel point l'homme est ami du merveilleux & s'en laisse imposer par les romans les plus absurdes.

Au reste, les gravures de ce monstre font multipliées à l'infini dans cette capitale ; on le voit par-tout, il y en a d'enluminées, de fort bien faites & de très cheres.

23 *Octobre.* M. *Campmas*, qui avoit annoncé son expérience aérostatique pour le 20 environ de ce mois, apprenant que le public commençoit à s'impatienter, le rassure par une lettre insérée au journal de Paris, où il dit qu'il ne recule que pour mieux sauter ; qu'il a 40 ouvriers travaillant journellement, & il donne le détail des oc-

cupations du plus grand nombre : rien de plus
plaisant que cette description, qui a toute l'em-
phase d'une gasconnade.

24 *Octobre*. Depuis long-temps on annonçoit
un spectacle qui devoit s'établir au Palais-Royal ;
il a eu lieu hier pour la premiere fois. La troupe
s'intitule les *petits comédiens* de son altesse séréni-
sime monseigneur le comte de *Beaujolois*. Ils ont
joué trois pieces, *Momus Directeur de Spectacle*,
Prologue avec ses agréments ; *il y a commencement
à tout*, proverbe en un acte, mêlé de vaudevilles ,
& *la Fable de Promethie* , mise en action, ornée
de chant & de danse. Les deux premieres ont
paru détestables, la derniere a eu le plus grand
succès

25 *Octobre*. Lettre du pere Hervier aux Borde-
lois. « Messieurs , je suis venu prêcher l'évangile au
milieu de vous. La sublime découverte du *magnétisme animal* m'a procuré le bonheur de vous être
utile dans un autre genre. Je voulois me borner
à la prédication ; vous m'avez forcé à devenir
votre médecin. Les succès les plus heureux ont
encouragé mon zele & augmenté vos désirs.

Seul possesseur dans votre ville du secret de la
nature, le plus important pour l'humanité, j'ai
été tout à la fois l'objet des plus glorieux em-
pressements & des plus noires persécutions. Je m'y
attendois ; & une fois ma détermination prise de
guérir publiquement vos malades, je me suis
affermi contre les séductions de la flatterie & les
terreurs de la contradiction.

L'évidence des vérités dont je suis le dépositaire, a fortifié ma confiance & nourri mon intrépidité.

Les bienséances de mon état m'ont engagé dans

la fuite à m'éloigner de la foule qui fe précipitoit fur mes pas avec trop d'impétuofité. Je me
fuis retiré à la campagne, pour céder à des im-
preffions refpectables. Je n'ai reparu de temps en
temps que pour donner les plus preffants fecours
à des malades dont je m'étois chargé.

Dès que j'ai fu que des médecins inftruits par
le docteur *Mefmer* pouvoient me remplacer, j'ai
voulu abandonner la médecine de la nature, pour
reprendre les fonctions de mon état. Des perfonnes
diftinguées, que j'avois eu le bonheur de retirer
des portes de la mort, ont défiré que je les
accompagnaffe aux eaux de Bagnieres; je n'ai pu
me refufer à leurs vœux.

Maintenant qu'une nouvelle école de phyfique
& de médecine eft établie dans votre ville, content d'y avoir contribué, je vais rentrer dans la
folitude, d'où le bien de l'humanité m'a fait fortir
pour un temps. Je voudrois y retourner avec la
douce fatisfaction non-feulement de vous avoir
été utile, mais, s'il étoit poffible, agréable à
tous.

Si quelqu'un croit avoir des raifons de fe plaindre
de moi, je fuis prêt à lui faire juftice & à lui
prouver les nobles fentiments qu'il exigera. Je
n'ai pu répondre à tous les honneurs dont vous
m'avez comblé; je fuis affuré de votre indulgence,
fi vous faites attention aux circonftances fingulieres qui m'ont environné. Je n'ai pas été le maître
de fuivre le penchant de mon cœur.

De tous les reproches qu'on m'a faits dans les
lettres anonymes, libelles, chanfons, je n'en connois
qu'un qui exige une réponfe.

La foif de l'or déshonore un prêtre. La médecine eft un facerdoce qui demande prefqu'autant

de défintéreffement que celui des autels. On m'accufe d'avoir fait une fortune immenfe en l'exer-
çant dans votre ville. Je puis, comme faint Paul,
vous prendre tous à témoins que j'ai refufé de la
plupart un falaire honnête; & fi quelqu'un regrette
la reconnoiffance dont il m'a honoré, je fuis difpofé à lui rendre le prix qu'il a daigné mettre à
mes foins Je n'ai accepté de récompenfe que pour
être en état de multiplier mes fecours, en me
faifant tranfporter plus promptement chez mes
malades, & pour fournir aux befoins de ceux qui
manquoient du néceffaire. Le peu qui me refte
fervira à cet ufage, fi l'on ne le réclame pas dans
la huitaine. Je rentrerai dans mon cloître les mains
pures & nettes, avec la fatisfaction de vous avoir
fait tout le bien qui étoit en mon pouvoir. J'ai
l'honneur d'être, avec le plus profond refpect,
meffieurs, &c.

25 Octobre. Il paroît que le confeil a eu peur
en effet de la fermentation occafionnée en Bretagne par le mauvais tabac rape; en conféquence,
de concert fans doute avec les fermiers - généraux, il a été rendu le 16 un arrêt concernant
la vente & le débit du tabac, qui impofe en effet
les reftrictions annoncées.

On commence par excufer les fermiers - généraux, par louer même leur zele d'avoir cherché à
prévenir les fraudes des diftributeurs de la denrée
qui, pour augmenter leurs bénéfices, y mêloient
des corps étrangers, fouvent d'une efpece nuifible
à la fanté des confommateurs, en prenant le parti
de ramener la main - d'œuvre du rapage ou du
moulinage aux manufactures établies à cet effet;
d'où il réfultoit même une économie intéreffante
pour les confommateurs moins aifés, qui ne fup-
porteroient point les frais de la revente.

Cependant on ne peut s'empêcher de convenir que le changement opéré dans la préparation des tabacs destinés à la consommation journaliere, n'a pas produit tout l'effet qu'on en devoit attendre ; mais par une tournure fort singuliere , on attribue à des cabales des débitants mêmes, espérant de faire abandonner un nouveau régime si contraire à leurs intérêts , les plaintes appuyées de motifs assez spécieux pour déterminer les cours des aides des provinces , où elles se sont élevées , à les approfondir, & à ordonner à cet effet des visites & des vérifications.

On se plaint que ces visites & vérifications, proscrites par un grand nombre d'arrêts du conseil, aient l'inconvénient d'inspirer de l'inquiétude aux consommateurs, & de suspendre les ventes au préjudice d'une portion très-intéressante des revenus de sa majesté.

Enfin l'on avoue que ces plaintes étoient fondées , que des parties de tabac en poudre étoient avariées , soit par la négligence de la manipulation, soit par un transport trop éloigné. C'est pour y remédier qu'on a pris les précautions annoncées , & laissé le choix du tabac rapé ou en carotte aux consommateurs.

29 *Octobre.* Le roi a fait écrire par M. le baron de *Breteuil* une lettre circulaire à tous les évêques résidants actuellement à Paris, qui leur enjoint de se retirer , chacun , dans leur diocese , & de s'y tenir. Sa majesté ajoute que s'ils ont des affaires qui les obligent de venir ici, elle entend qu'ils lui en rendent compte avant, & elle jugera si leur présence y est effectivement nécessaire.

Cette lettre écrite déjà depuis plusieurs jours a fort scandalisé *Nosseigneurs*. Ils ne contestent point au roi le bruit de police fur eux ; mais ils trouvent qu'on n'a pas fuivi le protocole de ces fortes d'ordres , & qu'on les traite bien leftement. En conféquence ils n'ont point encore optempéré & ils attendent une explication ultérieure.

26 *Octobre*. L'ouverture de la falle du fpectacle des comédiens de bois de M. le comte de *beaujolois*, s'eft faite prefque avec autant d'affluence que celles de comédies italienne & françoife. Cette falle eft charmante, mais petite. Il y a vingt deux banquettes dans le parquet, deux rangs de onze loges chacun, quelques loges grillées & des intervalles pour des fpectateurs debout ; en forte qu'elle peut contenir environ 800 perfonnes L'orcheftre des muficiens eft fpacieux & le théâtre d'une étendue convenable, même pour le jeu des machines d'opéra.

De plain pied au parquet font deux chauffoirs, dont l'un en galerie & l'autre en fallon carré ; ils font décores avec autant de goût que de nobleffe, & meublés très élégamment.

L'orcheftre eft excellent ; les marionnettes font bien faites & ont affez de vérité, fauf ces vilains fils d'archal qui les font mouvoir par en haut, dont le fpectateur voit chaque différent mouvement, & qui ôtent toute l'illufion.

Il paroît que les directeurs de ce fpectacle n'ont point encore eu la précaution de s'attacher aucun poëte, en forte que les deux premieres pieces font d'une platitude rare & fans la plus légere teinture du theatre. On ne fait où ils ont pris le petit opéra de *Promethée* ; mais, outre que le fond en eft bien entendu, la verfification réguliere, noble & harmonieufe, l'exécution a paru furprenante ; des décorations fraîches, des changements rapides

& multipliés, des vols , des descentes de dieux ; des nuages , des tonnerres, en un mot tout ce qui diftingue le théàtre lyrique , s'y trouve prefque avec la même perfection ; même des voix mélodieufes. Quant aux ballets, ils font deffinés par de petits enfants des deux fexes , qui ont encore befoin d'étude & de pratique.

Les deux premieres pieces avoient été fi mal reçues , tellement fifflées & huées, que les directeurs & les acteurs étoient déconcertés , & qu'il a fallu quelque chofe d'auffi excellent pour calmer la fermentation & exciter les applaudiffements : ce qui prouve cependant combien les directeurs font dénués de fecours , c'eft que malgré la réprobation générale , ils ont été obligés de jouer encore avant-hier & hier le *Prologue* & le *Proverbe*, fans pouvoir y fubftituer rien de mieux.

26 *Octobre.* On a cité dans le temps l'infcription latine de l'abbé *Bofcovitz* pour la pompe à feu de MM. *Perrier* ; on en a rapporté depuis la traduction en vers françois par M. *Guidin.* C'eft un fujet fur lequel les amateurs s'exercent à l'envi.

M. *Trochereau* de *la Berliere ,* ancien commiffaire de la marine , des académies de Rouen & d'Orléans s'eft auffi évertué ; il a réduit en un feul vers le diftique de l'abbé *Bofcovitz.*

Sequana , vulcanusque novo dant fœdere lymphas.

Un autre amateur a cru lui donner plus de jufteffe , de précifion & de vivacité par le pentametre fuivant :

Fœdere dant lymphas ignis & unda novo.

26

27. *octobre.* Depuis long-temps on a vaguement annoncé la formation de la nouvelle *société philantropique*, mais elle s'est toujours jusqu'à présent tenue & cachée dans les ombres du mystere ; elles se dissipent avec le temps, & voici ce qu'on en sait de plus positif.

Elle doit son origine à sept citoyens zélés, qui bientôt en enrôlerent d'autres ; elle s'est élevée successivement jusqu'au nombre de vingt, & elle le passoit au commenc-ment de cette année.

La société nomme annuellement un président, deux vice-présidents, un secretaire & un trésorier. Cette année c'est M. le duc de *Charost* qui occupe la premiere place.

En outre on choisit chaque année un comité de quelques membres : il a pour objet de recevoir les demandes, d'examiner les besoins, de préparer les secours à certain nombre d'octogénaires, d'enfants aveugles nés & de pauvres femmes en couche.

Du reste, ces messieurs prétendent que par une merveille rare, l'union la plus parfaite exclut de la société tout esprit de domination & de prépondérance.

Le nombre des malheureux secourus par la société se montera pour l'année prochaine à vingt-quatre octogénaires au lieu de douze, celui des aveugles-nés est de douze, & elle commencera en 1785 à fournir une somme de 48 liv. à vingt-cinq femmes de pauvres ouvriers, enceintes, qui auront les conditions requises.

27 *octobre.* Tout ce qui tient au sieur de *Beaumarchais*, est, ce semble, fait pour exciter du bruit & du scandale. On a déjà rendu compte comment la comédie françoise s'opposa à ce que la comédie italienne jouât son *Barbier de Seville*, mis en musique ; comment M. *Framery*, parodiste

de la musique de M. *Paësiello* est en différend
avec M. *Moline*, autre parodiste. Aujourd'hui
c'est un M. *Weneck* qui réclame la propriété de
l'ouvrage, en qualité de substitut du musicien
original, revêtu d'un privilège du roi au nom
de M. *Paësiello* au sien, & en ayant déjà fait
copier les rôles & les parties pour l'opéra de Paris.
En sorte que le théâtre lyrique semble aussi avoir
des prétentions à l'ouvrage, & vouloir le jouer
à l'exclusion du théâtre italien.

27 *Octobre*. Après 34 ans. M. *Marmontel* s'est
avisé de rajeunir la tragédie de *Cléopâtre* & de
la ramener sur la scene très améliorée : la première
représentation étoit déjà annoncée sur l'affiche pour
le samedi 16 de ce mois : on devoit l'exécuter
avant à Versailles & essayer le goût de la cour ;
on ignore quel obstacle est survenu ; mais l'ouvrage
est renvoyé loin, car l'annonce a disparu totalement.

28 *Octobre*. Extrait d'une lettre de Saint-Germain-en-Laye, du 19 octobre .... M. le maréchal duc de *Noailles*, notre gouverneur, qui tenoit
autrefois ici le plus grand état, qui aimoit beaucoup les dames de notre ville, leur donnoit des
spectacles, des bals, des fêtes de toute espece,
vit aujourd'hui comme le particulier le plus modeste. Il s'occupe uniquement de son jardin à
l'angloise, pour lequel le roi, outre la première
concession très considérable qu'il lui a faite dans
la forêt de Saint-Germain, limitrophe de son
terrain, vient d'en accorder encore une moindre,
mais de plusieurs arpents. Il est grandement question
d'une superbe riviere qui fait l'ornement principal
de ces sortes de jardins ; elle est formée du superflu
des eaux des fontaines de Saint Germain. C'est
ce qui a fourni matiere à l'inscription suivante
de M. *Trochereau de la Berliere*, homme de lettres

qui s'eft retiré dans ces cantons, qui s'y adonne
à l'agriculture & a formé lui-même un jardin de
botanique fuperbe. Voici fon idée affez heureuſe
à mon gré :

Nympda urbana prius fieri nunc ruftica gaudet.

28 *Octobre.* On annonce un ouvrage plus fort
que le *Portier des Chartreux* , ayant pour titre
la Converfion du comte de Mirabeau. Il eft enrichi de
dix eftampes dans le même genre.

29 *Octobre.* Tandis qu'on décrie & baffoue le
docteur *Mefmer* de toutes les manieres, fes partifans ne ceffent d'oppofer à ce déchaînement les
marques du refpect & de l'admiration dont ils
font pénétrés pour lui. C'eft ainfi que le graveur
le Grand vient de mettre en vente le portrait de
cet étranger, deffiné d'après nature par M. *Pujos.*
On lit au bas ces vers de M. *Paliffot* :

Le voilà ce mortel dont le fiecle s'honore,
Par qui font replongés au féjour infernal
Tous ces fleaux vengeurs que déchaîna Pandore ;
Dans fon art bienfaifant , il n'a point de rival ,
Et la Grece l'eût pris pour le Dieu d'Epidaure.

29 *Octobre.* C'eft la reine qui par une lettre très-
affectueufe écrite à M. le duc d'*Orléans* , lui a marqué connoître trop bien fon attachement envers
la famille royale pour douter un inftant qu'il
héfitât à faire au roi le facrifice de fon château de
Saint-Cloud & à le vendre à fa majefté , comme le
lieu eftimé par la faculté le plus propre à la fanté
& à l'éducation phyfique de M. le dauphin.

En conféquence le marché a été conclu famedi
dernier.

La reine a écrit depuis à M. le chevalier de
Mornay , gouverneur de Saint-Cloud , âgé de 84
ans , que l'intention du roi étoit qu'il confervât

M 2

sa place & continuât ses fonctions. M. de *Mornay*, en témoignant à la reine toute sa reconnoissance de ses bontés, lui a demandé la permission de se retirer ; il a dit qu'attaché à la maison d'*Orléans* depuis 80 ans, son désir étoit de mourir auprès de ses anciens maîtres.

M. le duc d'*Orléans* extrêmement sensible à cette marque de zele, a écrit à M. de *Mornay*, qu'il pouvoit lui demander tout ce qu'il voudroit.

29 Octobre. Le cours des petites lettres dont on a désolé pendant plusieurs années M. l'évêque d'Autun, semble interrompu & on le croit même totalement cessé depuis qu'on a éventé la mine d'où partoient ces fréquentes & cruelles explosions. Ce silence confirme les soupçons qu'on avoit sur l'évêque d'Arras & ses coopérateurs. On sait que le premier a perdu le procès qu'il avoit contre le ministre de la feuille, & que celui-ci, que son rival accusoit indirectement de simonie, a été pleinement vengé par l'arrêt qui fait retomber les frais sur l'autre & le condamne aux dépens. M. d'Arras est furieux, & s'il osoit il n'épargneroit certainement pas M. d'Autun ; mais sa propre conservation l'oblige d'être prudent, aujourd'hui qu'il est démasqué.

30 Octobre. Monsieur est un prince rempli de connoissances, d'esprit & de finesse ; dans l'inaction où le réduit son rôle, pour s'amuser il s'occupe quelquefois à mystifier le public. C'est ainsi qu'on lui attribue l'imagination des sabots élastiques ; le correspondant de Lyon n'étoit que le prête-nom de son altesse royale auprès des crédules journalistes de Paris. Aujourd'hui l'on croit également ce prince auteur de la relation du monstre prétendu. Il y a mêlé exprès beaucoup d'absurdités pour

mieux prouver combien il eſt aiſé d'en impoſer
aux ſots & aux ignorants qui forment le grand
nombre & ſubjugent quelquefois les gens moins
aiſés à duper. Ce point de vue philoſophique eſt
bien digne de la ſageſſe de *Monſieur*.

30 *Octobre*. On peut ſe rappeller la ſuppreſſion
des échoppes qui a eu lieu depuis quelques mois
dans la plupart des rues de Paris, ce qui a mis
dans l'embarras de ne ſavoir où ſe réfugier nombre d'étaleurs & de gagne petits. Par un arrêt du
conſeil du 4 de ce mois il eſt queſtion de reſtrein-
dre encore la tolérance à cet égard. M. l'abbé
Baudeau, conſeil de M. le duc de *Chartres* &
le directeur de ſes finances dans la partie économique, a fait une ſpéculation ſur cet événement. Dans l'impoſſibilité où eſt le prince de
continuer ſon gros corps de bâtiment à l'entrée
du jardin du Palais-Royal, dont le périſtile ſeul
étoit commencé, il a imaginé de former dans
l'eſpace entre les parties de colonnes déjà élevées
à une certaine hauteur, une eſpece de foire perpé-
tuelle. En conféquence il a trouvé un entrepreneur qui s'eſt chargé de faire conſtruire à ſes frais
dans cet eſpace pour un temps donné, une quantité de petites boutiques à louer à ſon profit,
par ces forains, en rendant à ſon alteſſe ſéréniſſime une certaine ſomme, ſur laquelle on varie
encore. Ce coup-d'œil ne ſera pas magnifique ; le
revenu ſera médiocre ; mais dans la détreſſe il
faut tirer parti de toutes ſes reſſources.

31 *Octobre*. Tout le monde connoît le diſcours
qui a remporté le prix de l'académie de Berlin ſur
la queſtion de *l'univerſalité de la langue françoiſe*,
par M. le comte de *Rivarol*. Un M. le chevalier
Jouin de Saureuil, auteur d'un ouvrage intitulé:
Anatomie de la langue françoiſe, qu'il a compoſé

M 3

originairement en anglois & qu'il se propose de traduire en françois, attaque aujourd'hui l'auteur du discours couronné. Dans une lettre à M. le baron de *Bernstorff* du musée de Paris, en date de Paris le premier août, il prétend, après avoir accordé beaucoup d'éloges à cette dissertation généralement estimée, qu'elle auroit besoin d'être traduite en françois. Cette attaque ironique a vivement piqué l'amour-propre de M. le comte de *Rivarol*, qui a riposté, & il faut voir ce que deviendra cette guerre littéraire.

1 *Novembre* 1784. Les choses vraies ne sont pas toujours vraisemblables, & c'est la vraisemblance plus que la vérité qu'il faut chercher dans une piece de théâtre. C'est par où peche essentiellement l'opéra comique de *Richard cœur de Lion*; quelque fondé qu'il soit sur un fait historique, comme il paroît absurde, tous les moyens employés par l'auteur y participent & ne peuvent obtenir de créance : quoi qu'il en soit, voici la marche de l'ouvrage.

Un François nommé *Blondel*, l'un des plus célebres Troubadours, troupe à laquelle s'étoit agrégé le roi *Richard*, qui honoroit ce confrere d'une amitié particuliere, se met en tête de découvrir ce monarque dont on ignore le sort. Il ne trouve rien de difficile, il n'est effrayé d'aucun obstacle, d'aucun danger.

Il parcourt divers pays, après avoir eu la précaution, afin de mieux réussir, de se faire passer pour un aveugle. Il arrive dans un petit village d'Allemagne; il charme tous les habitants par ses chansons; il fait danser toutes les filles avec son violon. Il y avoit auprès de ce village un château-fort, où l'on enfermoit les prisonniers. *Blondel*, on ne sait pourquoi, soupçonne & se persuade que

Richard y eft. La circonftance d'une lettre qu'on lui propofe de déchiffrer, quoiqu'aveugle & inconnu de celui qui la préfente, lui donne le fecret d'une intrigue amoureufe entre le gouverneur de ce château & la fille d'un Anglois réfugié dans ce canton, chez qui, par un autre hafard non moins extraordinaire, loge *Marguerite*, comteffe de Flandre, amante de *Richard*, qui voyage auffi pour le chercher. Telle eft l'expofition dont eft compofé le premier acte, fauf quelques détails étrangers à l'intrigue, que M. *Sedaine* y a répandus pour le mieux remplir & y jeter quelque gaieté.

Au fecond acte *Blondel* perfuadé que le roi eft dans le fort, va chanter au pied de la tour le commencement d'une romance compofée autrefois par ce prince, en l'honneur de *Marguerite*; cette voix connue & chérie frappe *Richard*, qui, pour fe faire connoître, chante à fon tour & continue la romance. Le Troubadour françois eft tranfporté de joie de voir fon preffentiment accompli, quand tout à coup il eft arrêté par les gardes & entraîné en prifon. C'eft ce qu'il défiroit; il demande à parler au gouverneur à l'inftant & pour affaire preffée. Il eft introduit devant lui. Il joue le rôle du confident de la jeune perfonne, à laquelle ce militaire demandoit un rendez-vous dans fon billet & le lui affigne. Il n'a plus alors de peine à perfuader au gouverneur que tout ce qu'il a fait n'eft qu'une rufe pour s'introduire fans éclat auprès de lui & remplir fa miffion. Cet officier admire fa fineffe & le renvoie avec une récompenfe.

Blondel, pourfuivant fon deffein, commence le troifieme acte par une entrevue avec *Marguerite* & une reconnoiffance. Il lui communique fa précieufe découverte, & ils travaillent de concert à

M 4

la délivrance du prisonnier. Ils mettent dans leurs intéréts le pere de la jeune personne qu'aime le gouverneur. Une fête que donne exprès la princesse, cause un tumulte qui sert de prétexte à l'amant, introduit par le poëte françois, d'avoir une entrevue secrete avec sa maîtresse. Surpris à ses pieds par le pere, il n'a d'autre ressource pour l'obtenir en mariage & se retirer lui-même d'affaire, que de consentir à la délivrance du prisonnier, sollicitée avec la plus vive ardeur par la belle *Marguerite* qui intervient & met le comble à son embarras. Il faut avouer que ce dénouement n'est ni noble, ni ingénieux. Comme la seconde représentation de la piece qui n'a eu lieu que samedi 31, avoit été retardée pendant long-temps, on se flattoit que M. *Sedaine* auroit profité de ce répit pour le changer & l'améliorer ; mais faute de ressource ou de bonne volonté, il n'en a rien fait.

1 *Novembre.* M. *Cartault*, ancien premier commis de la marine, mort il y a quelques jours, avoit pour le calcul un goût, ou plutôt une passion qui est fort rare. Il avoit calculé les logarithmes des nombres jusqu'à deux cents cinquante mille. Le manuscrit en deux volumes in folio est entre les mains de M. de *la Lande*, qui doit le déposer à l'académie des sciences, de même que celui de M. *Robert*, curé de Toul, qui contient les logarithmes des sinus pour toutes les secondes.

M. de *la Lande* ayant eu connoissance du talent de M. *Cartault*, lui proposa des calculs plus utiles, mais pour lesquels il falloit une patience peu commune. *Halley*, célebre astronome d'Angleterre, avoit publié plus de mille observations de la lune, & il les avoit comparées avec ses tables ; il étoit utile de les comparer avec les tables nouvelles de *Mayer*. M. *Cartault* s'en chargea, & il en est fait mention dans la *Connoissance des temps de* 1774, page 281. Si ces calculs, & d'autres semblables, se trouvent dans les papiers de M. *Cartault*, il est à désirer qu'on les remette entre les mains des astronomes qui peuvent en faire usage.

2 *Novembre*. Depuis long-temps on se plaignoit qu'on laissât tomber en ruine l'observatoire, ce monument élevé par *Louis XIV* à la gloire & à l'avancement de l'astronomie. Il paroît que *Louis XVI* entrant dans les vues du monarque fondateur, veut relever cet établissement, & le rendre plus utile. En conséquence S. M. vient d'ordonner la construction de trois instruments capitaux qui manquoient à l'observatoire ; savoir, un grand corps de cercle mural de sept pieds de rayon, un équatorial de seize pouces de diametre, & un cercle entier de dix-huit pouces de rayon.

A l'avenir, à compter du premier janvier 1785, il y aura trois éleves qui, sous les yeux & l'inspection du directeur, suivront constamment le cours général des observations, en tiendront registre, & partageront entre eux les veilles, de manniere qu'à tous les instants du jour ou de la nuit il y ait, à l'observatoire royal, un observateur prêt à faire les observations de toute espece qui se présenteront. Le roi a pourvu à ce qu'il soit formé peu-à-peu, une collection complete de livres d'astronomie, de sorte qu'il y ait à l'observatoire une bibliotheque en ce genre, où les savants puissent trouver tout ce qui y aura rapport.

2 *Novembre*. On confirme de plus en plus que c'est le prince auguste dont on a parlé, qui est l'auteur de la relation du monstre prétendu. On ajoute que c'est une allégorie qu'il a imaginée relative au *Magnétisme animal*, dont une carica-

M 5

ture où l'on repréfente le docteur *Deflon* avec une
tête d'âne & une queue de finge, a fait naître l'idée
à fon alteffe royale.

3 *Novembre*. L'achat que le roi vient de faire
de Saint - Cloud , au moment où l'en femble
craindre une rupture , raffure les politiques & leur
fait préfumer qu'elle n'aura pas lieu ; i's fondent
leurs conjectures fur le caractere connu de fa majefté: il paroît conftant aujourd'hui que depuis
long-temps elle avoit eu le goût le plus vif pour
Rambouillet ; mais qu'elle y avoit réfifté pendant
tout le temps de la guerre & ne s'eft déterminée
à en faire l'acquifition qu'à la paix. Ils en
concluent que fon goût pour l'écoromie, & la
crainte de furcharger les peuples l'auroient également détournée aujourd'hui d'acheter Saint-
Cloud , & de faire plufieurs autres dépenfes de
cette efpece non néceffitées.

3 *Novembre*. On eft très effrayé d'un arrêt du
confeil d'état du roi , du 26 feptembre dernier ,
qui révoque les arrets du confeil des 29 juillet &
21 octobre 1749 , portant réglement pour la taxe
du bois de chauffage à Rouen, & ordonne qu'il
y fera vendu à prix libre de gré à-gré. On craint,
vu la difette de cette denrée de première néceff-
fité, qu'il n'en refulte un monopole , & peut-être
des révoltes qui en font la fuite ordinaire.

4 *Novembre*. Il paroît des *Obfervations fur les
deux rapports de MM. les commiffaires nommés par
fa majefté pour l'examen du Magnétifme animal*.
Tel eft le titre d'un écrit in-4°. de 31 pages de
M. *Deflon*. Il eft daté de Paris le 6 feptembre.

Ce maître prétend y démontrer que pour juger
de l'exiftence & de l'utilité du magnétifme, meffieurs les commiffaires fe font écartés de la marche
qu'il leur avoit tracée & convenue avec eux,

Que des expériences qu'ils ont faites, il ne résulte que des preuves négatives.

Que ces expériences mêmes, pour qu'on en pût
conclure quelque chose, auroient dû être répétées,
parce que l'action de ce fluide, ainsi que celle de
l'aimant, n'est pas uniforme.

Que les effets avoués par MM. les commissaires,
& ceux sur-tout éprouvés par eux-mêmes, sup-
posent une cause.

Qu'enfin cette cause ne pouvant être, ni l'at-
touchement, ni l'imitation, ni l'imagination,
tous les effets produits sous les yeux de MM. les
commissaires, appartiennent au magnétisme.

Tel est le résumé de cette espèce de dissertation,
dont toutes les parties ne sont rien moins que
solidement prouvées.

On peut en extraire quelques faits plus intéressants à conserver.

M. *Deslon* veut que la prohibition du magnétisme animal soit impossible aujourd'hui que
M. *Mesmer* a fait trois cents élèves; que lui *Deslon*
a instruit cent soixante médecins, sans compter
une infinité d'autres personnes parvenues par leurs
propres études, ou par des lumieres communi-
quées, à connoître & pratiquer cette méthode.

Parmi les cent soixante médecins qu'a instruits
M. *Deslon*, il y a du vingt un membres de la faculté de médecine de Paris.

A l'apparition du premier rapport des commissaires, la faculté s'est assemblée extraordinairement. Elle a voulu exiger que les médecins ma-
gnétisants abandonnassent par écrit, non-seulement la pratique du magnétisme animal, mais
encore le ar croyance.

L'amour de la paix a porté dix-sept de ces
docteurs à promettre de quitter toute pratique

M 6

magnétique ; mais ils ont refufé d'en reconnoître la fauffeté, d'autant qu'ils avoient figné l'affirmative dans les mains de M. *Deflon* , fuivant la méthode de ce profeffeur, de n'admettre perfonne à l'inftruction, qui n'ait d'abord reconnu l'exiftence de l'agent.

Enfin M. *Deflon* confirme le bruit qui avoit couru depuis long - temps que M. *Mefmer* vouloit le traduire en juftice. En effet la procédure a commencé par le premier acte ufité , par une affignation que convient avoir reçue le difciple. Enfuite dans une lettre à M. *Francklin* , M. *Mefmer* déclare avoir renoncé à cette action. Ainfi le procès eft refté là.

Au furplus M. *Deflon* avoue que M. *Mefmer* ne lui a jamais confié fes principes ; il eft parvenu à fe faire une doctrine qui lui eft propre , qui n'eft peut-être pas la meilleure , mais qui fatisfait fon efprit & le guide utilement dans fes procédés.

4 *Novembre*. La feconde repréfentation de *Richard cœur de lion* , retardée jufqu'au famedi 31 octobre , a été beaucoup mieux exécutée que la première fois. On y a d'abord corrigé dans le coftume un anachronifme effroyable , en ce que *Richard cœur de lion* y paroiffoit décoré de l'ordre de la jarretiere , inftitué feulement environ 150 ans après. Le fecond acte fur - tout , le plus intéreffant , a produit encore plus d'impreffion par un enfemble parfaitement bien entendu. Du refte , l'auteur qu'on s'imaginoit occupé , comme on l'a dit , à rendre la marche de la piece plus rapide & plus claire , par la fuppreffion d'incidents étrangers qui ne font que l'embarraffer , fort indocile de fon naturel aux crix du public , ne l'a point raccourcie. Quoi qu'il en foit , il s'eft appuyé fur la variété & l'agrément des fituations qu'elle con-

tient ; la muſique vive & piquante dont l'inépui-
ſable M. *Gretry* les a embellies ne contribue pas
peu à leur effet.

Le rôle le plus brillant , ſans contredit , c'eſt
celui de *Blondel*, charmant , pétillant d'eſprit &
de gaieté d'un bout à l'autre. Il eſt délicieuſe-
ment rendu par le ſieur *Clairval*. Cette production ne peut qu'ajouter à la réputation des deux
compoſiteurs.

4 *Novembre*. Le concert ſpirituel du jour de
la Touſſaint a été remarquable par une production françoiſe très-applaudie ; malgré le dégoût
général des partiſans de la muſique étrangere.
C'eſt un *In exitu* de M. *Deſormery* : cet ouvrage,
plein de beautés , a excité les plus vifs applaudiſ-
ſements & fait frémir les cabales diverſes de *Gluc-
kiſtes* , de *Picciniſtes* , de *Sacchiniſtes* , &c. Il paroît
que le muſicien a plus de vocation pour le genre
des motets que pour les pieces à ariettes , où il
n'a pas obtenu un ſuccès auſſi marqué.

Le ſieur *le Fevre* , muſicien des gardes-fran-
çoiſes , a auſſi débuté dans la clarinette, & fait
honneur à M. *Michel* , ſon maître.

5 *Novembre*. La ſociété royale de médecine ſe
glorifie beaucoup d'avoir vu dans ſon ſein le
comte d'*Oëls* , le premier illuſtre étranger qu'elle
ait eu occaſion de célébrer. C'eſt le 26 du mois
dernier que ce prince a daigné honorer de ſa préſence une aſſemblée de ce corps. Auſſi le ſecretaire
Vicq-d'Azyr n'a-t-il pas manqué de témoigner
au comte d'*Oëls* ſa ſatisfaction par un diſcours
prononcé à l'ouverture de la ſéance , aſſez adroit
en ce qu'il y prétend avoir trouvé le modele de la
ſociété dans un comité de médecins à Berlin , dont
les travaux s'imprimoient dès 1721. Il vient par
une tranſition aſſez heureuſe à l'éloge du héros,

d'un général dont le juge le plus respectable a
dit ce qu'on ne peut appliquer à nul autre, qu'il
n'a pas commis la faute la plus légere dans ses
longs & glorieux exploits.

5 *Novembre.* Le comte d'*Oëls*, qui avoit pris
congé de leurs majestés & de la famille royale
le 31 du mois dernier, ne doit pas tarder à quitter
Paris ; mais avant de s'éloigner il doit aller à
Sainte-Alfise, chez madame de *Montesson*, & chez
le prince de *Condé* à Chantilly.

Ce prince a été successivement complimenté
par toutes les académies. Celle des belles-lettres
l'a fait par l'organe de son secretaire M. *Dacier*
Mais comme elle est peu en recommandation,
cette séance n'a pas excité grand bruit ; elle a eu
lieu le 7 septembre.

L'académie françoise est celle qui ait le moins
accueilli ce héro. Outre que le jour de la saint
Louis aucun de ses membres ne lui adressa de
compliment, c'est qu'après la séance ce prince
s'étant rendu dans la salle des académiciens, resta
isolé & assez embarrassé de sa personne sans que
ces messieurs l'entourassent & l'entretinssent, y
parussent faire la moindre attention.

5 *Novembre.* Enfin MM. *Robert* rompent le silence
& publient un *Mémoire sur les expériences aérostatiques* faites par eux, où ils prennent le titre
d'*ingénieurs pensionnaires du roi.* Ils démentent par-
là le bruit qui avoit couru sur leur compte ; du
moins il en résulte que leur accident n'a pas été
long Par une mention qu'ils font de quelques expériences de M. *Charles* assez récentes, ils nous
apprennent encore indirectement que celui-ci,
dont l'état fâcheux avoit été malheureusement
mieux constaté, ou du moins beaucoup plus annoncé & répandu, est revenu dans son état naturel,

6 *Novembre.* C'est à la querelle élevée entre
M. le baron de Breteuil & M. l'évêque de l'Escar
qu'on attribue la lettre circulaire adressée aux
évêques en date du 16 octobre. On sait que
M. de *Noë* fit beaucoup de résistance aux insi-
nuations de ce ministre qui cherchoit à lui adoucir
l'ordre de sa majesté; qui lui conseilla d'abord,
comme de son propre mouvement, de faire cesser
par son absence les impressions fâcheuses qu'il ex-
citoit; qui, poussé à bout, lui déclara enfin qu'il
n'y avoit pas moyen de reculer, puisqu'il lui
parloit au nom du maître. Ce que ne voulut pas
croire le prélat, qu'il n'eût vu l'ordre par écrit.

On a vu de temps en temps des injonctions
du procureur-général aux évêques de se retirer
dans leur diocèse respectif, injonctions dont ils
ne faisoient pas grand cas; mais on assure qu'une
pareille lettre du roi aussi précise est sans exemple
au fond & dans la forme. Plusieurs évêques ont
eu peine à y obtempérer. Ils ont fait des représentations, mais inutilement, & ils sont à-peu-
près tous partis aujourd'hui.

Bien des gens estiment encore que leur résidence ne sera pas longue; qu'on veut les tenir
écartés, pour les empêcher de se réunir & de ca-
baler jusqu'au temps de l'assemblée décimale du
clergé, qui doit avoir lieu au mois de mai prochain, & est très-importante par les matières à
y traiter.

6 *Novembre.* Depuis long-temps on avoit annoncé au théâtre italien une pièce encore engendrée
du *Mariage de Figaro*, sous le titre des *Amours
de Chérubin*, comédie nouvelle en trois actes &
en prose, mêlée de musique & de vaudevilles. On
avoit dit ensuite qu'elle avoit été arrêtée à la
police, & l'on désespéroit de la voir jouer. Elle

a enfin eu lieu avant-hier ; tout ce qui tient à l'original de tant de mauvaifes copies fuffit pour mettre Paris en rumeur. Auffi cette repréfentation avoit attiré une grande affluence. On s'imaginoit trouver une parodie critique du *Mariage de Figaro*, & l'on a été indigné que l'auteur, foit mutilation, foit refpect, foit crainte, n'ait pas ofé fe permettre le plus léger coup de patte. En outre le titre annonçoit au moins de la gaieté, le genre de l'intrigue l'exigeoit ; le parterre n'a point vu fon attente fruftrée fans en témoigner fon mécontentement, & il en a réfulté un tumulte fi confidérable qu'on peut regarder la piece comme tombée.

Une pareille chûte, peu commune à ce théâtre n'en eft que plus humiliante pour le poëte, connu déjà par plufieurs pieces agréables qu'on y avoit accueillies favorablement. Il s'agit de monfieur *Desfontaines*.

7 *Novembre.* C'eft M. *Vigé* qui le premier, tandis que le *Mariage de Figaro* occupe encore la fcene françoife avec tant d'avantage, y a ofé rifquer une comédie. Il a fait jouer hier pour la premiere fois *la fauffe Coquette* en trois actes & en vers. Il eft vrai qu'il étoit appuyé par une puiffante cabale. Comme il eft frere de Mad. *le Brun* qui tient une efpece de bureau d'efprit où va toute la cour, il n'a pas eu de peine à recruter des *battoirs*. Ce nouvel ouvrage eft dans le genre des *Aveux difficiles* du même auteur : peu d'action & beaucoup de madrigaux. L'intrigue de celle-ci a le mérite d'être claire, fi c'en eft un, parce qu'elle eft plus nulle. Il faut voir fi fon fuccès fe foutiendra.

7 *Novembre.* Extrait d'une lettre de Grenoble, du 28 octobre.... Si vos docteurs de Paris

s'égaient fur les docteurs *Mefmer* & *Doflon* & fur
leur doctrine, les nôtres ne font pas moins plai-
fants. Voici l'épigramme d'un médecin de cette
province, faite fur le champ, après avoir u le
rapport de meffieurs les commiffaires nommés par
le roi, pour l'examen de cette vieille erreur renouvellée.

> Le magnétifme eft aux abois ,
> La faculté , l'académie ,
> L'ont condamné tout d'une voix
> Et l'ont couvert d'ignominie.
> Après ce jugement bien fage & bien légal ,
> Si quelqu'efprit original
> Perfifte encore dans fon délire ,
> Il fera permis de lui dire ,
> Crois au magnétifme. . . . . animal !

Vous voyez que nous nous connoiffons auffi
dans le Dauphiné en calembours & que nous fa-
vons les admirer.

8 *Novembre*. Les faifeurs de diftiques continuent
à s'exercer. Chacun fe difpute à qui fournira la
meilleure infcription pour la pompe à feu. On en
a rapporté plufieurs latines, en voici d'autres fran-
çoifes qui ne font que des traductions des premieres.

Un anonyme a rendu ainfi celle de l'abbé
Bofcovits.

> Le Dieu du feu s'accorde avec le Dieu des eaux ,
> Et la flamme en ces lieux jette l'onde à grands flots.

Un autre s'exprime avec plus de précifion &
moins d'harmonie :

> Ici l'onde & le feu font un accord nouveau ,
> C'eft le feu qui nous donne l'eau.

Un M. de *la Mefenguere* a compofé un diftique
latin que nous n'avions pas encore rapporté. Il
mérite d'être excepté de la foule des autres

que nous avons laiſſé à l'écart. Le voici:

Hic pugnæ immemores conſpirant ignis & unda
Ipſa urbi attonita flamma miniſtrat aquas.

Ce diſtique a plu à M. de ſancy qui aime le
genre & l'a fait paſſer de la ſorte dans notre
langue:

Ici du feu , de l'eau , la guerre eſt terminée ;
La flamme donne l'onde à la ville étonnée.

8 *Novembre.* Que qu'un ſans doute des prélats
mécontents de ſe voir obligés de réſider dans
leur dioceſe , a fait ou fait faire une eſpece de
de parodie de la lettre miniſtérielle de M. le baron
de *Breteuil* , où l'on en critique le fond & la
forme. On dit cette plaiſanterie aſſez plate ; cependant elle a un certain cours à raiſon du moment & des grands perſonnages qu'elle concerne.

8 *Novembre.* Extrait d'une lettre de Lyon du
premier novembre . . . C'eſt le 2 1 ſeptembre qu'eſt
décédé en cette ville l'avocat dont vous vous
informez, Me. *Proſt de Royer* , des académies de
Lyon , des Arcades , de Bordeaux , &c. Du barreau il étoit paſſé à des places diſtinguées il
avoit été ſucceſſivement adminiſtrateur des hôpitaux , échevin , préſident du tribunal du commerce , lieutenant-général de police , provincial
des monnoies.

Entre ſes ouvrages littéraires on diſtingue une
Lettre ſur le prêt à intérêt qu'il publia en 1763;
elle plut aſſez à M. de *Voltaire* pour qu'il permît
de l'inſérer dans ſes œuvres, & elle a ſervi de
baſe à tous les traités ou écrits qui ont paru
depuis ſur la même matiere.

Il mit au jour après ce premier écrit un ouvrage *ſur la municipalité de Lyon* & un *projet
d'établiſſement d'un bureau de nourrices* , qu'il eut
la ſatisfaction de voir exécuté. Il avoit d'abord

lu ce projet à notre académie , & l'assemblée avoit fondu en larmes.

Au moment de sa mort il travailloit à régénérer le grand *Dictionnaire de Brillon* : Il étoit à la veille de livrer au public le cinquieme volume. Il est à espérer que son confrere M. *Riolz*, qu'il s'étoit associé , continuera ce travail.

Me. *Prost de Royer* étoit un savant plus connu des étrangers que des nationaux. Il étoit en correspondance avec plusieurs de sa classe. Aussi les illustres voyageurs qui ont visité la France depuis plusieurs années, n'ont pas manqué de le voir à leur passage dans cette ville. L'empereur, le comte du *Nord*, l'archiduc, le roi de Suede, le maréchal Potosky, tous l'ont accueilli avec distinction. En dernier lieu M. le comte d'*Oëls* ne lui permit pas de le quitter durant son séjour.

9 Novembre. Extrait d'une lettre de Versailles , du 7 novembre. . . . . Derniérement il y avoit à dîner chez madame d'*Herveley*, que vous savez être née sujette de l'empereur , un capitaine Autrichien & un gros négociant Hollandois. Après le repas ces deux personnages se mirent à causer ensemble sur la rupture éventuelle entre la cour de Vienne & les Etats-Généraux. Le premier demande à l'autre ce qu'il pouvoit opposer aux quatre-vingts mille hommes que la Hollande étoit à la veille de voir armer contre elle ? « Notre courage , „ dit le républicain , nos facultés, notre sang. —— „ Voilà des sentimens bien Romains , reprend „ l'Autrichien ; mais aujourd'hui ce sont les „ gros bataillons qui gagnent les batailles, font „ la guerre ou la paix. . . . Hé bien , repart son „ adversaire : nous avons beaucoup d'argent , „ plus que l'empereur ; avec ce secours nous ache- „ terons ses troupes. Puis , après tout , continue t- „ il : qu'est - ce que votre maître ? C'est un homme

» qui b . . . toujours & ne dé ✱ ✱ ✱ ✱ ✱ jamais »
Propos groffier , fans doute , mais énergique, en
ce qu'il caractérife à merveille la politique d'un
prince qui a déjà roulé dans fa tête plufieurs projets
de guerre , & les a vus tous avortés , faute de les
avoir affez digérés.

9 *Novembre*. On a découvert que la comédie de
Richard Cœur de Lion étoit tirée d'un recueil de
fabliaux , publié il y a trois ou quatre ans par monfieur *le Grand d'Auffy* , que tout l'épifode de *Blondel*
étoit abfolument poftiche ; aucun hiftorien n'en
fait mention & la captivité de ce roi très - réelle
ne fournit rien qui puiffe fonder le merveileux
du fond , qui n'eft qu'une pure fable ; ce qui
rend la piece encore plus abfurde dans fon intrigue.

10 *Novembre*. M. de *la Place* eft auffi entré en
lice pour concourir aux infcriptions de la pompe
à feu de meffieurs *Perriere* ; il a traduit ainfi le
diftique de M. l'abbé *Bofcovitz* :

Ici , chers citoyens , par un accord nouveau ,
Vos vœux font exaucés : le feu vous donne l'eau.

10 *Novembre* On compte déjà dix appels comme
d'abus de la part des bénédictins oppofés au régime actuel. C'eft le fameux M. *Piales* qui les
foutient de fa doctrine , de fes principes & de
fes raifonnements lumineux.

11 *Novembre*. Extrait d'une lettre de Beauvais ,
du 31 octobre. . . . . Une ftatue équeftre de
Louis XIV , ouvrage de *Girardon* , deftinée pour
la place de Vendôme , ayant été jugée trop petite ,
fut donnée par ce monarque au maréchal de
Boufflers qui la fit transférer dans fa terre de
Boufflers. Le comte de *Crillon* , propriétaire aujourd'hui de cette terre , a trouvé qu'un auffi
beau morceau étoit déplacé dans un endroit fo-

litaire de fon parc ; il a demandé que la ftatue
fût transférée dans cette ville pour y être admi-
rée d'un plus grand nombre de François. Le roi
y a donné fon agrément.

Les ouvriers prépofés à la conduite de ce monument, quoi qu'en grand nombre & avec beaucoup de peine, n'ont pu lui faire faire que deux
lieues en onze jours, la ftatue ne pouvant avan-
cer qu'à l'aide de cabeftants. On compte qu'elle pefe
28 à 30 milliers; à quoi il faut ajouter encore environ 10 milliers, tant pour le char, que pour les
pieces énormes dans lefquelles elle eft affujettie.

Les écoliers du college & des penfions qui
partageoient avec les habitants l'impatience de
poffeder un monument fi cher, profiterent du
jeudi 7 de ce mois, jour de congé, pour fe rendre
fur les onze heures du matin à une lieue & demie
de cette ville, au hameau appellé Saint-Maurice,
où étoit la ftatue : par un pur mouvement de zele
ils prierent l'entrepreneur d'abandonner les cabeftants & de leur livrer les cordages. Ils étoient
environ deux cents, petits comme grands : tous
employerent leurs forces avec tant d'intelligence
& de fuccès, que, fans les ordres précis de l'intendant de la laiffer à quelque diftance de la ville,
ils l'y euffent fait entrer, & l'auroient amenée fur
la place le même jour à cinq heures & demie
du foir. Il fe calcule que chacun, l'un portant
l'autre, avoit déplacé une maffe d'environ deux
cents livres pefant.

11 Novembre. Les états de *Hollande* ayant exigé
de leurs confeillers comités un rapport exact de
la véritable fituation des frontieres, arfenaux,
magafins, &c. ceux-ci ont obéi, & cet état
authentique a mis dans un jour parfait la mau-
vaife adminiftration des chefs. Comme un tel

rapport a percé, eft, dit-on, imprimé, & qu'on en
voit à Paris des exemplaires, fort rares, il eft vrai ;
les partifans de la maifon d'*Orange* le traitent de
libelle ; ils gratifient de crime de haute-trahifon
fa publication dans la circonftance préfente. Les
rédacteurs des gazettes nationales s'en étant emparés & ayant commencé l'infertion du rapport
dont il s'agit, ont reçu défenfes de continuer.
Toutes ces difficultés ne font qu'exciter la curiofité des politiques de Paris, avides de connoître
cette pièce intéreffante & fidelle ; mais c'eft en
vain que beaucoup l'ont cherchée jufqu'à préfent.

11 *Novembre*. Extrait d'une lettre de Londres,
du 18 octobre. .... Un certain *Elias Abesès*, Grec
de naiffance, ayant acquis par un long féjour, &
par des places de confiance à Conftantinople, des
notions dérobées au public fur divers ufages de cet
empire & du férail, les avoit raffemblées dans un
manufcrit qu'on vient de traduire en anglois, fous
le titre de *The prefent ftate of Ottoman empire* :
l'état préfent de l'empire Ottoman.

Suivant cet ouvrage, le nombre des efclaves
ou femmes du grand-feigneur actuel eft de 1600 :
chacune a fon lit à part : le nombre dépend de la
volonté feule du fultan régnant. *Selim* en avoit
2000 & le fultan *Mahomet* feulement 300. Elles
vivent dans la partie la plus retirée du férail,
dont un côté a vue fur les jardins, & l'autre
fur la mer de Marmora. Depuis que le czar *He-
raclius* n'envoie plus de la Géorgie le tribut
des filles, ce font des pirates qui recrutent pour
le férail ; ils cherchent à les prendre en Circaffie ;
ils les choififfent fort jeunes, dès qu'elles annoncent de la beauté. On leur enfeigne à broder, à danfer, à chanter, elles n'ont perfonne pour les fervir :
ce font les jeunes qui fervent les plus anciennes.

La jaloufie eft extrême parmi ces femmes & le

grand seigneur n'a le droit d'appeller à son lit
une des esclaves qu'aux jours de fêtes extraordinaires ; autrement elles courent grand risque
pour leurs jours. La jalousie des favorites sous le
regne d'*Achmet*, fit empoisonner 150 de ces femmes qui avoient eu le bonheur de s'attirer les regards du grand-seigneur, les jours non permis...... Au reste, cet ouvrage sera bientôt
traduit en françois & vous amusera.

12 *Novembre*. Extrait d'une lettre de Toulouse,
du 15 octobre....... L'affaire dont vous me
parlez est déja vieille, elle a été jugée le 29 juillet
dernier. En voici le sujet.

Vous savez que la destruction des jésuites en
France a laissé un grand vuide pour toutes les
écoles, & notamment dans cette ville à l'égard
de la théologie. Le parlement y suppléa par un
arrêt du 7 novembre 1765, & enjoignit aux quatre professeurs conventuels des augustins, des
carmes, des cordeliers & des bernardins, d'ouvrir
leurs écoles & d'y faire des leçons publiques. Il
faut observer que ces professeurs étoient déja nécessairement membres de l'université.

Cependant neuf ans après les sieurs *Pigeon*, *Barthe* & *la Roque*, jaloux des réguliers, prétendi-
rent les exclure de cet enseignement public : l'un
d'eux, le sieur *la Roque*, essaya de prouver que
leurs rivaux n'avoient eu autrefois que le droit
d'enseigner les religieux de leurs ordres. Me. *Jamme*,
si célèbre par la défense de M. *Damade*, prit en
main la cause des professeurs réguliers ; il releva
avec beaucoup de clarté & de force des assertions
du professeur *la Roque* & le terrassa absolument.

12 *Novembre*. Relation de la séance publique
de l'académie royale des inscriptions & belles-lettres, tenue aujourd'hui pour la rentrée d'après la
Saint-Martin.

La compagnie s'étant épuisée sans doute pour la séance publique tenue extraordinairement le 7 septembre dernier, cette séance-ci a été fort maigre

M. *Dacier* l'a ouverte, en déclarant que l'académie, entre les pieces qui avoient concouru pour le prix à décerner dans cette séance, n'en avoit trouvé aucune qui en fût digne. Ce sujet étoit énoncé ainsi : *Examiner quel fut l'état du commerce chez les Romains, depuis la premiere guerre punique jusqu'à l'avénement de Constantin à l'empire.*

Il dit ensuite que l'académie proposoit pour le sujet du prix qu'elle doit délivrer à pâques 1786, de comparer ensemble *Zoroastre, Confucius & Mahomet, & le siecle où ils ont vécu.*

Après ces annonces, il a lu l'éloge de M. l'abbé *Guasco*, académicien libre. Il étoit né en 1712 d'une famille piémontoise & distinguée. Il fut de bonne heure affligé de la vue, & les soins qu'on prit pour la lui conserver, lui firent perdre absolument un œil. Celui qu'on avoit négligé comme trop incurable fut le seul au contraire qui lui restât. Destiné à l'état ecclésiastique, l'abbé *Guasco* étudia en théologie à Turin. Il s'y éleva dans ce temps une querelle à peu près semblable à celle qu'on a vu naître tout récemment à Toulouse ; les professeurs seculiers de cette science attaquerent les réguliers, sous lesquels le jeune de *Guasco* faisoit son cours ; ils les taxerent d'enseigner une doctrine erronée ; leurs écoliers furent interrogés sur leur foi & n'eurent pas de peine à détruire la calomnie.

L'abbé de *Guasco*, sorti de cette épreuve, se répandit dans le monde, parut à la cour de Turin, & déploya un si grand mérite qu'il inspira de la
jalousie

jaloufie à fon pere. Pour s'y fouftraire, il vint en France & s'établit à Paris. Il s'y lia bientôt avec le célebre préfident de *Montefquieu*, & y acquit d'autres amis diftingués dans les lettres & dans les fciences. M. *Dacier* fait une defcription particuliere des talents qu'avoit cet étranger pour la converfation, dont il poffédoit la pantomime au plus haut degré. Cette pantomime eft prinicipalment affectée aux Italiens, à qui leur vivacité ne permet pas de rien dire fans y mêler beaucoup de gefticulation qui, bien ou mal placée, peut & doit produire des effets bien différents.

M. l'abbé de *Guafco* favoit les langues; il avoit de grandes connoiffances dans les antiquités & dans les arts. Durant fon féjour en France il concourut plufieurs fois pour les prix de l'académie des belles-lettres, & fut toujours couronné; ce qui lui vaut enfin l'honneur d'y être admis en 1749.

M. *Dacier* paffe rapidement fur les ouvrages du défunt, peu connus & que fans doute il ne connoiffoit pas affez bien lui-même pour entrer à cet égard dans de grands détails; il affure feulement que leur auteur avoit fait des progrès fi confidérables dans notre langue, qu'on s'apperçoit rarement en les lifant, qu'il foit étranger. Du refte, peu de détails fur les mœurs, fur la vie, fur le caractere de l'abbé de *Guafco*. Aucune faillie, aucune plaifanterie, aucune anecdote, aucun mot philofophique rapporté dans cet éloge.

La circonftance la plus finguliere de la vie de l'abbé de *Guafco*, c'eft que le féjour de la ville de Tournay ne convenant point à fa fanté, il avoit pris le parti de retourner en Italie, mais d'effayer avant du climat de chaque ville pour juger celle où il feroit le mieux : il eft mort dans

tant cet effai en 1781 , & l'académie a été plufieurs années à ignorer cette perte ; en forte qu'il
fe trouve encore dans l'almanach royal de 1734 &
qu'elle ne lui a payé qu'à cette époque le tribut
tardif dû à fa mémoire.

Après cet éloge M. de *Rochefort* a lu le premier.
C'eft un fecond *Mémoire fur Ménandre* , où il
établit avec le même art des rapprochements , la
même fineffe d'inductions, que *Plaute* peu foup-
çonné jufqu'à préfent d'avoir tiré parti du poëte
grec , lui a beaucoup d'obligation & s'en eft
approprié quantité de chofes. Il en cite pour
exemple le *Miles gloriofus* , traduit ordinairement
fous le titre du *Soldat fanfaron*. Il fait une affez
grande analyfe de l'ouvrage , il le décompofe &
pouffe la preuve de ce qu'il avance jufqu'à la dé-
monftration.

Du refte , il loue *Ménandre* du talent qu'il avoit
dans les pieces de donner aux fpectateurs le plaifir
du ridicule , fans employer les reffources d'une
odieufe malignité. Il fait voir enfin qu'*Appollodore*
fut de tous les poëtes comiques celui qui fut le
mieux imiter la maniere de *Ménandre* , & qui
approcha le plus de fa perfection. Chemin faifant , il continue de répandre des préceptes &
d'excellentes vues fur l'art ; il donne quelques lé-
gers coups de patte au fieur de *Beaumarchais* qui,
fans être ni *Ménandre* , ni *Plaute* , ni *Moliere*,
amufe ou du moins fait courir tout Paris depuis
fix mois.

A cette lecture a fuccédé celle d'un Mémoire
de M. de *Guignes* , ne contenant autre chofe que
des *Obfervations fur le degré de certitude des éclipfes
rapportées par Confucius dans fon ouvrage intitulé*
Tchun-t-Scéou , *depuis l'an* 720 *jufqu'en* 495
avant Jefus-Chrift.

Son organe ne lui permettant pas de lire lui-

même , il a emprunté celui de son confrere,
M. *Anquetil*, à la voix de *Stentor* , mais qui , ne
sachant pas la ménager , avec les meilleures choses
fatigue & ennuie souvent l'auditoire ; ce qui étoit
encore plus inévitable en cette occasion où le sujet
étoit par lui-même très-didactique & très-sec.
En général l'auteur , infatigable adversaire des
Chinois , les déprime le plus qu'il peut. Il prétend
que les éclipses dont *Confucius* fait mention dans
son ouvrage , ne peuvent servir à établir la certitude de l'histoire de ce peuple ; parce qu'on ne
connoît pas assez le calendrier qu'il a suivi , qu'on
n'y trouve pas assez de détails pour calculer , &
qu'elles ne sont rapportées que relativement à
l'astrologie , à laquelle les *Chinois* ont été adonnés
de tout temps ; comme ils le sont encore à présent. Il en conclut la nullité de leur astronomie,
la plus ancienne de l'univers , mais qui faute de
méthode & de points certains , ne pourroit que
faire tomber dans des erreurs considérables. Les
Chinois sont dans les sciences comme les oiseaux ,
qui depuis l'origine du monde construisent leur nid
de la même maniere , sans aucune amélioration ;
connoissant presque tous les arts avant les Euro-
péens, ils n'y ont pas fait le plus léger progrès &
ils sont encore au premier degré de leur enfance.

Le quatrieme *Mémoire sur la Palestine* , de
M. l'abbé *Cuenée* , débité par le même lecteur,
auroit éprouvé le même sort , si son auteur , excédé
du mauvais ton de M. *Anquetil* , n'avoit pris le
parti de lui arracher le cahier & , malgré la foi-
blesse de son organe , d'en achever la lecture.

L'infatigable défenseur du peuple Juif , & de
tout ce qui lui appartient , dans sa dissertation ,
qu'il a beaucoup abrégée à cause du temps , ou
plutôt dont il n'a lu que la derniere partie ,

continue à prouver invinciblement , que *la Palef-
tine confidérée principalement par rapport à fa ferti-
lité , depuis l'entrée des croifés en* 1317 *jufqu'à la
conquête de Selim en* 1317 , bien loin d'être une
terre ftérile & de malédiction , a toujours été une
terre abondante & de promiffion. Il expofe les
principaux objets de fa culture , les anciens qui s'y
confervoient encore , ceux qui avoient difparu , &
les nouveaux introduits à cette époque. On connoît la clarté , la méthode , la fimplicité pure &
noble des ouvrages de l'académicien , avant qu'il
fût de cette compagnie , & certes il n'a pas dégénéré depuis.

M. de *Keralio* a terminé la féance par la lecture
du fecond *Mémoire fur les loix & ufages militaires
des Romains.* Son objet devoit être un examen critique de quelques points de ces loix , des principaux changements qu'elles ont éprouvés , & des
effets de ces changements. Auffi , obligé de beaucoup étrangler fon ouvrage pour cette féance ,
malheureufement il n'en a embraffé que la partie
la plus ennuyeufe concernant les détails de la lé-
gion romaine , qu'il a difféquée dans toutes fes
divifions & fous-divifions.

Cette fois la matiere manquant aux lecteurs ,
on a levé la féance avant l'heure ordinaire de fortir ; les écoliers académiciens ont eu un quart-
d'heure de claffe de moins , & fe font empreffés
d'en profiter.

12 *Novembre.* M. *Desfontaines* a remis en un
acte fa piece des *Amours de Cherubin*, & efpere la
faire paffer ainfi. La feconde repréfentation eft
annoncée pour dimanche, 14 de ce mois.

Fin du vingt-fixieme Volume.

www.ingramcontent.com/pod-product-compliance
Lightning Source LLC
Chambersburg PA
CBHW071900020726
47502CB00003B/829